ナリーニ・シン/著
河井直子/訳

# 黒曜石の心と真夜中の瞳(上)

**Heart of Obsidian**



扶桑社ロマンス
*1455*

# 黒曜石の心と真夜中の瞳（上）

# 〈本書主要キャラクター一覧〉

ファーストネームの五十音順

**アダム・ギャレット** 〈ウインドヘイブン〉のウイング・リーダー。

**アンソニー・キリアクス** 〈サイ評議会〉のメンバー。サハラの伯父、フェイスの父。

**アンドリュー（ドリュー）・キンケイド** 〈スノーダンサー〉の戦士。

**アンドレア・バスケス** 〈純粋なるサイ〉のリーダー。

**エイデン** 〈アロー〉の一員である精神感応者《テレパス》。

**エグゼビア・ペレス** ヒューマンの神父。

**ケイレブ・クライチェック** 特級《カーディナル》能力者の念動力者《Tk》。〈サイ評議会〉のメンバー。

**サッシャ・ダンカン** 〈ダークリバー〉の一員である特級《カーディナル》能力者の共感能力者《Eサイ》。ルーカスの〝伴侶〟、ニキータの娘。

**サハラ・キリアクス** サイ集団《クラン》〈ナイトスター〉の一員。フェイスのいとこ、レオンの娘。

**シエンナ・ローレン・スノー** 〈スノーダンサー〉の見習い戦士である特級《カーディナル》能力者のXサイ。ホークの〝伴侶〟。

**ジム・ウォン** チャイナタウンの店主代表。

**ジャッド・ローレン** 〈スノーダンサー〉の副官《ルーテナント》である細胞親和性念動力者《Tkセル》。

**シルバー・マーカント** ケイレブの最上級補佐官のサイ。

**ソフィア・ルッソ** ニキータの下で働いている司法《ジャスティス》サイ。マックスの妻。

**タチアナ・リカ＝スマイズ** 〈サイ評議会〉のメンバー。

**テイジャン** 〈ネズミ〉のアルファ。

**ニキータ・ダンカン**　〈サイ評議会〉のメンバー。サッシャの母。

**ネイサン（ネイト）・ライダー**　〈ダークリバー〉の近衛《センチネル》。

**ヴァシック**　〈アロー〉の一員である瞬間移動者《テレポーター》。

**フェイス・ナイトスター**　〈ダークリバー〉の一員である特級能力者《カーディナル》の予知能力者《Fサイ》。サハラのいとこ、ヴォーンの〝伴侶〟、アンソニーの娘。

**ホーク・スノー**　〈スノーダンサー〉のアルファ。

**ヴォーン・ダンジェロ**　〈ダークリバー〉の近衛《センチネル》。フェイスの〝伴侶〟。

**マーシー（マース）・スミス**　〈ダークリバー〉の近衛《センチネル》。

**マックス・シャノン**　ニキータの警備主任であるヒューマン。ソフィアの夫。

**ミン・ルボン**　〈サイ評議会〉のメンバー。

**ルーカス（ルーク）・ハンター**　〈ダークリバー〉のアルファ。サッシャの〝伴侶〟。

**レオン・キリアクス**　サハラの父。アンソニーの腹違いの弟。

# 最も暗い夜

一九七九年、サイは〈サイレンス〉を受けいれ、条件づけによって幼いサイたちの感情をことごとく排除することにした。つまり、サイは希望も絶望も、怒りも恐怖も、悲しみも喜びもない存在となろうとしたのだ。

サイの母親や父親は、魂の底からわが子を愛するがゆえに、その愛情をわが子がいっさい感じなくなるのを承知のうえで、氷のごとく冷たくみずからを制御する人生へと子どもたちを追いやった。〈サイレンス〉は貴重な贈り物であって、サイの驚くべき圧倒的な超能力に少なからずともなわれる狂気や暴力からの救いとなるはずだと、親たちは幼いわが子に言い聞かせた。

〝〈サイレンス〉なくしては〟と当時の著名な哲学者が語っている。〝われわれは血と死と狂気の嵐《あらし》が吹き荒れるなか、自滅への道をたどるであろう。それこそ、サイという種族そのものが、恐ろしい過去の記憶となり果てるまで〟

一九七九年、〈サイレンス〉はまさに希望の光だった……だが、その一九七九年はもう百年以上も前のことだ。

〈サイレンス〉の第一世代の子どもたちはもはやこの世になく、〈サイネット〉には、その存在自体をひきさき、チェンジリングやヒューマンをも道連れにしかねない内乱が迫っており、すでにたび重なる攻撃による動揺が走っている。内乱の恐れとともに、一般大衆は〈サイレンス〉のおぞましい皮肉にひそかに気づき、悟ったのだ。感情の欠如に報いる社会を生むことは、まさに精神病質者たちがサイのリーダーへと台頭するためのかっこうの土壌を作ることにほかならなかったのだと。

何ひとつ感じない者とは、結局のところ、〈サイレンス〉を完璧《かんぺき》に修めた者であるからだ。

冷酷。無慈悲。情け容赦のない……良心のかけらもない者たち。

# 1

特級《カーディナル》能力者の念動力者《TK》であり、闇夜《やみよ》にふたりきりで会うのも恐ろしい相手、ケイレブ・クライチェックは、七年と三週間と二日、ある標的を追いつづけていた。眠りのなかでも、ケイレブの精神は、サイ種族にとって心臓の鼓動であるとともに檻《おり》とも言うべき広漠とした精神ネットワーク内を捜索しつづけていた。一日たりとも、一瞬たりとも、追跡を忘れたことはない。略奪されたものの存在が頭から消えることはなかった。

関与した人物には、ひとり残らず償いをしてもらう。必ずだ。

しかし、いまのところ、ケイレブにはほかに優先すべきことがある。捜索は終わった。標的は、モスクワ郊外の隔絶された場所に建つケイレブの自宅で、窓ひとつない小部屋の隅にちぢこまっている。その女性の前で身をかがめ、ケイレブはグラス一杯の水をさしだした。「飲むんだ」

相手の反応は、限界まで隅にぐっと体をひっこめ、かかえこんでいた膝をさらにしっかりと胸にひきよせるものだった。ケイレブが牢獄《ろうごく》から連れだしてから一時間、危うい沈黙のなか、そうしてちぢこまって前後に体を揺するばかりだ。くしゃくしゃに乱れた髪が顔にまとわりつき、二の腕には左右とも新たなかき傷やえぐられたような古傷があった。

身長はいまも一五八センチメートルほど……ケイレブはそう判断した。瞬間移動《テレポート》前から、彼女はこんなふうにうずくまっていた。この六十分間で、ますますみずからの殻に閉じこもっただけだ。その瞳――どこまでも深い真夜中のブルー――はケイレブと目を合わせようとせず、ケイレブが視界に入ろうものなら、すぐさま目をそらした。

いま、彼女は頭を垂れた。本来なら赤みがかった金色のすじが思いがけず織りあわされた濃い黒色の、腰までの長さの髪が、艶《つや》を失い、もつれて、うなだれた顔にべったりとはりついている。その顔は、ごく薄い茶色の、青ざめた皮膚の下で、骨ばかりが目立つ。両手の爪は生皮が見えるほどむけていて、いまも乾いた血がこびりついているので、自分の肌か、あるいは他人のものを、いや、おそらくその両方をひどくひっかいたのだとわかる。

〈ネットマインド〉と〈ダークマインド〉が、彼女を発見できなかった理由が、ようやくわかった。この双子の知性体は、離脱者を除く地球上のすべてのサイを結びつけている広大な精神ネットワークを隅々まで知りつくしているが、その双子ですら――

ケイレブが幾度となく捜索を命じ、捜索範囲をせばめるため、どれだけ情報を与えようと——見つけられなかったのだ。彼女を連れもどすさいに、ケイレブは彼女の精神のなかに入りこんだ。瞬間移動《テレポート》を完了させるにはそうする必要があったわけだが、そのときですら、この女性がまさに標的その人だという決定的な証拠がなかったなら、まさか当人だとは思えなかっただろう。それほどまでに、かつての彼女はどこにもいなかった。

ここに残されたのが、ただの壊れた抜け殻なのか、そうではないのか。それはまだ謎だ。

「水を飲め。どうしてもいやと言うなら、こうして不潔なまま、のたうちまわっているがいい」

こんなふうに言えば、かつての彼女なら黙っていないはずだ——だが、彼女のそんな部分がいまも残っているのかどうか。長年のあいだ、ケイレブが細心の注意をはらってまとめたファイル、眠っていようと内容を暗唱できるほど幾度となく目を通したファイルは、もう役に立たないだろう。この女性はもはや、かつて髪をまっすぐに梳《と》かしてきらめかせ、相手の皮膚のずっと奥まで見とおすような深い真夜中のブルーの瞳を持った、あの少女ではないのだ。

「ごみためみたいな臭気がするのも、おそらく気にならないんだろうな」

いっそう激しく身を揺すりだした。

論理的には、サイ医学の専門家をすぐさまここに呼ぶべきなのだ。だが、そうしないことはケイレブ自身わかっている。きわめて少数の人間しか、ケイレブは信用していない。しかも、この女性のこととなると、誰ひとり信用していなかった。それでも現在のやりかたでは望みの結果が得られないため、ケイレブはなんらかの決定に感情的なこだわりなどない男性らしく、あっさりとアプローチを変更することにした。

「唇がひび割れているぞ。少なくとも二十四時間のあいだ、充分な水分補給がおこなわれなかったことは明白だ」彼女が幽閉されていた、頭上から拷問とも言えるまぶしい光がさしこむ真っ白な部屋に瞬間移動《テレポート》したとき、ケイレブはそのほんのつかの間のうちに、ボトルがいくつも壁に投げつけられ、床に水がしみこんでいるのを目にしていた。

目に痛いほどのまぶしさも、初めのうちは、ごく日常的なことにすぎないのかと思ったが、あとから、彼女の意志をくじくための一種の懲罰だったのだろうと思い直した。いまも意志がくじかれていないという事実……それは、ケイレブとのかかわりをどんなかたちであろうと拒絶しようとするこの女性の、強さをあらわしているのだ。

「死にたいのなら」そんなふうに厳しい言葉をかけて、ケイレブはごくわずかな反応も見逃さないように目を光らせた。「喉が渇いて死ぬよりももっと楽な方法がある。

それがわかるだけの知性すらないのか？」

　ますます激しく体を揺すっている。

「その気になれば、壁に押さえつけ、むりやり喉に水を流しこむこともできるんだぞ。この手をふれる必要すらない」

　シュッと怒りの声が漏れる。濃いブルーの目が、もつれた髪の奥できらりと光った。ケイレブはじっとしていた。言葉によるものではないとはいえ、ついに相手からなんらかの反応が返ってきたわけだが、こちらはなんの反応も見せたりしない。「水を飲むんだ。もう二度と繰りかえさないぞ」

　それでも相手はしたがおうとしない。思いもかけないことだった。彼女の精神は壊れているかもしれないが、知力が欠如しているはずはない——そんなことはいまだかつてなかった。あまりにも鋭い知性が備わっていたため、かつて教師のほうが生徒である彼女についていくのに苦労したほどなのだ。ここではケイレブを拒否するという選択肢はないと気づいているはずだ。特級能力者《カーディナル》の念動力者には、すさまじいパワーがある。あっという間に彼女の体じゅうの骨をへし折るのみならず、その気になれば骨を粉みじんにすることもできる。たとえその事実をもはや理解できないとしても、独房からこの屋敷へと瞬間移動《テレポート》させられた時点で、身をもってケイレブの力を知ったはずだ。おのれがきわどい状況におかれているのを自覚しているに違いない。

ケイレブが手にしたグラスに、ちらっと視線を走らせるのがわかった。すでにひどくひび割れた下唇を噛《か》んでいる。ところが、明らかに欲しているはずの水に手をのばそうとしない。なぜだ?

ケイレブはしばし考えた。彼女を発見したときの状況を思い出す。「薬物は入っていない」彼女の顔に向かって話しかけた。相手の顔には、こちらの正体に気づいたようすはいっさいない。ふたりの最後の血まみれの邂逅《かいこう》をおぼえている気配は、まったく感じられない。彼女が延々と悲痛な叫び声をあげつづけ、医学的な処置を必要としたであろうほど喉を傷めてしまったあの日のことを。

「きみにとって必要なミネラルとビタミンが含まれている」ケイレブはつづけた。「だが、薬物は入っていない。昏睡《こんすい》状態になられては、役に立たないからな」ようやく視線を合わせてきた相手の目をじっと見返しながら、ケイレブはごくりと水を飲んでみせ、それからグラスをさしだした。

ほとんど間髪《かんはつ》をいれず、ケイレブの手からグラスが奪われた。一杯目がまだ空《から》にならないうちに、ケイレブはもう一杯、グラスいっぱいの水をキッチンから瞬間移動《テレポート》させておいた。相手は水を二杯とも飲みほした。わずかな念動力を使ってグラスをキッチンにもどしてしまうと、ケイレブは相手の目の前にかがみこんだ姿勢から体を起こした。「先に食事にするか、それともシャワーがいいか?」

相手は眉をひそめて、こちらを見あげた。

「いいだろう。代わりにこっちで決めてやる」ケイレブは、カットされていない、そのままの新鮮な果物と、バターとはちみつを塗った厚切りパン一切れをのせた皿をこの場に移動させた。ケイレブ自身はこの種の食べ物は口にしない――ほとんどのサイ同様、バータイプの栄養補助食品を常食としている。感覚が欠如していればこそ〈サイレンス〉はうまく機能するからであって、味覚による刺激はなかなか強烈なのだ。

しかしながら、ここに招きいれた客人の〈サイレンス〉は、はるか遠い昔にすでに打ち砕かれていた。それゆえ、感覚への刺激が鍵となって、現実へと連れもどせるかもしれない。この女性が自身の人格や能力を葬り、ひきこもっている精神の不毛の地から。ケイレブはナイフを瞬間移動《テレポート》させ、パンを四つに切り分けた。それから、その場にしゃがんで、食事の皿を彼女のほうに近づけてやる。相手は皿を一分ほどじっと見つめてから、慌ててひっつかんだりせず、こちらの予想に反してじっくり吟味するようにしてひとつつまんだ。

つまり、監禁中、食事が与えられなかったわけではない。みずから食べようとしなかっただけなのだ。

ケイレブは精神の力で楽々とキッチンで湯を沸かし、熱すぎない程度のマグカップ一杯の紅茶を用意した。ティースプーン三杯分の砂糖を入れてから、彼女のもとに移動させる。今度は、相手はためらうことなくカップを手にとって、胸もとにひきよせた。

ぬくもり。

相手が寒いのだとわかって、ケイレブはすでにあたたかい部屋の温度をさらにあげようとサーモスタットを調節した。当人はなんら反応を見せず、もう一切れパンを手にとっただけだ。ちびちびとパンをかじりながら、相手がこちらを観察していることにケイレブは気づいた。見かけほど壊れていない、如才なく壊れたふりをしているだけだ、とつい結論づけたくなるが、彼は瞬間移動《テレポート》の際、相手の精神に入りこんだ一瞬のうちに、それとはまったく異なる事実に気づいていたのだった。

この女性は、それこそ徹底的に、ばらばらに壊れてしまっている。

いましがたケイレブを見定めようとしたのは、知性とはいえ、文明化された存在ならば誰にでも備わっている原始的な後脳、つまり、捕食者とえじき、危険と安全を見きわめる部分の働きに近い。この女性にそんな低いレベルの働きなどを求めていたわけではないが、それでも、完全な運動障害や脳の物理的損傷よりはまだましだろう。

彼女の脳に問題はない。壊れているのは精神のほうだ。

ケイレブはリンゴをつかんで、ナイフで切り分けようとしたが、相手のまなざしがちらっと左のブドウのほうを向いたのに気づいた。黙ったままリンゴをおろしてから、皿の向きを変え、相手の手のほうにブドウを近づけてやる。相手はブドウを四粒食べ、紅茶を一口飲み、やがて手を止めた。

パン半切れ、ブドウ四粒、水二杯、紅茶を少し。

当初の予想よりも、悪くない結果だった。

「残りはここにおいておく」ケイレブはそう言って立ちあがると、食事の皿をベッドのむこう側の小さなテーブルの上においた。「もっと欲しいなら、あるいは何かほかのものがいいなら、キッチンに行って自分でとってくるといい」

これには反応があった。

ケイレブが腰をあげたとき、相手は再びわずかに体を揺すりだしていたが、その動きが止まった。こちらの話をちゃんと聞いているのだ。発見したときに彼女が壊れていた場合に備えて、ケイレブはサイ医学ジャーナルの記事を読みあさり、その分野に関する数多くの講演にも遠隔参加したものだ。だが、専門家らが静かに、おちついて、そっと患者に接するように勧めているとしても、深い真夜中のブルーの瞳の奥にあるこの女性の原始的な精神は、こちらのそんな行動を見すかしてしまうはずだ。

ケイレブは悪夢というものにつきまとう、いわば怪物だった。二人ともそのことは知っている。

「この家のなかは、好きに歩きまわってもかまわない」ケイレブはそう告げながら、いったい何年のあいだ、少しの自由も与えられなかったのだろうかと考えた。監禁中ずっとなのか？　そうだとすれば、精神医学の訓練を受けた見知らぬ専門家よりも、精神的な拘束によって苦しめられた経験のあるケイレブのほうが、自由の欠如が彼女の精神に与える影響をよく理解できるだろう。

「この部屋に窓がひとつもないのは」相手の無言の、だが、おそらく意識の表面に浮かんでいるはずの問いかけに答えようと、ケイレブは言った。「閉ざされた環境から移されたきみが、パニックにおちいる可能性をなくすためだ」

　相手の肩がこわばる。おそらく、彼女の全身を包んでいるもろい殻の内側には、たんなる獣じみた精神ではなく、それ以上のものがあるのだ。おそらくは。「ほかの部屋がいいなら、自分で選ぶといい。いまのところ、バスルームはそのむこうだ」ベッドの反対側のドアを指さす。窓のない部屋を選んだのと同じ理由から、ケイレブはあえて屋敷のなかで最もせまいつづき部屋を選んだのだ。

　まさにこの女性がパニックにおちいる可能性を想定して、そのためだけに、この部屋を作ったのだった。

　屋敷をとりかこんでいる広大な景色を目にすれば、この女性がいったいどんな反応を示すのか、まったく予想がつかない。近隣には、叫び声が聞こえるほどの距離だと……いや、さらに遠くまで、人家は一軒も見あたらない。家の側面の、草原に面していない側には、テラスが設けられている——その下は切り立ったけわしい峡谷だ。ふと、テラスには手すりがなく、むかいの寝室も含めてどの部屋からもテラスに出られることを思いだした。

そのミスを修正すべく、ケイレブはさっそく必要な資材を集めながら、女性に告げた。「いつまでも豚小屋みたいな臭《にお》いをさせておきたいのなら、それもよかろう。だが、こちらが臭気に我慢できなくなれば、さっさと服のままシャワー室に瞬間移動《テレポート》させて、湯をかけてやるぞ。頭からシャンプーをぶっかけるからな」

体の揺れが、いまや完全に止まった。

「クローゼットにごくふつうの服がある」やせ衰えた体にはサイズが合わないものもあるだろうが、しばらくは着るものに困らないはずだ。「そのいかにも患者らしい服装がいいのなら」——白いスモックに白いパンツ、どちらもすっかりよごれている——「ドレッサーに新しいものが一着ある」数分前に、ケイレブはとある医療施設から患者服を手に入れておいた。その施設なら、一着なくなろうと気づかれそうになかった。

隅にちぢこまっている女性は、反抗的に黙ったままだ。

ケイレブはくるりと向きを変え、ドアのほうへと歩いていった。ポケットのなかで、小さなプラチナの星を指でもてあそぶ。「すでに夜の十二時をまわっている。よければ眠るといい――眠る気がないなら、家のなかを見てまわってもいい。わたしはテラスにいる」それ以上は何も言わなかった。このチェスゲームは、ケイレブの人生においてきわめて重要なものだ。次の一手はもちろん、どの手にも抜かりがあってはならない。監禁者たちは、この女性を間抜けな獣のごとく扱ったのだろうが、彼女はそんな存在ではない。はるかに優れた能力がある、貴重な存在なのだ。この女性を危険にさらすようなつもりは、ケイレブにはさらさらなかった。

最終的な決断をまだくだしていないのだから。

いまのところは。相手の精神がどれだけ破壊されたのかを見きわめるまでは。


念動力を使って、テラスと峡谷のあいだに壁を作ることもできたが、ケイレブは服を脱ぎ、体温を低くたもつ機能のある、黒の薄いスウェットパンツに着替えると、手作業で仕事にとりかかった。Ｔｋサイとして、エネルギーは必要不可欠なものだが、いまのところ、エネルギーはあり余るほどある――精神的な次元ではなく、肉体的な次元ではあるが。

ケイレブがヒューマンやチェンジリングであったなら、こう思われたかもしれない。エネルギーレベルが急上昇したのは、過去七年間おのれを駆りたててきた目標が達成され、彼女がこの家に、手の届く範囲にいるがゆえに興奮状態にあるせいだと。だが、ケイレブは感情的な種族の一員ではない。彼はサイであり、〈サイレンス〉にしたがっている。子どものころに条件づけによって感情を排除されている。これまで彼が歩んだ〈サイレンス〉への道のりは、ときにあやういこともあったが、最終的には、不安や希望、苦悩や興奮の影などひとつもない、冷たく理性的な精神が形成されたのだ。

ケイレブの条件づけには、かつては構造的に大きな欠陥があった。〈サイレンス〉が徹底的にひび割れていたのだ。しかし、それは遠い昔のことだ。ひび割れは硬く、強固に修復され、弱い箇所は、ケイレブの〈サイレンス〉のなかでも最も強い箇所へと変化した。だが、石のごとく硬い表面の下には、まだ弱い部分が残っていると、ケイレブは知っている。

それすらなくなる日……その日が来ないほうが、この世界にとっては望ましいのだ。

眉毛の汗を腕でぬぐいながら、ケイレブは屋外照明の電圧をあげ、ドリルでネジを打ちこんでいく。こうやってしっかりと柵《さく》をとりつけておけば、大地震が起ころうと崩れることはないだろう。長いあいだ追い求めてきた標的をこちらの準備不足のせいで失うなど、とうてい許せなかった。

手もとの作業に集中しながらも、ケイレブは招きいれた客人の動きに耳をそばだてていた。客人ではなく〝囚人〟と呼ぶべきかもしれないが、呼びかたなどどうでもいい。相手がケイレブの手中にあるという事実だけがだいじなのだ。

ガ、シャン、シャン！

激しい物音を意識的に処理するまでもなく、ケイレブはドリルを捨てて、彼女の部屋へと瞬間移動《テレポート》していた。

# 2

バスルームへとつづくドアのむかい側にはドレッサーがあったが、その鏡がこなごなに割れていた。破片がカーペットやベッド、さらに、ベッドの中央にしゃがみこんでいた彼女自身にも飛び散ったらしい。破片が直接飛んできたのか、頬には赤い血のすじが走っている。だが、ほかにけがはないようだ。

ドレッサーからそれほど離れていない場所には、鏡を割るのに使ったらしいマグカップの破片が散らばっていた。こぼれた紅茶が、ドレッサーはもちろん、みがきあげた板張りの床に敷いた淡い色のカーペットにも、さび色のしみを残している。

なぜこんなまねをしたのか、ケイレブは理由をたずねなかった。「じっとしていろ」鏡の大きな破片を集めて、外のごみ箱へと瞬間移動《テレポート》させる。瞬間移動者《テレポーター》のなかには、カーペットから血液だけを分離してとりだせる者もいるが、ケイレブの能力はもっとスケールが大きい。ひとつの都市をまるごとのみこんでしまうほどの地震を発生させ、空を飛ぶエアジェットを精神の力だけで墜落させ、高波さえもひきおこす――

ケイレブにできないのは、細かい銀色の破片をひとつひとつ持ちあげることだった。

「この部屋にはいられないぞ」ケイレブは言った。「とにかく、あと片づけが終わるまでは」

無言の反抗のしるしとして、相手の女性は体をずらしていき、ヘッドボードに背中を押しつけた。服従を強いるのは、彼女の信頼を勝ち得ようというケイレブの意図に反する。ここは状況を考え直すことにして、別の実行可能な解決策を思いついた。

「つかまっていろ」

ベッド全体が床から三十センチほど持ちあがると、ケイレブの客人は驚きの声を漏らして、シーツをぎゅっとつかんだ。ベッドとともに、ほかの家具も床から浮かすと、ケイレブはTkの力でもって、部屋の端から端まで、床の九十パーセントを覆っている毛足の長いカーペットをくるくると巻いていく。床には破片は飛び散っていないようだが、念のために部屋じゅうを歩きまわって確かめてから、ドアのそばへもどった。まるめたカーペットが足もとにある。

紅茶によるしみがおよぼす影響を考えて、ケイレブはつねに最新の状態にしてある視覚ファイルにアクセスすると、照準となる画像を用いて、この地域の中央廃棄物処理・リサイクリング施設の焼却炉へとまっすぐにカーペットを瞬間移動《テレポート》させた。

ケイレブ自身のDNAも、この女性のDNAも、どちらも敵の手に渡ってはならないのだ。

シーツから彼女の体を持ちあげ、寝具をまるめてしまうと、何が起こったのか相手がまだ理解しないうちに、おなじく焼却炉へと移した。マットレスがあらわになったベッドに彼女の体をおろしてから、地下の収納スペースから予備のカーペットを運びいれ、床にのばした。「これはよごさないようにしてくれ」ベッドを床にもどすときに、ケイレブは言った。「シルク製の手織りだからな」

あざやかなブルーの地にクリーム色とかすかな藍《あい》色が渦を巻くように織りこまれたカーペットは、五年前に購入したものだ。ケイレブが所有するいくつもの企業が初の利益を生みはじめ、きわめて控えめに見積もっても健全かつ安全な範囲をゆうに超えると判断したときのことだった。「ほかに何か壊したいものはあるか？　あるなら、いますぐやってくれ。そうすれば、破片をキャッチしてやる」

ベッドの上の女性はこちらを見つめていたが、まもなく予期せぬ行動に出た。ベッドわきのテーブルから小ぶりの花瓶をつかむと、ケイレブの頭上の何かに向かって投げつけたのだ。ひょいと首をすくめてふりかえると、飛んできた花瓶が火災警報器の場所を示している小型センサーライトに向かっている。ケイレブはあわや命中する直前に、それを食い止めた。

点滅する赤い光の前に花瓶を浮かべたまま、ケイレブは相手の一見したところ不合理な行動の裏にある合理的な理由を見いだしていた。「あれはカメラじゃない。それに先ほどの鏡はただの鏡だ」そう告げながらも、相手が信じるはずがないとわかった。ケイレブが部屋を出たとたん、警報器はこなごなにされるだろう。そのために、この部屋のものをすべて投げつけなければならないとしても。

花瓶をテーブルにもどしてから、ケイレブは手をのばして、壁から警報器をはずしにかかった。自分の身長なら――この女性と違って――その作業も楽々とこなせる。警報器をはずしても、彼女の身に危険がおよぶことはない。それだけは確実にしておくつもりだ。作業を終えると、除去した装置を部屋から移動させ、ケイレブが寝室に入ったときからずっと目を離そうとしない女性と再び向きあった。「ほかには?」

相手のまなざしは、埋めこみ式のシーリングライトに向けられた。

「あれもとりはずせば」ケイレブは言った。「暗闇のなかにいるはめになるぞ」

相手は視線をそらさない。

この戦いにおいて、これはとくに争うべき重要な事項ではないとあって、ケイレブは家の別の場所から小型のテーブルランプをとり寄せた。「調べてみるといい」

相手はじっくりと時間をかけて調べた。だが、投げつけて壊そうとせずにランプを灯したので、監視装置が埋めこまれてはいないと納得したのだとわかった。シーリングライトをとりはずしてしまうと、ケイレブは彼女の精神にとって不審に映るものがほかにもないかどうか、部屋じゅうをスキャンした。目立ったものはとくにない。相手が視線を向けたあたりからすると、壁面はすでにチェックをすませ、目で見て天井を調べていたのだろう。

動物的なレベルのみで精神が機能しているわけでは絶対にない。ケイレブ自身がこの女性のねじれた精神経路で目にした事実に反して。

そう考えながら、ケイレブはバスルームに入っていき、照明器具と天井のヒートランプをとりはずして、必要なら彼女が分解できるはずの、背の高い防水フロアスタンドにとりかえた。鏡もなくした。さらに、換気用ダクトの細かい格子もはずすことにした。そうすれば、奥に見えるのは湿気を防ぐための静かなファンだけだとわかるはずだ。

テラスにもどるころにはケイレブの肌はすっかり冷えていた。だが、作業をつづけるうちに、峡谷のむこう側の木立から微風が吹いてくるにもかかわらず、まもなく体がほてってきた。ネジを一本打ちこむたびに、彼女が幽閉されていた部屋のことを考える。あのとき、独房の映像がいきなり消えて、画面が砂嵐のように乱れた瞬間、やつらはどう反応したのだろうか。映像が途切れたのはほんのつかの間のことだが、モニターが鮮明になったとき、やつらは空っぽになった空間をながめるはめになった。

この〝砂嵐〟は、ケイレブがまだ十代のころ、自身の能力をあれこれ試してみるなかで発見したもので、なかなか便利な手段だ。ケイレブの念動力には絶大なパワーがあり、低レベルの〝雑音〟を発している。人型ロボットなどの耳には識別できないが、動物であれば不快感をおぼえるし、テクノロジーにも干渉することになる。現在では、当然ながら、その力をコントロールできる。雑音がケイレブのシールドから漏れるのは、監視カメラの前でおのれの存在をぼかしたり、もしくは技術的な監視を妨害したりしたい場合に敢えて漏出させるときだけだ。この能力について知っているのは、ケイレブ自身を除けばこの世にただひとりだけだった。

とはいえ、瞬間移動《テレポート》の猛烈なスピードからすると、ケイレブの客人を幽閉していた者たちは、ハイレベルのTkの関与を疑うに違いない。そうなれば、該当者はかなり絞られるはずだ。だが、ケイレブはおのれのしわざだと知らせるつもりはない。いまはまだそのときではないのだから。

いざそのときになれば、やつらは情けを請うことになる。

きわめて強力で、〈サイレンス〉に完全にとらわれた者であろうと、胸をかきむしるようなパニックに襲われることで条件づけにひびが入り、その結果、ケイレブに情けのかけらもないことなど忘れて、最終的には懇願するはめになるのだ。

最後のネジをとめてしまうと、ケイレブは道具をまとめて瞬間移動《テレポート》させた。こうしてテラスが金属製の手すりにかこまれているのは、どうも妙な感じがする――柵のあいだから外の景色をながめることはできるが、峡谷の真っ暗な口へと落下するおそれはない。ケイレブの客人ほどやせていても、ここをすり抜けるのはむりだった。

《サー》

テレパシーによるていねいなノックは、ケイレブの補佐官で、静かなる影響力を有するマーカント一族の一員、シルバーからのものだ。

ケイレブはテレパシーの経路をひらいた。《どうした?》邪魔はするなと伝えておいたはずだが、そのことにはふれない――シルバーがつまらぬことでケイレブの明確な指示にそむくはずがないからだ。

《スーダンの首都ハルツームで、小規模なシンクタンクが攻撃を受けました。このシンクタンクが次期研究計画〝ヒューマンやチェンジリングとの政治的協力関係および社会的交流の拡大がもたらすサイへの利益〟に関して、その特徴を明らかにした直後のことです》

つまり、〈サイネット〉に迫りつつある内乱の、次なる攻撃が放たれたということか、とケイレブは考えた。《死亡者数は?》

《事件発生当時ビル内にいた十名全員が亡くなりました。給気管から毒ガスが送りこまれたのです》

《〈純粋なるサイ〉による犯行か?》この過激な〈サイレンス〉擁護派グループは、

カリフォルニア地域で〈スノーダンサー〉の狼《おおかみ》族と〈ダークリバー〉の豹《ひょう》族、およびその地域を拠点とする二名の評議員――ニキータ・ダンカンとアンソニー・キリアクス――をリーダーとしてあおぐサイたちにより決定的な敗北を喫してからというもの、すっかりなりをひそめている。ヒューマンもまた、サンフランシスコ・シエラネバダ広域圏を支配下におこうとする〈純粋なるサイ〉に対する抵抗運動に加わったことで、〈純粋なるサイ〉がなんとしても死守しようとした人種的境界を超えた同盟へとつながったのだった。

人種的境界を死守するというのは、〈純粋なるサイ〉の活動の中心がおおやけに〈サイネット〉上にあることを考えると、どうも矛盾するように思える。しかし、〈純粋なるサイ〉の、表面上は〝理性的〟とも言える発言の根底にあるのは、サイこそがほかの種族よりも優れた種族であり、〈サイレンス・プロトコル〉の基盤に生じはじめた亀裂《きれつ》を修復しさえすれば、サイは最も強大な種族として再び地球上に君臨できるという信念なのだ。

それゆえ、サイの一般大衆をよりよいかたちでヒューマンやチェンジリングと統合しようとする試みは、いかなるものであろうと〈サイレンス・プロトコル〉への攻撃のみならず、サイ種族の遺伝的優位性への脅威とも見なされるわけだ。これは根拠のない仮定にすぎない。サイもヒューマンやチェンジリング同様に欠陥があると、ケイレブ自身知っている——凝固しつつある血の匂い、耳のなかでこだまする絶叫といったものが充満した部屋で、ケイレブは成年に達したのだから。みずからの種族の暗部がたんにうずもれているだけで、消し去られたわけではないとわかっている。

《すでに確認ずみです》やや間をおいてから、シルバーが答えた。《純粋なるサイ》が毒ガス攻撃の犯行を認め、声明を発表しました》映像を送ってよこす。シルバーの強力なテレパシーのおかげで、画像はくっきりと鮮明だ。

シンクタンクが所有するビルの一面には、中央にPの文字が入った星のシンボルが見える。Pの文字は白抜きで、そのまわりは黒く塗られている。シンボルの下には、"純粋化による赦しを、同志よ、集え"とあった。

## ★P 純粋化による赦しを
## 同志よ、集え

《いままでにはないシンボルだな》ケイレブはシルバーに言った。
《はい、このようなシンボル・ステッカーが使用されたのは初めてです》

シンボル・ステッカー。もとから準備してあったからこそ、〈純粋なるサイ〉の工作員たちは手際よく短時間でああしたものを掲げられたわけだ。宗教的な含みのある表現は、意図的なものなのか。ヘンリー・スコット評議員の死にともない〈純粋なるサイ〉のリーダーとなったバスケスは謎に包まれた男だ。狂信者ではあるかもしれないが、その容貌について詳細かつ確実な情報がいっさい掘り起こされていないことから見て、やつが利口な狂信者だとわかる。いまこの男は、〈サイレンス〉にひびが入った者や、感情はサイ種族の敵ではないと信じる者たちを公然と非難しつつ、感情にうったえ、同志をつのっている。

巧妙なやりかただ。

それとも精神病質者ゆえか。

《このニュースはなぜ〈サイネット〉に広がっていない？》ここ数時間、ほかのことに気をとられてはいたものの、ケイレブの精神は〈サイネット〉の経路をスキャンしつづけていた。それなのに、こうした重大な攻撃についてはなんら耳にしなかった。

《タイミングが悪かったのです》シルバーの精神的な声が答える。《〈純粋なるサイ〉の工作員たちがシンボル・ステッカーを掲げ終えたところで、まもなく警察のパトロールカーが通りかかり、そのシンボルを発見したようです。警官らが不審に思ってビル内をチェックし、遺体を発見したという次第です。

結果として、街が眠っているうちに外部の処理も完了し、シンボル・ステッカーは除去されました。わたしがこの情報を入手できたのは、スーダン警察当局の上層部に

いる一族のおかげにほかなりません——警察当局はメディアへの報道管制を首尾よく敷くことができたのです》

〈サイネット〉全体で注目を集めそこなったとあって、〈純粋なるサイ〉はさらなる致死的な攻撃に駆りたてられるだろう。《〈純粋なるサイ〉内部に潜入したきみの一族の者は、組織の中枢に多少なりとも近づきつつあるのか？》〈純粋なるサイ〉はみごとな手腕によって、ケイレブ自身の計画におけるこの最終段階でこちらが必要とする不安定な状況を生んでくれたが、やはりやっかいな要素には違いない。ケイレブは万事、完全に掌握しておきたかった。

《いいえ。バスケスは非常に用心深いのです》

《ハルツームでの状況を監視しつづけてくれ。何かあれば、報告をたのむ》

《承知しました、サー》

テレパシーのリンクを閉じたとき、背後で小さな音がした。ケイレブはふりむくこともなく、手すりのほうへと歩いていき、峡谷の底の見えない、はるか深みをながめた。まもなく照明が消えて、テラスを照らすのは星明かりだけとなった。今夜、月は真っ暗で見えない。

素足で木製のテラスを踏む音がする。清潔でさわやかな匂いとともに、緑色がひらりと揺れて、彼女がそばに立つのがわかった——ケイレブとのあいだにたっぷり三メートルは距離をあけているが。緑色のTシャツ、やわらかいグレーのパジャマのズボンという服装で、確かに洗ったらしい髪は、顔のまわりでくしゃくしゃにもつれており、ここからは横顔は見えない。柵に手をやり、まるで幽霊のように皮膚が白くなるほど強く、冷たい金属を握っている。

「ここも牢獄にすぎない」ケイレブは声をかけた。「きみがおのれの精神をコントロールできないかぎりは」ケイレブがこの女性をすっぽり包んでやっているシールドをおろせば、彼女はきわめて弱い同胞にすらその身をさらすことになる。彼女の精神は保護シールドがはぎとられていた。「シールドを張りなおせ。そうすれば自由にしてやろう」

それは嘘《うそ》だ。

ケイレブにはこの女性を自由にするつもりなどない。

# 3

ここは前の場所とは違う。ここでは、目を刺すようなまぶしい強烈な光はどこにも見あたらない。すべてがやわらかく、控えめだった。いや、すべてではない。彼女をここに連れてきた男性だけは違う。この男性はとても硬くて強い。

さながら真っ黒な氷のようだ。

肌がちくちくするような声で話しかけてきて、その言葉はあるときは意味をなすが、意味がわからなくなることもある。彼女の精神のねじれた迷路を通ってこちらに到達するからだ。迷路はみずから生みだしたものだ。それはわかっている。わからないのはその理由だった。なぜ自分の精神を妨害するようなまねをするのだろう？　おのれの能力にわざと足かせをはめるなんて、いったいどうして？

この迷路があったからこそ、彼女は始まりももはや思いだせず、以前、本当の意味で眠ったのがいつなのかもわからないほど長いあいだ、あの白い部屋に閉じこめられていたのだ。ボールのように体をまるめて、両腕で顔を覆っても、まばゆい光はおぞましいハンマーのごとく容赦なく降りそそいできた。やつらは、迷路をくずして再び役に立ってみせろ、命令どおりにやれ、そうすれば照明を切ってやると言った。

迷路がリセットされた一瞬、頭がはっきりとして、彼女ははたと気づいた。協力する意思などないとわかれば、その時点で処刑されていたはずだ。こうしていまも生きながらえているのは、自分の能力がどんなものであれ、この身を守ってくれるほど重要かつ強力なものだということだ。確かに、半ば死んだも同然で、幽閉され、鎖につながれていたわけではあるが。あのとき最後に――。

迷路がねじれて、一日に一千回もそうするように、いまもかたちを変えると、彼女の思考はゆがめられ、意味不明なものとなった。ごく繊細な糸で織りあわされた理性や記憶がずたずたにひきさかれてしまう。鉄柵をぎゅっと握りしめ、むこう側の真っ黒な深淵《しんえん》に落下しないようにしながら、彼女はこの変化のなかで息を吸い、目の前にちらつくまぶしい光の点をはらおうとまばたきをする。しかし、光の点は消えず、やがて驚きとともに、その点は夜空に浮かぶ星々だと気づいた。

星々はきらきらとまたたき、いつしか彼女は星にふれたくて手をのばしていた。しかし、星ははるか遠くにあり……彼女の手にはいつのまにか一冊の本があった。びっくりして、いきなりあらわれたその本をあやうく落としそうになる。だが、硬い空気のクッションに手を支えられて、その本が暗い深淵へと落下するのを真っ黒な氷のごとき男性がよしとしなかったのだとわかった。

暗闇のなかでは表紙の文字は読めない。自分に文字が読めるのかどうかすら、わからない。だが、柵のあいだからその薄い本をこちらにひきよせると、まるで宝物のように胸にかかえた。むこうがこちらを見ていないとわかると、ちらっと男性を盗み見ることにした。

この人は、あの檻とも言うべき、痛いほどの光にあふれた白い部屋にいた見張りたちと同じではない。あそこの見張りたちは彼女をとことん痛めつけた。だが、この男性ならまばたきひとつせずに彼女の喉を切り裂くだろう。そのことは迷路を生んだおのれの脳の部位が、なんとしても生きのびたいという執拗《しつよう》な意志に駆りたてられたその部位が、教えてくれたのだ。どんなにみじめな毎日を送ろうと、とにかく生きのびることしか、その部位は考えていなかった。容赦のない現実主義をつらぬいたからこそ、星空の下で、星明かりにも似た、シルクのごとくなめらかな黒を背景に氷のように冷たい白がきらめく瞳を持つ、この男性のかたわらにいられるのだ。

《特級能力者《カーディナル》》記憶の隠れた部分がささやく。《この人の瞳は特級能力者《カーディナル》のものだ》

そう、どこかで――。

またしても迷路がねじれて、思考のかたちが崩れる。彼女の精神は万華鏡のように目まぐるしく変化した。無数のイメージが砕け散って、くるくると回転する。やがて何ひとつ意味をなさず、ただこなごなに砕けたガラスが美しい模様を描くだけになる。ときには万華鏡に魅了され、何時間も見いってしまい、いつしかそのまま強烈な白い光にも傷つけられない内なる世界へと連れていかれたこともある。そこなら、おのれの精神が殻のないカニのようにやわらかく傷つきやすい状態で、むきだしにされることもなかった。ひどく無防備にされることも、痛い思いをすることもない。

でも……いまは殻に守られている。

顔をしかめながら、自分の精神をかこんでいる強固な黒いシールドを精神的な指でつついてみる。だが、微動だにしない。まったく。興味をそそられ、シールドの内面をそっとなでてみると、真っ黒な氷の〝味わい〟がすることに気づいた。この男性のものだ。危険で美しく、厳しい声を持つ男性。眠ることも許されず、彼女の存在そのものを傷つけ、血を流すようなまねを強いられた場所から、彼女を連れだしてくれた人。

まさにその男性が、柵にかこまれたこの場所に彼女を閉じこめたのだ。

理路整然とした思考が働いたのはそこまでで、まもなく迷路が再びリセットされ、言葉や文章はばらばらの紙吹雪となって、彼女の感覚をまどわせ、周囲の現実から遮断してしまった。

テラスに出てきてから二時間がたち、客人が去っていくのをケイレブはながめていた。彼女が夜空へと手をのばし、ケイレブがやむなくあの本を与えるという危険をおかしたときを除けば、彼女は星を見あげ、じっと立ちつくすばかりだった。大多数のサイが目にしている、サイの精神がそれぞれ暗闇できらめく〈サイネット〉の星空を、頭のどこかでおぼえているのかもしれない。それとも、長年にわたって檻に閉じこめられていたため、広々とした夜空にうっとりと見とれていたのだろうか。

金属がきしむ音がする。

ふりかえってみると、重たい鉄柵の一本がくにゃっとほぼふたつに折れ曲がっている。ケイレブはちらりと意識して柵を直してしまうと、テラスの左側に面したスライドドアをあけて、自身の寝室へと入っていった。この寝室のむかい側には、彼女の寝室があるため、彼女の寝息にも耳を澄ましておけるわけだ。

シャワーを浴び、汗を流すのは、ほんの数分ですんだ。

タオルで体をふいて、ベッドに横になると、ぱりっと糊《のり》のきいたシーツに素肌がふれるのを意識しながら、ケイレブはきっかり五時間の睡眠をとるように精神をセットした。もっと短時間の睡眠でも長期にわたって生きられるが、肉体的、精神的な充電に必要な休息となると五時間が最適なのだ。屋敷の施錠はすべて終え、警報装置も作動している。だが、彼女が少しでも物音を立てるやいなや精神的な警報が鳴るようにセットしてから、ケイレブは眠りに落ちた。

夢を見た。

夢は、ケイレブの条件づけに低レベルの不具合があるという証《あかし》だ。とはいえ、彼はずいぶん前に、そうした不具合を補正するすべを学んでいた。もちろん、潜在意識はコントロールできない。だが、ケイレブの夢はもはや、かつて十代だったころのように何もかも網羅するような悪夢ではない——当時は覚醒《かくせい》したときにはすっかり消耗しきっていることも多く、集中力をとりもどすのに少なくとも一時間はかかったものだ。大人になってからは、目覚めたときも意識ははっきりしており、夜間に潜在意識によって呼びさまされた心像もすべて完全に記憶している。

サイ医学の研究者たちがケイレブの夢を垣間見たなら、興味深い結論に達するだろう。翌朝、仕事用の黒いスーツのズボンに白いシャツを身につけ、しばらくは襟をあけたままにしておきながら、ケイレブはふとそんなふうに考えた。しかし、連中の誰もおのれの精神のなかに招きいれてやるつもりはないのだから、そんな考えに現実的な意味はないのだが。

寝室を出たとき、むかいの部屋のドアは閉まったままだった。客人の休息の邪魔はしなかった——いまや相手はこの屋根の下にいるのだから、ケイレブはとことんがまん強く待つつもりだ。だが、キッチンに入ったとたん、いきなり足を止めた。その客人の女性がさんさんと陽が降りそそぐ小さな朝食用のコーナーにいて、椅子の上にまるくなっている。そのコーナーは、ヒューマンの企業数社に家の建築を依頼したとき、ケイレブが設計プランにあえて組みこんだものだ――本人はそこを利用する気はさらさらなかったのだが。

ヒューマンの企業は、こうした変更もなんらおかしいとは思わなかった。サイの建築家であれば、この屋敷はどこかおかしいと感づいたはずだ。なにしろ、施主がほかならぬケイレブ・クライチェックであって、〈サイネット〉上で誰よりも〈サイレンス〉にしたがい、感情を排したと目《もく》されるまさにその人物なのだから。実際のところ、ヒューマンたちの仕事ぶりはかなり満足のいくものだった。各企業がそれぞれ関与したのは建築プロセス全体の厳密に限られた部分のみであり、最終的なセキュリティー機器を設置したのはケイレブ自身なので、この屋敷を守る最新システムについては、どの企業も知るすべがなかった。

同様に、この客人も、ケイレブがセットしておいた精神的な警報装置について知るすべはなかった――ところが、この女性が部屋を出たというのに、警報は鳴らなかった。警報装置を調べてみると、こちらの基本的な判断ミスだとわかった。彼女のシールドの源はケイレブ自身であるため、ふたりの精神は突破不可能なファイアウォールによってへだてられているとはいえ、ケイレブの意識のほうは彼女をみずからの一部だと見なしたらしい。二度とミスが起こらないように条件をリセットすると、ケイレブはカウンターのほうへ歩いていった。みずから所有する超一流ホテルの厨房《ちゅうぼう》から朝食用ペストリーを瞬間移動《テレポート》させ、それからホットチョコレートを一杯用意した。ケイレブはこの甘い飲料を味わったことがないが、感覚や味覚について研究したおかげで、感情的な人種に〝安らぎ〟をもたらすとされる品々の知識があった。陽ざしのなかですわっているこの女性の心身の健康状態を考えると、相手の不信の壁を打ちやぶるうえでこうした飲料が有効かもしれない。

女性に近づき、ホットチョコレートのマグカップを目の前においてから、ケイレブはたずねた。「腹はへっているか?」

濃いブルーの瞳が、顔にかかったくしゃくしゃの、だが清潔な髪の奥から、こちらをじっと見ている。おのれのシールドを突きぬけ、見とおすようなまなざしに、ケイレブはおちつかない感覚をおぼえた。別にたいしたことではない――この女性はケイレブの最も暗い秘密をすでに知っている。あのとき絶叫しながら、強い鉄の匂いを味わったのだから。

いきなりうつむいて目をそらすと、女性はホットチョコレートのほうにぐっと身をかがめた。相手がその飲料を吟味するあいだに、ケイレブは朝食に好んで飲んでいる栄養ドリンクを調合し、頭のなかで今日のスケジュールを確認した。まもなく通信会議が予定されているが、その場所をここにしようが、モスクワ中心部のオフィスにしようが、最終的な結果に影響はないはずだ——ケイレブはつねに勝利し、トップに立つ。かならず。

　失敗などありえない。

　そのとき、ケイレブが七年間さがしつづけた女性が椅子からするりとおりて、こちらに近づいてきた。一メートル先で相手が立ち止まったとき、ケイレブが黙ってあとずさってやると、相手は瞬間移動《テレポート》させておいた朝食に手をのばした。はるか遠くから朝食をとってくるのは、とくに難しいことではない。そのホテルの厨房をとりしきっているシェフは几帳面で、すべてのものを定位置におかないと気がすまないタイプだ。ひとつひとつ特別な包装紙にくるんでバスケットに盛られた焼きたてのペストリーも、やはり例外ではない。すでに入手ずみの厨房の画像ファイルを使って、まずは瞬間移動《テレポート》の場所をさだめ、さらに包装紙を目じるしにして、厨房内の細部まで照準を絞るわけだ。いま、客人の女性がまだあたたかいアプリコットのデニッシュをつまんできちんと皿にのせ、席にもどっていった。

　ペストリーを食べるのかと思いきや、女性はもう一度カウンターに近づき、もうひとつデニッシュをとった——ブラックベリー味のものだ——それをふたつ目の皿にのせ、テーブルのほうにひきかえした。ふたつ目の皿をテーブルの反対側におろし、ホットチョコレートを真ん中に押しやったので、そのときようやくケイレブは自分が朝食に誘われているのだと気づいた。

《レニク》ケイレブは声をかけて、シルバーの部下がテレパシーの経路をひらき、応答するやいなや命じた。《イムコープ社との会議日程を変更してもらいたい》

《サー、同社が交渉に合意するかどうか、すでにあやういと思われますが》

《待たせておけばいい》交渉の実権を握っているのはケイレブだ。イムコープ社のCEOが忘れたというなら、喜んで思いださせてやろう。

《ただちに先方に連絡いたします》

テレパシーによるやりとりを終えると、ケイレブはグラスに水をそそいで、テーブルへと持っていった。「どうも」マグカップを相手のほうにもどしながら、話しかけた。「だが、これはきみのものだ」

女性はこちらをじっと観察したままだ。突如としてどこまでも深いブルーの虹彩《こうさい》に鋭い知性が感じられ、ケイレブの本能が警戒態勢に入った。「あなたは誰なの？」かすれた声。声帯を何カ月も……いや、何年も使っていなかったかのように。

「ケイレブ・クライチェック」

やや間があった。「ケイレブ・クライチェック」ケイレブ同様に抑揚のない声でおうむ返しにとなえてから、女性は皿に顔を近づけ、デニッシュを一口かじった。彼女がじっと見ているので、ケイレブも同じようにデニッシュを口にした。

とたんに味蕾《みらい》に荒々しいまでの強烈な刺激が走った。ケイレブの味蕾は、必要なカロリーやミネラルを摂取するだけの風味のない栄養補助食品や、たまにとるバランスはよいもののあっさりした食事に慣れきっているからだ。それでもデニッシュのかけらをごくんと飲みこみ、水と一緒に喉の奥へと流しこんだ。テーブルのむかい側にいる小柄な女性はそれを見て満足したらしく、自分のデニッシュを少しずつきちんと最後まで食べた。

よし。食べている、食べている。

この女性は、以前からずっと、まさにダンス好きの少女にふさわしく、ほっそりとした優雅な体つきをしていた。だが、体重が少ないとしてもまさに健康そのものといった印象だったしなやかな筋肉は、もはやどこにも見あたらない。いまはいかにも華奢《きゃしゃ》な体型で、昨日と同じ緑色のTシャツを通して肩の骨が目立ち、頬もこけている。ペストリーの残りをテーブルに瞬間移動《テレポート》させてやると、相手は思案するように見つめてから、バナナマフィンをつまんだ。

バターナイフを手にとると、女性はマフィンをふたつに切り、半分をケイレブの皿においた。「どうも」ケイレブはもう一度礼を言ってから、相手を気づかって、やわらかくて甘すぎる食べ物を一口食べた。

相手の女性もマフィンの半分を食べ、ホットチョコレートをほとんど飲みほした。それからまた口をひらいた。「ケイレブ・クライチェック。長い名前ね」

「ケイレブと呼べばいい」ケイレブは答えた。かつてこの女性に同じように返答したことがある。ケイレブがどんな人間で、なぜ近づいてはいけないのか、彼女がまだ理解していなかったころのことだ。

「わたし、あなたの殻を持ってる、ケイレブ」

ケイレブはその言葉の意味を考え、理解した。「そうなのか？」

「真っ黒で硬いの」

「わたしがきみを覆っている精神シールドのことだな」ケイレブは水を飲みほした。「やむをえなかったんだ。きみの精神はむきだしにされていた」裸で、無防備に――どう考えても許容しがたい事実だ。「黒曜石のシールドは、〈サイネット〉からきみの痕跡をすべて隠している」

あからさまな不安を顔に浮かべて、相手がささやいた。「それなら、いまはあなたがむきだしなの？」

こうした共感力は、驚くにはあたらない。そのせいで、この女性は手ひどく痛めつけられるはめになったのだ。「いや」ケイレブは答えた。「わたしにはふたつのシールドを同時に問題なく維持できるだけの能力がある」〈サイネット〉上で最も強力なサイなのだ。それは間違いない。ケイレブの精神的パワーは、サイ社会の枠組みそのものすら破壊できる——あるいはコントロールできるほどだ。どちらを選ぶかは……この女性次第だった。

復讐が望みだと言うなら、ケイレブは世界を真っ赤な血の色に染めるだろう。

女性はケイレブが手をつけていないマフィンの片割れを手にとると、少しちぎって口に運んだ。「わたしが見えるの？」

「きみの思考はきみ自身のものだ」瞬間移動《テレポート》するための一瞬の接触を除けば、それからあとは彼女の精神には侵入していない。

やはりなんとも鋭い知性が感じられる。「あなたの殻を共有しているなら、わたしはそっちの秘密がのぞけるのかしら？」

「それはできない。わたしの精神のなかは見たくないはずだ」警告だった。「〈サイネット〉でのうわさによれば、わたしは他人を狂気へと追いやれるらしい」

恐怖も不安もない。ただ揺るぎないまなざしがあるだけ。ケイレブの言葉にもっと深い意味を読みとったのだ。「そんなことができるの？」

「ああ」彼女にたずねてみたかった。ケイレブを見たとき、いったいどんな姿が見えたのか。真夜中のブルーの瞳に悪夢がはっきりと映ったのか。「幻覚が見え、恐ろしい声が聞こえ、もはや理性的な世界に存在できず、かつての自分の壊れたぬけ殻となり果てるまで」

「どうして？」

「その能力があるからだ」

# 4

彼女は相手の答えを聞いた。この男性はさながら襲いかかってくる直前のコブラのごとく表情が読めず、その声を聞くだけで全身の産毛《うぶげ》がことごとく逆立ってしまう。しかし、この人がすべてを語っていないことはわかっていた。なぜそこまで確信があるのか、相手の氷のようなうわべをはぎとってやりたいという不可解なほどの激しい感情がわいてくるのか、その理由はとても説明できそうにない。ただひとつだけ、こうして思考し、推論できるだけの明晰《めいせき》さがあるいまこの瞬間にはっきりしたことがある——この男性の冷たい強さに対抗するには、サイとしてのおのれの能力が必要だということだ。

それなくしては生き残れないだろう。

むかいにいる特級能力者《カーディナル》は、彼女を檻に閉じこめ、精神を壊そうとした者たちとは異なり、いくら迷路を作ろうと食い止められそうにない。この人は恐ろしいほどの強固な意志でもって深く掘り進み、彼女をひきずりだすだろう。その追跡は容赦なく、目的のためなら手段をいとわない。何ひとつ、誰ひとりとして、この人を止められない——おのれの最大の強みに足かせをはめているようなサイに太刀打ちできるはずがない。

こちらの信頼を得るべく、相手が思いやりのしるしとして与えてくれたはずの、濃厚で甘い液体を飲みながら——。

迷路がねじれた。

しかし、思考の流れをそのままにしておきたい一心で、今回は同時にわが身をよじってみる。お腹に食べ物を入れ、ホットチョコレートのあたたかさを喉に感じ、ケイレブのシャワーを浴びたばかりのさわやかな匂いを味わい……昨夜、月明かりに照らされ、汗が光っていたときの清潔な、男らしい匂いとは違う……それらすべてが、これは幻覚などではないと信じさせてくれた。

ケイレブという男性は幻覚などではありえない——ほぼ重力にも近いほどの強烈なパワーを発散しており、この男性の血流にみなぎる強さを無言のうちに知らしめている。瞬時にしてあの檻から、もうひとつの檻かもしれないこの屋敷へと彼女を移動させた、その強さを。むりだ。こんな状態では、この男性を相手にして生き残れるはずがない。精神がこなごなに砕けたまま、複雑にもつれあうがゆえに監禁者たちの誰ひとりとしてたどりつけなかった迷路の奥におのれの能力を封じこめているうちは。

「迷路を解除する鍵を作ったんだわ」彼女はつぶやいた。

ケイレブが完全に、ぴたりと動きを止める。さながら輪郭のくっきりとした彫像のようだ。「どこにある?」

「わたしの精神のなかに」相手にというよりも自分自身に向かって言う。迷路が変化しつづけているが、もはや思考を打ち砕かれるようなことはない……永遠とも言える長い眠りからようやく覚醒して数時間たつが、そのあいだも厳密には思考はばらばらに砕けてはいなかった。もう一時間以上、頭はさえており、自我も、記憶もよりいっそう首尾一貫しつつある。

さらに、自分が何をしたのか、わかっていた。

精神を解きはなち、迷路が構築される以前の状態にもどそうとしても、手動ではむりだ。彼女自身ですら、複雑に織りなされた精神的な罠《わな》を、命令ひとつで解除することはできない。監禁者らによる拷問、買収、精神的な強制――それらはいずれも彼女を守るねじれた迷路の森をますます強固なものにしただけだった。彼女をなぐって半殺しの目に遭わせようと、火あぶりにしようと、なんの効果もなかっただろう。

おのれの創造物がもたらす破滅的な結果をくつがえすとしたら、その唯一の方法は、潜在意識が〝安全〟だと認識する環境におかれることだった。

いまの状況がそうした条件に一致するとはとても思えない――氷と松の木の匂いの

する、なぜかあの素肌に頬をすり寄せたくなる漆黒の髪の男性、彼女をつねに見すえて放そうとしないこの人は、明らかに、いかなるかたちであろうと安全とは言えない。相手は捕食者なのだ。なにしろ、他人を狂気に追いやれるとみずから認め、そんな恐ろしいおこないにもいっさい良心の呵責《かしやく》を感じないのだから。それだけではない。かつての牢獄から彼女を連れだしてくれたとはいえ、その動機は明白であり、不透明であるよりももっとたちが悪い。

それなのに、彼女が長い冬眠から目覚め、砕け散った記憶が古びた流れへと合流していくにつれて、迷路はどんどんみずからほどけていき、彼女の精神は蜘蛛《くも》の巣を次々とはらいのけていく。だからこそ、ケイレブの瞳がいきなり真っ黒になったとき、相手が膨大なパワーを消費しているのだと理解できた……この男性自身がパワーそのものなのだから、とてつもなく悪いことが起ころうとしているか、あるいはすでに起こってしまったのだ。「ケイレブ」

精神的な衝撃波は、猛烈な勢いでもってケイレブの精神を襲った。

衝撃波のとてつもないスピードからすると、それにともなうダメージが壊滅的であることは、恐ろしいまでに明らかだ。念動力による命令ひとつで屋敷全体を施錠すると、ケイレブは〈サイネット〉内へ飛びだしていき、何十万もの精神がちかちかと明滅しているのを目の当たりにした。突然の攻撃に大きな衝撃が走ったというしるしだ。

これはサイの脆弱性《ぜいじゃくせい》のひとつで、すべてのサイを結びつけている精神ネットワークからのバイオフィードバックを必要とするがゆえのものだ。この結びつきにより、サイは精神的な次元において世界各地を自由に行き来し、ほかの種族には想像もつかないほどたやすくデータを共有できる。だが、それはまたある致命的事件がよその大陸で起きた場合、サイ全体が事件の破壊的な余波をまぬがれないことを意味している——いま、オーストラリア大陸のパースという都市で、そのような事態が発生したのだ。

その都市へと、ケイレブはたどり着いた。

〈サイネット〉の真っ黒な構造内では、その内部の精神が、激痛にともない条件づけが損なわれたせいでパニック状態になり、真っ赤に点滅しており、ここでは〈サイネット〉の構造そのものが内側に崩れてきている。かつて一度目にしたパターンと同じだ。あのとき、何百人も——男性、女性、子どもたち——が死亡したが、ドーセット岬《みさき》の人口は今回のパースと比べるときわめて少ないのだ。

被害を受けたエリアに接近するやいなや、ケイレブはわが身を保護していたテレパシーによるシールドを脱ぎ捨て、崩壊を食い止めようとした。だが、すでに何千人ものサイが死亡したとわかった。内部崩壊を起こした〈サイネット〉から切り離され、すさまじい痛みに襲われたせいだ。子どもなら即死しただろう。大人であっても数秒、とくに強い者でもせいぜい一分ほどしかもたなかったはずだ。

《パースにおける固定役《アンカー》のネットワークが標的にされた》世界一高度な訓練を受けた、きわめて危険な秘密部隊〈アロー〉のリーダーに伝える。《二次バックアップを開始しろ》このバックアップ・システムは、〈純粋なるサイ〉が〈サイネット〉の崩壊を防ぐための要《かなめ》である固定役《アンカー》を狙いはじめてからというもの、ひそかに導入されたもので、まだ完成途上にあった。

《開始しました》即座にエイデンが応じる。《わたしもシールドの補強に加わります》

《それは無用だ》ケイレブなら独力で裂け目を修復できる。《事件の全貌をさぐれ》

先の殺害事件に関与していた念動力者は、新たな殺害におよんだところでチェンジリングによって腹をひきさかれ、死亡している。世界じゅうの固定役《アンカー》に危険が知らされ、その大多数がすでに身を隠しており、彼らの居場所を知るのは各地域の選ばれたごく少数の人々だけだった。

《パースのいくつかの地点で火災が報告されています》短い沈黙ののち、エイデンが告げた。《ヴァシックとともに被害を受けた地域に瞬間移動《テレポート》します》

〈サイネット〉の精神構造の、血を流している傷口を見つけ、冷静に手際よく縫合しながら、ケイレブはおのれが握っている一本の糸でかろうじて命をつないでいるサイたちの精神に向かって語りかけた。《ケイレブ・クライチェック評議員だ》もはや存在しない肩書きを名乗ったのは、そうすればおちつきを生むだろうからだ。《この地域を安定させつつある。きみたちの身は安全だ》

単純かつ率直、効果的。

これらの人々は、みずからの世界が地獄へと化したときに救いの手をさしのべてくれた人物を、よもや忘れることはないだろう。

午後の陽光のなか、エイデンは道路のむかい側にある、焼けおちた木材の山から真っ黒な煙があがるのを見つめていた。小さなコテージらしき建物の残骸をいまなおめらめらと燃やしつづけている炎によって、その何本もの梁《はり》が赤黒く光っている。この地域を拠点とする〈アロー〉の仲間がたったいま確認したところ、コテージはある固定役《アンカー》の住居だということだ。ここは大都市の近郊であり、固定役《アンカー》の大多数は孤独を好むはずなのだが。

おそらく、あえてこうした場所を選ぶほうが、カムフラージュになると考えたのだろう。

作戦が失敗に終わったという、いわば無言の証となった破壊の跡を見すえながら、エイデンは、「何を目じるしにして瞬間移動《テレポート》したんだ?」とこの場所へと彼を連れてきた男性にたずねた。

遠巻きに集まっている近隣の住民たちのほうを、ヴァシックはあごでしゃくってみせた。多くの人たちがカメラ機能搭載の高性能な携帯電話を手にしている。「あのうちのひとりがカメラをぐるっとまわして、このあたりの映像を生中継していたんだ。それでこの建物を目にした」

「なかなか目のつけどころがいい」ふたりがいまその前に立っている木造白塗りの教会は、燃えつづけているコテージから道路をはさんだむかい側に建っている。ここなら人目につかないうえに、申し分なく見晴らしもきく。「これは暴力的な攻撃のようだな」たくみさなどみじんも感じられず、標的の命を奪うことしか考えていない。標的となった人物には、何千人というサイの命がかかっているというのに。

「おれの読みが正しければ、燃焼促進剤と火炎瓶によって火災をひきおこしたんだろう」

「安価だが効果的なやりかたと言える」エイデンはこの攻撃のからくりについて考えた。「問題は燃焼促進剤のほうだ――標的を内部に閉じこめておくには、あの家にかなりの燃焼促進剤をばらまく必要があったはずだが、いったいどうやったのか?」隣家の一軒に視線を向け、そこの郵便受けの小さな安全表示らしきものが目に入ったとき、答えがわかった。「ガスだ。ガス供給管に細工をして、ガス漏れをひきおこしたんだろう——燃焼促進剤としてガスを利用したのなら、局所的に爆発が発生したとして隣人たちから通報があったのもうなずける。火災が発生した時点で、被害者はすでに死亡していたのかもしれない」

「それなら実行可能だな……ことに〈純粋なるサイ〉の信者のなかに、公共企業に勤務する者がいたとしたら」ヴァシックの冷たいまなざしが、すべてを焼きつくさんばかりの猛火を封じこめようとする消防隊員たちの姿をとらえた。すると、消火剤が突如として大きな効果を発揮しはじめた。

「能力を浪費しないほうがいい」エイデンは言った。隣にいる仲間が、念動力によるエネルギーでもって火災のエネルギーを抑えこもうとしたのに気づいたからだ。「近隣の住民は全員がすでに避難している。われわれはほかの被害地域を調べにいかねばならない」

　ヴァシックは、いまや自分の腕の一部となっている籠手《こて》状コンピュートロニック装置をちらっと見た。実験的に試すうちに、その生体適合性ハードウェアはまさに彼の細胞そのものに融合しつつある。実験には多大なリスクがともなうとあって、エイデンはやめるようにヴァシックに忠告した。しかし、〈アロー部隊〉の誰かが被験者になる必要があるなら、それは自分以外にはいないと、ヴァシックは決断したのだった。

将来の寿命など、ヴァシックにはたいしてこだわりはなかった。

「すべての現場について、照準となる画像をすでに入手している」いま、ヴァシックは言った。

「行こう」

どの現場も、第一現場とまったく同じだった——燃えさかる炎と崩壊した建物。そのうち二カ所では、近隣の多くの家も焼失しており、消防隊が到着するまでにすでに猛火による延焼が広がっていたようだ。ただし、これだけ同時に多くの火災が発生したにもかかわらず、消防隊の現場到着に遅延はなく、対応は非の打ちどころがなかった。ガスが利用された可能性や火災のひどさから、生存者はおそらくゼロだとわかった——建物内に遺体がぶじに残され、発見できる可能性もほとんどない。

しかし、建物の外部では事情が違った。ガス会社の社員と身元が判明したひとりの男性の遺体が、火事場のひとつが面している袋小路で発見されたのだ。家が爆発したときの衝撃で、乱暴に外に投げだされたらしい。「現場から逃げ遅れたか」エイデンが言う。「あるいは判断を誤ったのか」

「そいつは駒のひとつにすぎなかった」

「そうだな」

ヴァシックがまたしても念動力を使って、危険きわまりない場所で——あるホスピスからひとつ通りをへだてたところまで火が迫っており、ホスピスには具合が悪くどこにも避難できない患者たちが残されている――消火活動をしている隊員らをさりげなく助けているうちに、エイデンは元評議員に報告することにした。その評議員は、膨大なテレパシー能力を用いて〈サイネット〉の裂け目をほぼ完全に閉じたのだ。この人物がありえないことに二重特級《デュアル・カーディナル》能力者だというしるしだった。
《この地域で重大な情報の漏洩がありました》エイデンは報告した。《固定役《アンカー》およびその補助役ネットワークの少なくとも半数に関する位置情報が、致命的なまでに漏れていたのです》おそらく詳細な計画なくしては、〈純粋なるサイ〉はこれほど多くの標的を同時に狙えなかったはずだ。《生存者の見こみはありません》
《犯人を個別に追え。とらえて見せしめにしろ》
　エイデンと〈アロー〉の仲間たちはケイレブ・クライチェックと協調する立場をとってはいるが、相手の命令に無分別にひたすらしたがうわけではない。〈アロー部隊〉のメンバーたちはミン・ルボンのもとでの経験からすでに教訓を学んでいる。忠誠心はいわば諸刃《もろは》の剣《つるぎ》であり、意図せぬかたちで利用されることがあるのだ。ケイレブの経歴を調べたところ、おのれに忠誠を尽くした相手を攻撃するようなまねをしたことがないからこそ、〈アロー部隊〉はこの男性に協力する道を選んだにすぎない。信頼するかどうかはまた別問題だ。

しかし、この命令については熟考するまでもない。《すでに追跡にかかっています》この裏切り者を暗殺するのであれば、公然と血を流すことも、エイデンにとってなんら倫理的に問題はない。裏切りの結果どうなるか、はっきりと思い知らせてやる。なにしろ、のちにわかったことだが、殺害された固定役《アンカー》のひとりの住居から百メートル先に、サイの親たちが利用する保育園があったのだ。保育園にいた子どもたちはみな、内部崩壊を起こしたこの地域の〈サイネット〉にリンクしていた。そして全員死亡した。

---

『サイネット・ビーコン』ニュース速報
オーストラリアの都市パースにおいて〈サイネット〉が崩壊。地元の固定役《アンカー》ネットワークへの攻撃がひきがねとなった模様。〈純粋なるサイ〉による犯行と判明した。八千人の死亡が確認されたが、その数はさらに増えると思われる。ケイレブ・クライチェック評議員が〈サイネット〉の裂け目を修復したことで、近隣地区の固定役《アンカー》らによる弱体化した地区の補強が可能となった。
崩壊ゾーンに立ち入らないでください。繰りかえします。崩壊ゾーンに立ち入らないでください。当該地区の固定役《アンカー》ネットワークにはすでにかなりの負荷がかかっており、これ以上多くの精神を支えきれません。

新たな情報が入り次第、この内容は随時更新されます。

『サイネット・ビーコン』最新版
投書欄

カリフォルニア州での攻撃事件に関する、貴紙の論説記事を読みました。わたしは〈純粋なるサイ〉の結成当初からの支持者です。〈サイレンス〉が実施されているからこそ、サイという種族が存続しており、〈サイレンス〉なくしては、われわれはとうの昔に流血をともなう堕落の道をたどっていたでしょう。

しかしながら、いま、わたしは複雑な思いをいだいています。論説の主張はもっともだと思います。論説にあったように、確かに、カリフォルニア州で起こった〈純粋なるサイ〉によるチェンジリングへの攻撃といった暴力事件は、〈純粋なるサイ〉が掲げる純粋性という目標に反するものであり、そもそもの〈サイレンス〉導入の趣旨にもまさに違反するものです。

　そのように考えると、もはや自分が〈純粋なるサイ〉を支持しているのかどうか、よくわからないのです。もちろん、〈サイレンス〉があるからこそわが種族が存続しているというのは事実であり、その点に関しては、わたしの気持ちが揺らぐことはありません。

敬具

匿名希望
（プラハ）

＊＊＊

　貴紙の記事はあの攻撃をチェンジリングとの戦いだと決めつけており、かなり偏ったものだ。

　実際は、〈サイネット〉上の知的な精神の持ち主であればみな見ぬいているように、残念ながら、あの攻撃を命じたのはカリフォルニア地域の亡命者グループであり、その連中はいわば扇動者であって、ほかのサイたちを煽《あお》り、条件づけを打ちやぶるようにけしかけているのだ。こんなまねをさせておくわけにはいかない。この点において、わたし個人としては〈純粋なるサイ〉の行動を全面的に支持したい。

E・ミラー
（メキシコシティー）

＊＊＊

この一連の事件について、貴紙がひるむことなくサイに批判的な記事も掲載していることに賛辞を贈りたい。〈純粋なるサイ〉によるいわゆる威嚇戦術は、いまや広く一般大衆にも知らしめられるべきだ。論説を執筆した記者が、そのような脅しに屈しなかったことは評価に値する——記者が述べたように、脅しこそが、〈純粋なるサイ〉が維持すべきだと主張する〈サイレンス・プロトコル〉のまさに根幹を揺るがすものである。

C・プラサド
（ナイロビ）

# 5

ケイレブがおのれの肉体にもどったとき、思考が正常化するまで一瞬の間があった。これは予測の範囲内であり、〈サイネット〉の裂け目を閉じつつ、一方でモスクワにおいて基本的なレベルで——肉体的かつ精神的な攻撃に無防備にならない程度に——機能しつづけるために多大なパワーを消費したからだ。

まばたきして乾いた目を潤しながら、ケイレブは手をのばして、すぐそこにある水のグラスをとろうとした。グラスの横にはバータイプの栄養補助食品が何本かおいてある。ケイレブが〈サイネット〉に入ったときには、いずれもテーブル上にはなかったはずだ。「すまない」礼を言ってから、風味のない食品を一本ずつていねいに口に運んでいく。エネルギーレベルはすでにほぼ最大効率までもどっている。たいていのサイはこれほど早く回復できないが、自分がけっして〝ふつう〟ではないとケイレブはとうに気づいている。おのれのDNAには数えきれないほどの秘密があるのだ。

三本目の栄養バーを食べ終え、ケイレブはむかいにすわっている女性を、この女性のためなら、いまなお、今日の惨事すらほんのささいな事件に思えるほどの大虐殺をこの手でひきおこしてみせるかもしれないその相手を、見つめた。目の前にいる女性は、見違えるほど根本的に変化している——もはや背中をまるめて、うなだれているようすはない。ぴんと背すじをのばして、髪を耳のうしろにかけており、濃いブルーの瞳はケイレブをしっかりと見すえている。そのまなざしには生き生きとした知性が感じられ、かつてつねにそうだったようにケイレブの知性をも試すかのようだ。

ケイレブが精神と肉体をこれほど厳格にコントロールしていなかったなら、心拍数がはねあがり、呼吸が荒くなっていたかもしれない。彼女がもどってきつつある。

「迷路を」胸の奥にある思いを解きはなつかのように言った。「突きぬけられたのか？」

「その必要はなかったわ。みずからほどけていったから」

思いもよらぬ答えだった——瞬間移動《テレポート》の最中に垣間見たこの女性の精神は、手のつけようもないほど混沌《こんとん》としており、そのもつれが自然にほどけるなど不可能だと思われたからだ。「記憶と能力はもどったのか？」おぼえているのか？

「能力については、答えはイエスよ。完全な記憶となると、答えはノーだけれど」彼女がテーブルの上で腕を組むと、やはりその腕の細さ、体の華奢さが目についた。

ケイレブは立ちあがって、彼女の好きなチェリー味の栄養ドリンクを用意した。相手の女性はそれを受けとり、一口飲んだ。目を大きく見ひらき、もう一口飲む。「チェリー味ね」満足げに、深いため息をついた。「うれしいわ」

　軽くうなずいてから、ケイレブは再び席についた。

「長期にわたる迷路の存在で」長らく使っていなかったせいで、彼女の声はまだかすれている。「記憶中枢に回復不能な損傷を受けたのかもしれない。迷路を生みだしたとき、わたしはまだかなり若かったし、まだ充分な訓練も受けていなかった。迷路の構造もぞんざいなものだったわ」

　十六歳だ。ケイレブの前から姿を消したとき、この女性は十六歳だったのだ。「きみの名前は？」ケイレブはたずねた。全身の細胞がことごとくぴたりと静止し、答えを待っている。かつての彼女がどれほどもどってきたのか、ぜひとも確かめようと。

　真夜中のブルーの瞳が、ケイレブの目をとらえる。見とおせない瞳の奥にケイレブ自身の姿が映っている。「サイ集団《クラン》〈ナイトスター〉の一員、サハラ・キリアクス」

　サハラが告白しても、ケイレブの表情には明らかな変化は何ひとつ見られなかった。まつげひとつ動かさない。与えられたチェリー味のドリンクをもう一口飲みながら、この人の〈サイレンス〉はいわば真っ白でまったく傷ついていないのだと思った。彼女自身のそれとは異なり、完全なのだ。しかし、自分の反応はというと……どこかおかしい。理性的ではない。これだけ危険な状況におかれているというのに。

奇妙なおちつきのなか、わたしはまだ完全に覚醒してはいない、と彼女は悟った。

「〈ナイトスター〉についてどこまで知っている?」むかいから、危険な男性が凍《い》てつくように冷たい声でたずねる。その声はどういうわけか彼女の胸の奥まで響いてくる——声に出さなかった何かが聞こえたような、とてもありえないほどこの人をよく知っているような気がする。ケイレブ・クライチェックのような男性が誰かに秘密を明かすはずがないと、まだ完全に覚醒していない状態にあっても、サハラにはわかっていた。

不運にも、誰かがその秘密を知ってしまったら?

ほかの誰かと秘密を共有しようにも、その人物はそれほど長くは生きられないだろう。漆黒の髪、特級能力者《カーディナル》の瞳、磨きあげられた肉体。ケイレブはほとんどどきんとするほどハンサムではあるが、この男性の美しさは内に秘められた恐ろしく危険な精神をカムフラージュする仮面にすぎない。おびえてしかるべきなのに、サハラはきわめて不思議な、泣きたいような衝動と戦っていた。胸の奥の奇妙なおちつきがこっぱみじんになりそうで、涙で目がちくちくする。

「〈ナイトスター〉は予知能力者《Fサイ》を擁する集団《クラン》よ」不可解な涙をこらえようとしながら——先の監禁者たちのときと同じく、サハラにはやはり協力する意思がないとわかれば、この見知らぬ男性は自分をあっさりと始末するだろうに——かすれた声で答えた。「でも、わたしはこのサイ集団《クラン》の姓を名乗っていない。それはわたしが予知能力者ではない、つまり未来を見る能力を持っていないからだわ」

「そうだ」真っ黒な絹のごとくなめらかなケイレブの髪が、朝陽を浴びてきらりと光る。一瞬、以前にもこんなふうにこの男性のむかいにすわって、その髪に陽の光が躍るのを見ていたようなおかしな感覚に襲われた。「きみは過去を見るんだ」

　蜘蛛の巣のようなねばねばした糸が、ケイレブを信頼させようと彼女にまとわりついて離れず、ともすればその誘惑に負けそうになるが、サハラは長期的な記憶に焼きついている事実にすがりつき、その場を切りぬけようとした。「サハラ・キリアクス、〈ナイトスター〉集団《クラン》の一員、親権者はレオン・キリアクス——七・七度の医療《M》能力者《サイ》、劣勢F遺伝子を持つ。生物学上の母親はダニエラ・ガルシア、八・二度の精神感応者《テレパス》、キューバ出身の小規模ではあるが名高い一族のひとり」サハラはふと自分の腕を見た。この肌の色は母方と父方のDNAがまじりあった結果であり、さらに太陽光線にさらされれば濃いきつね色になるだろう。

「ダニエラ・ガルシアはまた劣勢F遺伝子マーカーを持つ。後者の理由により、ダニエラは遺伝的にわたしの父にとってふさわしい相手だと考えられた」〈ナイトスター〉の家系には予知能力者の血が流れており、一族はその莫大な利益を生む血脈をなんとしても維持しようとしていた。「わたしは予知能力者ではないが、同じ分類に属する副次的B分類のサイである」

サハラの記憶によれば、F分類の能力から派生した、ごく稀《まれ》な能力である過去視は、司法《ジャスティス》サイが利用するテレパシーによく似た特性があるため、その正確な分類についてはいまだに学者のあいだで議論がおこなわれている。これらふたつの分類の最も大きな相違は、Jサイとは異なり、副次的B分類に属するサイは、生きた人間の精神に入りこみ、特定の記憶を回収するわけではないということだ。

B分類のサイの場合、ある過去のシーンが、その現場や関係者に物理的に接近していようといまいと、なんの前ぶれもなく突如として脳裏に浮かぶ――だが、F分類の同胞たちと同様に、B分類のサイは特定の過去の事象についてさぐるように前もって自身の精神に〝教えこむ〟ことができる。さらに、Jサイと同じく、過去視によって得た全映像をほかのサイの精神に投影して見せることができる。そのため、B分類のサイは、生存者が一名もいないケースで証人としての役割を果たすこともある。また、突発的な脳損傷や事故により重大なデータが消滅した場合にも協力を求められた。

「検査結果では」サハラはつづけて、自身の精神の内部で次々とスクロールされていく事実を述べた。「わたしの能力度数は八・一度となっている」

ケイレブはすっかりなおざりにされていたグラスをサハラのほうに押しやり、彼女がチェリー味の栄養ドリンクを半分ほど飲むと、ようやく口をひらいた。「その数値はきみが十六歳当時のものだ。そのころはまだ安定期に達しておらず、恒久的な能力度数はまだ決定していなかったはずだ。いまならおそらく九・五度から九・七度のあいだだろう」

「だから、わたしを手に入れたいの?」サハラはたずねた。涙がこみあげ、喉が詰まりそうになる。「過去視の能力があるから?」

ケイレブが答えたとき、そのシャープなあごのラインに目がとまり、サハラは思わずテーブルにぐっと掌《てのひら》を押しつけた。「わたしにはB分類など必要ない。使い道がない」

その答えに、一瞬、サハラはぎくりとした。過去視に隠れて彼女のなかに存在する、危険な陰の能力のことが頭に浮かぶ。実のところ、検査官すら気づかなかったこの能力があるからこそ、高い数値が計測されたのだ。精神的な力を測定する尺度では、自分の過去視の能力はたかだか三度にすぎないだろう。しかし、こうした誤差が生じたのは、なにも検査官の力量に問題があったからではなく、彼女のなかに存在する能力の探知されがたい、ひそやかな性質のせいだ——サハラ自身ですら十二歳になるまでその能力に気づかなかった。だが、それ以後、敵に狙われないようにその能力を隠すことをおぼえたのだった。

「過去視の能力が必要ないなら」サハラはケイレブに言った。「それなら、どうしてここに連れてきたの？」そう問いかけたものの、この人は秘めた能力のことを絶対に知っているという確信があった——そうでなければ、わざわざ彼女を見つけてとらえるなんて、そんな面倒なまねをするはずがない。

相手の真っ黒な瞳から再び星々が消え、吸いこまれそうな果てしない夜の闇が広がったかと思うと、ケイレブが立ちあがった。テーブルに両手をつき、ぐっと身を乗りだしてくる。手をのばせば、ひげをそったばかりのあごにふれられそうだ。「ここに連れてきたのは」その声に心臓が激しく肋骨《ろっこつ》を打つのがわかる。「きみがわたしのものだからだ」

十分後、サハラは自分の寝室にもどり、ベッドの縁に腰かけていた。彼女の精神の壁には、先ほどのケイレブの言葉がひらめいている。その言葉を耳にしたときはもちろん、いまもやはりほぼ意味がわからない。しかし、ひとつだけはっきりしている。

この屋敷から出ることは許されないということだ。さらに自由に〈サイネット〉に入ることもできない。

こうした事実について、いまのこの危険な状況から隔離された、異様なほどのおちつきのなかで考えてみたが、いまのところ、屋敷からの脱出も〈サイネット〉への接触も、自分はそのどちらも望まないとわかった。ケイレブの黒曜石の精神シールドから抜けだしたとたん、むきだしの無防備な精神をさらけだすはめになる。それに、ケイレブから逃げたとしても行く当てはなく、何をすればいいのかもわからない。自分自身と自分の感情にかすみがかかったような乖離《かいり》があることから――さながら水の壁越しに世界を見つめているような感覚があった――サハラの精神は傷ついたままで、思考プロセスにも欠陥があるのは明らかだ。

〈ナイトスター〉

　わが一族に庇護《ひご》を求めるという選択肢もある。とはいえ、記憶中枢が分断されているとあって、サハラには、実はおのれの一族がぐるになって、むごたらしい孤独のなかへと彼女を閉じこめ、その能力を利用しようとしていなかったかどうかすら、確かめようがない。牢獄の見張りたちは、彼女をひとりの人間、知覚ある存在として見てはいなかった。彼女はたんなる任務であり、名前もアイデンティティーもない者でしかなかった。

　見張りがごくわずかな思いやりでも見せてくれていたら、迷路はおのずとほどけはじめただろうか？　サハラにはその答えを見つけようがなかっただろう。迷路が首謀者に見つかったとたん――その時点で迷路の進行はもはや止められなかった――ときには声をかけてくれたふつうの見張りが、さっそく、〈サイレンス〉によって氷のように冷たく感情を排した男女に交代させられたからだ。彼らはおのれの任務から決して逸脱しなかった……強制的に食物を与えるのであれ、彼女を全裸にしたうえ、凍えるほどまで室温を下げるといったことであれ。

それとは対照的に、これまでのところ、ケイレブは彼女に危害を加えるようなまねはいっさいしていない。プ、ラ、イ、バ、シ、ーを与えてくれたし、清潔な衣服を好きに選び、シャワーも自由に使えるようにしてくれた。舌が喜び、からからに渇いた魂が打ちふるえるような食べ物も用意してくれた。サハラの壊れた〈サイレンス〉についても黙したままで、批判するでもない。ケイレブの庇護下から離れようとするのは愚かで早計だろう。とにかく、少なくとも精神の状態が改善され、敵味方の区別がつくようになるまでは。

ケイレブその人に対しては……サハラはつい心をかき乱され、ひりつくような痛みをおぼえるのだった。いまも、ともすれば涙がこみあげ、胸骨のあたりがぐっと締めつけられる。まったく理由のない不思議な感情に負けて、涙があふれてしまいそうだ。ケイレブのために泣くには、その人のことを知っていなければならない。あの人は見知らぬ男性だ……それなのに、サハラがチェリー味のドリンクを好み、誰よりも寒さに敏感だとわかってくれている。いまや広々とした屋敷全体がサハラにとって快適な温度にたもたれており、それは間違えようがなかった。

深く息を吸いこみながら、ケイレブのもとへ行きたい、言葉にならない問いに対する答えが欲しいという衝動にあらがおうとするうちに、サハラは昨夜ケイレブから渡された本を手にしてテラスに出ることにした。陽の光、秋の涼しい風を自分の肌で感じたかった……ほかの人間とのふれあいを欲していたように。サハラの体は、食事よりもむしろふれあいに飢えていた。

もつれた黒っぽい長髪の女性の姿がちらっと目に入り、一瞬、思考が乱れた。目をしばたたき、窓ガラスに見いったが、そこは最高の鏡とは言えず、いらいらがつのるばかりだ。サハラの部屋には鏡はひとつもないので——砕け散った鏡や、破片が飛んできて、頬に細くあざやかなすじがついた記憶がうっすらとある——廊下にもどり、むかいの部屋に入った。

かすかに松の香りのする、清潔でさわやかな石鹸とアフターシェーブ・ローションの匂い。

ドアがあけ放ってあるので、ケイレブはこの部屋を立ち入り禁止にしているわけではないと思い、サハラはさらに奥へと進んでいった。ベッドに本をおいて、部屋のなかを見てまわった。ベッドとそのわきに小さなテーブルがあるだけで、ほかに家具は見あたらない。作りつけのクローゼットの反対側にはスライドドアがあり、そこがテラスへの入り口になっている。どことなく軍人の部屋を思わせる整然とした空間で、服一着はもちろん、印刷物一枚すら散らばっていない。

バスルームもやはりすっきりと片づいており、ケイレブの洗面用品などは、御影石《みかげいし》のシンクのカウンタートップにある、鏡張りのキャビネット内に効率的に収納してある。好奇心を抑えきれず、アフターシェーブ・ローションを手にとって匂いを吸いこんでみると、肌がうずくような感じがした。さらにケイレブがひげをそるのに使っているらしい、洗練された真っ黒な器具をじっくり調べてみたが、サハラを自分のものだと見なしている、鋭い氷のような男性が、これを肌にふれている姿がどうにも想像できなかった。

サハラは自分のあごに手をやりながら、ケイレブがキッチンでこちらにぐっと迫ってきたときのことを思いかえした。あのとき、鋭角的なあごのラインにふれたくてたまらず、その衝動を必死に抑えこんだのだ。

懐かしい、何年ぶりだろう。

骨まで突き刺さるようなそんな思いを、サハラはふりはらった。損傷した精神が生んだ幻に違いない。特級能力者《カーディナル》のＴｋが、少女のころのサハラの人生にかかわっていたはずがないのだ――〈ナイトスター〉は閉鎖的な集団として有名であり、一方、Ｔｋは安全のために特別な施設で訓練を受けている。サハラがケイレブ・クライチェックに手をふれたことなどあるはずがない。実質的に彼女を檻に閉じこめているこの男性に惹かれ、どんなに危険なほどの衝動が芽ばえていようとも。

ひげそりをもとの場所にもどして、名残惜しそうに手を離してから、キャビネットを閉めた……いまの自分の姿が鏡に映っている。十六歳のころは、頰がもう少しふっくらしていて、あごももっとやわらかいラインを描いていた。だが、いまはどこもかしこも骨ばっている。カロリー摂取量が増えているのだから、いずれはもっと健康的な容姿をとりもどせるはずだ——それでも幼いころのようなふっくらした頰にはもどれないだろう。すっきりとした顔のラインは、大人になったがゆえの自然な姿であり、サハラはそれを気に入っていた。

とはいえ、この髪は……。

もつれた髪の塊をつまんで鼻先に持っていくと、柑橘《かんきつ》系とともに何やらやわらかい匂いがした。シャワーを浴びて髪を三度もごしごし洗ったのは、想像ではなくやはり現実のことだったのだ。清潔とはいえ、こんなに髪がくしゃくしゃだと、頭のおかしな女性に見えてしまう——。

「それが目的だったんだわ」迷路はひとつの手段にすぎなかった。サハラはほかにも手をつくして、いつでも命令ひとつで動くよく訓練された動物へと自分を変えようとした連中から身を隠そうとしたのだ。「もうその必要もないわね」サハラはささやくと、またひとつ、自分自身のかけらをとりもどした。

# 6

　真剣に髪と格闘するうちに、しまいには腕が痛くなったが、一時間後には、サハラの髪はまっすぐにふさふさと背中に流れおちていた。再び、屋敷のなかを探検してみることにする。テラスへの主要なドアのすぐ横には大きな部屋があり、そこをのぞいてみると、ケイレブがデスクの前にすわっていた。彼の目の前には透明な——サハラの位置から見ればだが——コンピューター画面があり、どうやら通信モードに切り替えてあるらしい。

　スチール製の——プラチナだろうか？——カフスボタンで袖口をとめ、白いシャツとは対照的に、いまは喉もとにあざやかなメタリック・ブルーのネクタイを締めており、通信画面のむこう側にいる人物に意識を集中している。それでも彼は、こちらを見て〝おいで〟というふうに手招きしてみせた。論理的な思考力すら打ち負かされそうなほど強くケイレブにひきよせられ、この人と自分が目に見えない糸で結ばれているような気さえしてくる。そんなふうに感じながら、サハラは部屋のなかへ入っていった。

　ケイレブのデスクは、ぴかぴかに磨きあげられた大きな木の塊そのもので、縁の部分がごつごつしたままになっている。森の巨木を根元の部分で薄く切り、表面をなめらかにしてあるのだろうか。流れるような木目を見れば、その古木が何百年もの樹齢を誇るものだとわかる。デスクは美しくて、まさかケイレブがこうしたものを好むとは思えなかったのだが……そんな野性的な選択はどことなく彼にふさわしい気がした。ペン一本、紙切れ一枚すらない、ひどくすっきりと片づいたデスクが、やはり彼にふさわしいように。

　デスクのむかい側には本棚がおかれ、高価な上製本が数多く、ずらりと並んでいる。その内容もチェンジリング社会学から物理学、建築マニュアル、地質学研究と多岐にわたっており、地震や火山に関する分冊も多くそろっている。

　これらの幅広い分野の書物が、知的な精神によって収集されたのはよく理解できる。特級能力者《カーディナル》のＴｋが地殻構造プレートの動きに関心があるのも、やはりうなずける――この男性にそれだけ凄絶《せいぜつ》なパワーがあるのかと思うと、胸の鼓動が乱れそうになるが――しかし、本棚のあちこちにどうも不釣り合いなものが並んでいた。たとえば、南アメリカの火山に関する書物のそばには、磨かれた青い小石がおいてある。指先でふれてみると、その石がラピス・ラズリだとわかった。

別の棚にもやはり不可解なものがあった。平たい木片で、そこにはケイレブの名前とひょろっとした一本の木らしきものが彫られている。仕上げは雑で、木片そのものもごくありきたりなものだ。そこからわずかに離れた場所には、分厚い地震学と深層海流のテキストのあいだに、小さな詩の本がはさんであった。ごく薄い本なので、たまたま目についただけなのだが、背表紙をよく見ると、本棚のほかの書物とは似ても似つかない、安っぽい装丁のぼろぼろの本だとわかった。

好奇心をそそられ、サハラはもう一度書棚をよく見た。すると、さらに意外な本が何冊か隠れているのが見つかった。いずれも比較的ぺらぺらの安っぽい本で、内容はと言えば、詩の本から戯曲、十九世紀のヒューマンによる古典の復刻版まであらゆる分野にわたっている。それから、ねじれた金属片が目に入った。いったいなんなのか、特定できそうになかったが、頭のどこかで、それはある超特急列車で使われていた部品だと何度もささやく声がした。

サハラはそんな奇妙な感覚をふりはらい、もう一度、すぐそばの特級能力者《カーディナル》、いまは冷酷なまでの的確さでビジネス上の敵らしき人物を完膚なきまでに打ち負かそうとしている男性をしげしげとながめた。容赦ないほどきちんと刈りこまれた漆黒の髪、すっきりとした顔の輪郭、室内にこもりきりとはとても思えない日焼けした肌、あのすばらしい瞳。しかし、端正な美貌にもかかわらず、この人は荒々しいほどに男性的で、動作のひとつひとつがうっとりするほど骨の髄から男らしい。

息が苦しくなり、気がつけば、棚からおろしたままだったラピス・ラズリの小石をしきりにいじっていた。サハラは小石をむりやり棚にもどした。なぜなら、その手ざわりやかたちにすっかり魅了され、こっそり盗んでしまいたくなったからだ。サハラはケイレブから目をそらそうとした。そういえば、かつての見張りたちもほとんど男性ばかりだった——監禁者たちがサハラの若さにつけこみ、彼女の〈サイレンス〉をこなごなに砕こうと、見た目のよい男性をそろえていたのは間違いない。それでも見張りたちは彼女の存在そのものをおびやかす連中であって、その事実を忘れたことはただの一度もなかった。

ところが、この情け容赦のない、言うまでもなく他人を巧みにあやつることに長《た》けた男性には、サハラは根本的な美しさを見いだしていた。とはいえ、この人は明らかに権力や支配を求めて生きてきた、恐ろしいほど鋭い知性の持ち主だ——そんな人物がサハラの陰の能力を手に入れようとするのは、無情なまでに当然のことだった。サハラ・キリアクスを支配する者は〈サイネット〉を支配できる。監禁中に耳にしたうわさによれば、ケイレブ・クライチェックはこと権力闘争となると、チャンスさえあればなんであれ、おのれのえじきとするような冷酷な男性なのだ。

そんな認識に根源的なレベルで動揺して、サハラは胸に痛みをおぼえながら、ケイレブのデスクの右側にある、ひらいたままのガラス戸のほうへ向かった。通信画面のむこうでは相手の男性が声を荒らげており、この小競り合いに敗北しつつあるのは疑いようがないが、サハラは無意識のうちにその男性の視界に入らないようにしていた。いまのところは、世間の目には自分は亡霊として映っているほうがいいだろう。

テラスの磨きあげられた木材は素足になめらかで、太陽の光がけだるい愛撫《あいぶ》となって肌をなでる。天をあおいで、光をぞんぶんに浴びた。サハラの肌は太陽のぬくもりに、光にすっかり飢えていたのだ。

《陽に焼けるぞ》

テレパシー経路をひらいていたとは知らず、伝わってきた冷静な声に驚いて、サハラは肩越しにちらっと書斎のほうを見た。サハラを惹きつけるとともに混乱させてやまない男性は、通信画面に目をすえ、やはり商談の、いや、むしろ、さながらかみそりのように鋭く物騒なゲームの最中にあった。発せられる言葉は、すべて敵に最大限のダメージを与えるためのものだ。ドアをスライドさせて閉めると、サハラはテラスの隅にある、確か今朝にはそこになかったはずのラウンジチェアのほうへとそっと歩いていった。クッションつきの布製のチェアに脚をのばしてすわり、爪先を太陽のほうに向けた。

たちまち、大型の陽よけパラソルが頭上にあらわれ、顔は日陰に入ったものの、脚は日なたに出たままになった。《もうやめて》先ほどのテレパシー経路を通して、サハラは言った。なぜか初めての気がしない。ぎこちなさも感じない。その経路がすでに精神に刻まれていて、数えきれないほどの年月にわたっていつしか深い溝となっているようだ。まるで自分自身を知るよりもずっと以前からケイレブのことを知っていたように。《能力を見せびらかすなんて》

ケイレブはおやと思ったのか、一瞬間があったが、じきにサハラの肘のあたりに小さなテーブルがあらわれた。その上にはクッキーの皿と、どうやらマンゴーネクターらしい飲み物をたっぷりそそいだ縦長のグラスがのせてある。ついクッキーに手がのびて、二種類の味を試すとともに、濃厚でさわやかなジュースを一口飲んだ。それから、サハラにとっての美しき監禁者をあからさまに無視して、ひざの上にあった本をひらいてみた。

数学の教科書らしい。

こうした紙の本は、もはや教育システムにおいて使用されていないはずだが、この教科書はよく使いこまれているようだ。方程式の簡潔な説明が黒インクで書きくわえられており、青インクによる解答者のいらだちもあらわな――何度も線をひいて消したり、書き直したりしてある――計算ミスを訂正してあった。

黒インクの文字にふれていると、なんだかつらくなってきて、息が詰まりそうになり、サハラはとうとう教科書を閉じた。

表紙の手ざわり、縁の一カ所にある裂け目、この本を古物商から入手した証のスタンプ。いずれも妙に懐かしく、どこかからかすかに聞こえる、なじみがあるようでいて思いだせないメロディーにも似ている。物体に残された過去の記憶を読みとる能力を生まれ持つＰｓサイのごとく、サハラは色あせたスタンプに手をふれて、何かを感じとろうとした。

ケイレブはズボンのポケットに手を入れて、テラスへとつづくガラス戸のそばに立ちながら、ラウンジチェアにすわって初秋のまだあたたかい太陽の光に素足をさらしている女性をガラス越しにながめていた。彼女の指は、ケイレブがそもそも怪しげな〝骨董品《こっとうひん》〟を扱う古物商で見つけたあの教科書の表紙をそっとなでている。数分前の辛辣《しんらつ》な返事からもわかるように、相手の女性には恐怖はなく、ケイレブの支配下にあってもパニックにおちいっているようすはない。

これはつかの間の静けさだと、ケイレブにはわかっている――なんら不安もなくケイレブに話しかけ、何ごとにもショックを受けたり、動揺したりしていないらしいこの女性は、本物のサハラ・キリアクスではない。いわば夢遊病者のようなもので、サハラの心身を本当の意味での覚醒に備えさせる役割をになっているにすぎない。

いざ覚醒すれば、これほど冷静ではいられないだろう。恐怖におかされていない濃いブルーの瞳でケイレブを見ることももはやないはずだ。そのときには、おのれの隠された能力をケイレブに対してふるうか——あるいは、荒い息のひとつひとつに恐怖をにじませながら、ケイレブのもとから逃げだすだろう。それゆえ、洗い物のなかに入れてあったよごれたスモックを回収して、真空包装することでサハラの匂いを保存しておいたのだ。おのれの精神の力によって彼女を鎖でつないでおくつもりはもうとうない。しかし、雨が降ろうと、雹《ひょう》が降ろうと、炎のなかだろうと、ケイレブは彼女の行方を追ってみせる。彼女を奪うようなまねは誰にもさせるものか。それがサハラ本人であろうと。

《！！！》

〈ネットマインド〉と〈ダークマインド〉双方からの無言の警告を受けて、ケイレブは最も強力なシールドをおろすと、双子の新種の知性体とそれぞれ同時にコンタクトをとった。《何があった？》またしても固定役《アンカー》のネットワークが壊滅したわけではない。いましがたごうごうたる衝撃波が通過していったようすからすると、どうやら別の事態だ——どんどん勢いを増しながら、広大な〈サイネット〉全体を渡っていくような衝撃波だった。

倒壊した住宅、裂けた壁、ひきさかれた衣服といったイメージが、ケイレブの精神のなかに流れこんでくる。そのすさまじいスピードからわかるが、〈サイネット〉から生まれた双子の新種の知性体が混乱し、苦しんでいるのだろう。イメージをひとつずつとらえ、ふりわけていき、共通項を見つけた。これらのダメージはすべて腐敗、菌類、かびによってひきおこされたのだ。

《場所を示せ》

モスクワの通り同様にすっかりなじんだ精神ネットワーク内へと入り、シールドで身を隠すと、ケイレブは示された場所へと急行した……だが、そこにはもはや何も存在しなかった。

その地域は真っ暗だったが、〈サイネット〉のほかの空間との共通点はそこまでだ。この暗闇には星々が存在しない。それればかりか、事実上、光そのものを寄せつけようとしない。何百万人ものサイたちを結びつけている精神ネットワークの一部に忍びこみ、狡猾《こうかつ》にもサイの精神にじわじわとしみこんでいく腐敗なら、ケイレブは見慣れているが、それでも用心深くその脈動する無の空間へと近づいた。

すぐ手前でいったん立ち止まり、精神的なエネルギーの巻きひげを一本、真っ暗な空間へとのばして、探索を試みた。無の空間は巻きひげをのみこんでしまった。ケイレブがすでにそれを断ち切っていなかったら、するするとどこまでものみこんでいき、精神と肉体のエネルギーがどちらも一滴残さず吸いとられていただろう。そうして訪れる死は、耐えがたいほどの苦痛をともなうはずだ。

《あそこに行けるか？》ケイレブは〈ネットマインド〉にたずねた。

双子の新種の知性体の片割れから、悲しみやすさまじい苦痛が伝わってくる。〈ネットマインド〉はサイの一般大衆にも認識でき、〈サイネット〉の資料管理者かつ守護者と見なされている。だが、ごく限られた人間としか意思疎通をはかろうとしない。しかもケイレブとの場合は、ほかの相手とは違う、独特のやりかたをとろうとした。

このいにしえの、だが子どもさながらの新種の知性体との、さらにもうひとりのねじれ、壊れた双子とのつながりは、寒々とした孤立した少年時代に、いまのケイレブを形作ることになった肉体的な苦痛と精神的な拷問に満ちたあの時期に、築かれたものだ。長いあいだ、〈ネットマインド〉と〈ダークマインド〉は、ケイレブにとって唯一の友人だった。

もはやこの双子を友人として見ることはない。九歳か十歳の少年のころから、すでにそんなふうに考えなくなっていた。〈サイネット〉黎明期《れいめい》に出現したこの知性体は、年代的にはケイレブよりもはるかに年長になるはずだが、彼が大人になったのに対して、いまだに幼く、子どものような存在だった。

〈ネットマインド〉が無垢《むく》な存在である一方で、〈ダークマインド〉はいわばないがしろにされ、虐待された子どものようなもので、他人をさいなみ、痛めつけることとしかできない。そうしたかたちでしか他者と接することができないのだ。〈ダークマインド〉はケイレブのなかに受容を、つまり、おのれの存在の核となる悪意あふれる暴力や怒りすらも喜んで受けいれるはずの闇の部分を、見いだしていた。

《そっちはどうだ？》ケイレブは邪悪なほうの双子にたずねた。

〈ダークマインド〉はするりと真っ暗な空間のなかに入りこみ、猫のように寝ころがった。

《バリケードを築け》ケイレブは〈ネットマインド〉に命じた。一方、〈ダークマインド〉のほうはもどってきて、いとおしげに彼にまとわりついてくる。その感触は、ケイレブ自身一度ならず他人にもたらした死そのもののように冷え冷えとしている。

《緩衝地帯を幅広く設置しろ。このエリアには誰も接触させたくない》

ブロックを積みあげていくイメージが、ケイレブの精神に滝のごとく流れこんでくる。〈ネットマインド〉がさっそくバリケードを築きにかかったのだ。《よし》ケイレブは相手にとって必要な賛辞を惜しまずに与えた。

〈ダークマインド〉も独自の理由から〈ネットマインド〉を手伝うことにしたらしく、双子の新種の知性体がそろって作業にとりかかると、ケイレブはそこから離れて〝観察対象8-91〟の精神をさがしだした。この男性は、〈サイネット〉のかなりの部分をすでにのみこんでしまったまさにその病に感染しており、そのため、ケイレブに

とって病の進行をはかるうえでの指標、つまり〝炭鉱のカナリア〟としての役割を
になっていた。
　そんな呼び名は残酷かもしれないが、〝観察対象８-９１〟の場合、すでに手の施
しようがないほど感染が進んでいる――この男自身はたいした存在ではなく、いわば
使い捨てで、生きていても世界への貢献などとるにたりない。それよりも名もなき病
の指標となり、同胞たちを救うほうが、はるかに世界への貢献となるのだ。
　だが、〝観察対象８-９１〟はまだ生きながらえ、機能しつづけている。おのれの
前頭葉をむしばんでいる病にはまったく気づいていない。どう考えても、個人の場合、
地球上の九十九・九パーセントのサイを結びつけている精神的な構造物におけるそれ
とはまた異なる速度で、感染が進行するらしい。
　ケイレブの携帯電話が鳴った。
　そろそろかかってくるころだと思っていた。「ニキータ」と、ケイレブは〈サイネ
ット〉から出て、評議会が内部崩壊をきたす以前には評議員であった女性に語りかけ
た。いまではこの女性が支配する地域は、〈サイレンス〉にひびが入ったサイたちに
とっての活動の中心地となっている。
「すでに気づいているわね？」ニキータが言う。「たったいま〈サイネット〉を襲っ
た衝撃波のことだけれど」

「この目で原因を確かめたばかりだ。しばらく待ってくれ」電話を切ると、ケイレブはテラスに出て、サハラのようすを見た。眠ってしまったらしい。横を向いてまるくなっており、絹のような黒髪がふわりと広がっている。本来の輝きや艶はまだ望むべくもないが、もうしばらくすればそれもとりもどせるだろう。しかし、それでもかつてのサハラの姿にはほど遠かった――あまりにも華奢で、肌は極端に青ざめており、いまにも消えてしまいそうだ。

手をのばして、髪の一房を持ちあげ、指先で髪をなでてみる。本物だ。間違いない。ケイレブの手によっていわば難攻不落の要塞《ようさい》へと化したこの屋敷のなかで、安全に守られている。

屋敷外辺部の警報システムを遠隔監視モードにセットしてから、陽よけパラソルの向きを変え、サハラを陽ざしからしっかりと守ってやると、ケイレブはスーツの上着を着て、サンフランシスコの高層ビルにあるニキータ・ダンカンのオフィスをイメージした。と、次の瞬間にはそこにいた。ケイレブは彼自身の精神の力によって、いまは亡きサンタノ・エンリケ評議員がかつておのれ専用の道具と見なしたほど瞬く間に、正確に移動できるのだった。

「まだ誰にも説明がつかないようだわ」ケイレブがあらわれたとたん、ニキータが口をひらいた。彼女が着用しているスカートスーツ同様に、まさに実務的な声だ。ニキータの背後では、真夜中の闇のなか、サンフランシスコの街の灯が輝いている。「それなのに、あなたは原因を確かめたというのね」

真実を隠しておくべき理由はひとつもない――現状についてのケイレブの理論が間違っていなければ、どのみちじきに明らかになることだ。「〈サイネット〉の一部がすでに存在していない」

「またしても固定役《アンカー》が攻撃を受けたということ？」ニキータがデスクのガラス天板に掌をついて身を乗りだすと、ゆるやかにカーブした髪の先端があごにかかった。アーモンド形の目には、世界でも有数の裕福な女性のひとりとしての地位にニキータを導く要因となった冷たい知性が感じられ、こちらをじっと見すえている。「まだ何も報告を受けていない――」

「そうではない。〈サイネット〉そのものが崩壊したんだ」

ニキータはぎくりとしたようだが、かろうじてじっとしたままケイレブを見つめていた。そのとき、壁面の通信パネルから、着信を告げる音が鳴った。「アンソニーだわ」ニキータはそう言うと、デスクにさりげなく内蔵されたパッドにふれて応答し、もうひとりの男性も交えて話をすることにした。

自身の姪がいまケイレブの保護下にあると知ったら、アンソニー・キリアクスはどうするだろうか、とケイレブはふと考えた。おそらく、〈ナイトスター〉の総力をあげてサハラをとりもどそうとするはずだ——サハラの一族は、彼女の失踪《しっそう》以来、ひそかに、執拗に粘り強く行方を追っていた。そのことなら知っている。ケイレブ自身、その追跡隊を一度ならず回避する必要があったし、〈ナイトスター〉のファイルをハッキングしていたからだ。もし先にサハラの居場所をつかまれていたら、ケイレブはまったく平気でその情報を盗みだして、利用していただろう——サハラはほかの誰のものでもない、ケイレブだけのものなのだから。

「サンシャイン・ステーションで起こった集団発症だが」ニキータがアンソニーに現状を知らせたのちに、ケイレブは切りだした。「詳細をおぼえているか？」

「もちろんだ」アンソニーが即答する。「百四十一名が突然精神を病んで死亡した——たがいに暴力的で残忍なやりかたで攻撃しあったはずだ」

その発言をそつなくさらりと受けてニキータがつづけたので、このふたりはテレパシーによる意思疎通をはかっているのだとケイレブは判断した。「その集団発症は、〈サイレンス・プロトコル〉に重大な問題があったしるしだと考えられたわ。ロシアの科学ステーションでの事件も同様に」そこで間があった。「以前、〈サイネット〉の〝病変した〟部分を見せてくれたわね。あれは小規模で、まだ隠されていた——こうした感染によって、精神障害がひきおこされたということなの？〈サイネット〉にこれほど大きな異変をもたらすほど、病変が大きくなったと？」

ニキータがその因果関係に気づいたとしても、ケイレブは驚かなかった——なにしろ、精神的なウイルスはニキータの専門領域なのだから。「そうだ」生まれた瞬間から精神ネットワークにリンクしているサイにとって、ウイルスを避けるすべはない——ミリ単位で供給される、生存に不可欠なバイオフィードバックには、つねに致命的な荷重がかかっている可能性があった。「どうやら感染は、宿主そのものを攻撃しはじめたらしい」

広大な〈サイネット〉はかなりの打撃にも耐えうるとはいえ、破壊不可能というわけではない。「今夜の損害によって」ケイレブはつづけた。「死亡者は出なかった。だが、それは本来ならサンシャインにおける精神を支えていたはずの地域に被害が限定されていたからにほかならない」あのステーションはいまでは廃墟《はいきょ》となっている。冷たい死のモニュメントには、血しぶきが壁面にこびりつき、食事も食べかけのままだ。周囲には、何マイルにもわたって、命あるものはまったく存在しない。

「感染が人口密集地域に広がるようなことがあってはならないわ」いつものごとく問題の核心をついて、ニキータが言う。「サンシャインでの事件と同規模のダメージがひきおこされでもしたら、まさに大虐殺にもつながりかねない」

ぴんと張りつめた静寂があった。三人とも、すでに殺人的な狂気に屈したサイたちであふれかえっているサンフランシスコやモスクワのような大都市のことを考えているのだと、ケイレブにはわかっていた。そうしたサイたちはもはや歯止めがきかず、その細胞はウイルスを生む工場となる。行く手を阻むものはことごとく命を奪い、サイの同胞たちをめった切りにして、通りをすべて血に染めるだろう。

# 7

静寂を破ったのはアンソニーだった。「ウイルスを封じこめられるのか?」

「〈ネットマインド〉がバリケードを築いて、間違っても感染エリアに誰も立ちいらないようにしている。だが、バリケードではウイルスそのものを食い止めることはできないだろう」〝治療法〟については、ケイレブはある仮説を立てているが、〈サイネット〉掌握のためのお膳立《ぜんだ》てがすべてととのうまでは、ニキータにもアンソニーにもその情報を漏らすつもりはなかった。

「あなたなら」ケイレブはニキータに語りかけた。「有益な意見が提示できるのではないかと思うが」ニキータは自身の精神的ウイルスの能力についてみずから認めたことはないが、この会話に加わっている全員がその能力の存在を知っていた。

感心なことに、ニキータは軽くうなずいた。「今夜さぐってみるわ」

「サンシャインに該当する〈サイネット〉の区域をのみこんでしまうのに、これだけ長くかかったということは」アンソニーが発言する。机のライトに照らされ、こめかみの銀色のすじがきらめく。「この病はゆっくり進行するに違いない」

「感染は強力なものになりつつあるが、急速に広まっているわけではない」ケイレブは同意した。「この病については、さらに研究しないわけにはいかないが、〈純粋なるサイ〉の脅威への対処のほうが、はるかに緊急性は高いといってよい」

ケイレブが話し終えたとき、ニキータがちらっとアンソニーと視線を交わした。テレパシーをともなわない無言のコミュニケーションなのだろう。このふたりがいったいどれほど緊密に協力しあうようになったのかと、またもやケイレブは首をひねった。だが、それはたいして重要なことではない。ニキータとアンソニーはきわめて強力なサイであり、ふたり合わせた経済金融的な影響力ははかりしれないが、ケイレブを阻止することなどできないだろう。そんなまねは誰にもできない。

現時点であれば。

二年前なら、その可能性もあっただろう――ニキータの地域にいる豹や狼のチェンジリングたちは、ケイレブの人生において当人が果たした役割など知るすべもないだろうが、その群れたちのおかげで――二年のあいだにケイレブのパワーは成長して、全潜在能力を発揮するにいたったのだ。それほど強大なパワーとなると、ほかの人間なら狂気におちいったかもしれない。だが、ケイレブには幼いころにあやうく狂気におちいりかけたものの生きのびたという経験があり、それが彼にとって有利に働いた。

実際に正気をたもっているかどうかは、また別問題なのだが。

「悪いがこれで失礼する」ニキータやアンソニーから〈純粋なるサイ〉に関する考えを質問される前に、ケイレブは話を切った。「ほかに用事ができたのでね」相手の反応を待たずに、ケイレブはその場から去った。〈サイネット〉を通じて、ミンとタチアナがコンタクトしてきたのだ。ケイレブはニキータとアンソニーに伝えた情報をふたりにも与えた。不気味なほど動きのないショシャーナ・スコットについては、完全に信頼できるスパイを敵の陣営に送りこんであった。

元評議員らを相手に、これ以上時間を無駄にする理由はもはやなかった。

テラスにもどってみると、サハラはまだすやすやと寝息を立てて眠っていた。踵《きびす》を返してそこから離れようとしたとき、サハラのまぶたがふるえ、やがてひらいた。濃いブルーの瞳がまっすぐにケイレブを見つめ、ケイレブが〈ネットマインド〉の同族だという証となるいまわしい秘密まで見とおすかのようだ。

「本をひらいてみたわ」すっと脚をのばしながら、サハラが言う。猫を思わせるしなやかな動きは、十代のころ、表向きは筋力を鍛え、バランス感覚を養うという理由から、ダンスのレッスンを受けて身につけたものだ。

どれもまったく申し分のない理由ではあった。だが、どれも嘘だ。サハラはただたんに踊るのが好きだったのだ。

「数学なんて大嫌い」

　サハラの眠そうなつぶやきを聞きながら、ケイレブは上着を脱いで、それをオフィスへと瞬間移動《テレポート》させた。それから、カフスボタンをはずして、シャツの袖をまくりあげていく。カフスボタンはポケットに滑りこませた。左の前腕にしるし――傷跡――があり、サハラの精神が昨夜のようにもう混乱していないいま、彼女にぜひとも見せたかったのだ。サハラがおぼえているかどうか、確かめずにいられなかった。

「数学がきみの一番得意な科目だったことはないな」ケイレブは言った。サハラの視線が傷跡にじっとそそがれていたが、どうやらぴんときたようすはない。「だが、きみは計十カ国語をネイティブなみの流暢《りゅうちょう》さで話せる。フランス語、スペイン語、ヒンディー語、北京語、スワヒリ語、アラビア語、ハンガリー語など」

「本当に?」目を輝かせ、サハラがたずねる。ラウンジチェアの端に寄って、ケイレブにすわるように黙ってうながした。

　ケイレブはうながされるままに、サハラに背を向け、チェアの片端に腰をおろすと、身をかがめて両腕をひざの上においた……サハラの帰還を待っていた七年間のことがよみがえってくる。来る日も来る日も、数えきれないほどこのテラスに立ちつくし、峡谷の淵《ふち》をのぞきこんでいた。ケイレブの心の理性的な部分は、おのれのなかに存在する妄執じみた狂気の部分に、サハラはおそらくもう生きていないと納得させようとしていたのだ。

　いま目の前にある深く果てしない峡谷はかつては存在しておらず、サハラがこの世から抹殺されたとケイレブが初めて思いかけたあのとき、出現したのだ。「ゆっくり休めたか?」

「うーん」きちんと返事をせずにつぶやくと、サハラは体を起こして、ケイレブの背中に横向きにもたれかかってきた。肌のぬくもりが、上等のコットンシャツを通して、まるで焼き印のごとく熱く感じられる。

　ケイレブは身じろぎもしない。彼の人生において、こうしたふれあいはめったにないどころか、皆無に近かった。

「なんだか肌が」サハラがささやき、片手をケイレブの肩に持っていく。「ひりつくような感覚があるわ。ふれあいにすごく飢えているみたい」

　ケイレブは意志の力で自身の筋肉をひとつずつ弛緩《しかん》させていった。サハラの信頼を得るのはだいじなことだ——そのために必要であれば、感覚的な過負荷にも耐えてみせる。「チェンジリングには」ケイレブは静かに言った。「〝肌でふれあう特権〟という概念がある」

　サハラの指が首すじをかすめると、皮膚に電流が走って、ほとんど痛みをおぼえるほどだった。ケイレブの全身は、すさまじいまでの感覚的な刺激に必死に対処しようとしている。「どうして知ってるの？」かすれた声。サハラのもう片方の腕が腰にまわされる。

ケイレブは誰にも抱きしめられたことがない……もうずいぶん長いあいだ。「こちらには」おちついた口調を崩さないよう、自制しつつ答えた。「情報提供者がいるんだよ」実は、チェンジリングの群れの内部構造について、ケイレブはあえて学ぶことにしていた――情報はパワーであり、パワーは支配につながるからだ。

ケイレブの腹部に手をまわしたまま、指を軽く曲げて、サハラが言う。「〝肌でふれあう特権〟……もっと教えてちょうだい」

「ごく基本的なレベルでは、この表現は、あるチェンジリングが別のチェンジリングにどれだけのふれあいを認めるかというルールを指す」説明しながら、ケイレブは自身の感覚がサハラの手首の華奢な骨を、あまりにもやわらかい肌をさぐるのを、かろうじて許していた。「チェンジリングはスキンシップを好む種族だが、それでも肌でふれあうのを当然のこととは見なしていない。それは贈り物であり、特権なんだ」この概念がチェンジリングには思いもつかないほど強く、おのれのどこかに響くのをケイレブは感じていた。

サハラはしばらく黙っていた。サハラの息づかいだけが、この地球上で聞こえるようだ。「あなたは誰かと〝肌でふれあう特権〟を共有しているの？」ようやくそうたずねると、サハラは片手をケイレブの腿におろして、誘うように手首を上向けた。やわらかく、傷つきやすい、その内側にふれてほしいのだろうか。

腿の筋肉が硬く張りつめ、ケイレブはぐっとこぶしを握ってから、ひらいた……サハラの皮膚からすけて見える細い血管を親指でそっとなでる。「かつては」ケイレブはそう答えて、この世でもうひとりの人間だけが知っている過去について語った。「はるか昔のことだ」

サハラがもう片方の手を肩からおろすと、指で肩甲骨をなぞってから、その手で背中をなでおろしていく。愛撫するようなしぐさに、たちまち、いくつもの石が峡谷へところがり落ちていく。「〈サイレンス〉を破ったのね」

すぐさま、ケイレブはおのれのＴｋのパワーを制御したが、それでもサハラの手首から手を放さなかった。「そうだ」その代償として、熱く真っ赤な血がゆっくりと流れ、安ホテルのシーツにしみこんでいき、焼け焦げた皮膚の匂いが空気中に漂うことになった。あのときの記憶はケイレブの体じゅうの細胞という細胞に刻みこまれており、あの出来事をサハラが思いだしたなら、ビジネススーツや洗練された見せかけの裏にある、ケイレブの真の姿に気づくことになるだろう。

よりよい人間なら、そのときが来ればサハラを自由にするはずだ。しかし、ケイレブはそんな善人ではない。何度でも彼女を連れもどしてやる。サハラがどれほど恐怖におののこうと。それこそ彼女の陰の能力が、むきだしの精神的パワーのうねりとなって表面化してくるまでは。「空腹だろう」ケイレブは彼女の手首から手を放した。冷たく、厳しい真実が、闇に生きてきたおのれの部分を、みずからサハラを保護しているシールドのごとく硬く強固なものにしていた。「ほかに何か食べる気になったか？」

「マンゴーネクターをもう少しもらえる？」サハラはやはり彼の背中をなでている。だが、そんな信頼も、こなごなに砕けた精神が生んだ錯覚にすぎないと、ケイレブにはわかっていた。

サハラの望みのドリンクを瞬間移動《テレポート》させると、ケイレブはやや体をひねり、ふたをはずして、ねっとりとした液体を新しいグラスに注いでやった。「固形物も必要だ」

ケイレブが固形物も移動させても、サハラは不満の声をあげなかった。ケイレブはそこにすわったまま、彼女が腹に入れられるだけ食べ物を入れるのを待った。まるで小鳥のように食が細かったが、一日に何回も少量ずつ食べるほうが体によいとわかっていたので、何も言わなかった。リンゴ一個とナイフをさしだされたときには、リンゴを切り分けてやり、手渡された一切れを自分も食べた。

それは静かな、予期せぬつかの間の休息だった。そんな穏やかな時間がそれから七日間つづいた――一週間のあいだ、サハラは頻繁に、ぐっすりと眠り、ケイレブがつねに用意しておいた栄養価の高い、食欲をそそるはずの食事を食べ、本人は無意識なのだろうが、ダンスを習っていた当時におぼえたはずの、ゆったりとしたストレッチをおこなった。そして、おびえることなく、ケイレブに話しかけてきた。

サハラが起きているあいだ、ケイレブはつねに在宅しているようにして、〈アロー〉とのミーティングを含むそのほかの用事を、彼女の睡眠中にすませるようにした。パースでの機密漏洩にかかわった人物が、プロの助けを得て姿をくらましたことが判明したが、いずれ〈アロー〉が行方をつきとめるはずだ――正体が誰であろうと。

ケイレブにはほかに優先すべきことがある。

ときおり、サハラがテラスにいるケイレブを見つけて、すり寄ってきては、そのまままふたりで話をすることがあった。しかし、この安らぎはほんのいっときのことで、じきに彼女の記憶に苦悶《くもん》の絶叫によって刻まれた過去がよみがえり、すべてはかき消されてしまうのだ。だからこそ、ケイレブは彼女を遠ざけようとはしなかった。サハラは自分自身のことや現状についてさらに情報を聞きだそうとはしなかったが、それはサハラの潜在意識が、いましばらくは現実から離れておくことで、時間をかけてゆっくりと彼女自身を回復させようとしているからだろう。

八日目になって、状況は一変した。

ふたりで星空の下に立ち、言葉を交わしたときの、ケイレブのたくましい体の感触をわが身に残したまま、サハラはベッドに入ったのだった。が、悲鳴を喉に詰まらせ、目をさました。胸骨から飛びだしそうなほど、心臓が激しく打っている。心の奥底から恐怖を感じ、自分の身に何が起こったのか確かめずにいられず、サハラは必死に明かりをさがした。

無我夢中で手をのばすうちに、ベッドわきのテーブル上にあるランプのタッチセンサーにふれたらしい。やわらかく、あたたかい光が室内を満たした。美しいシルク製のカーペット、優しいクリーム色に塗られた壁面、鏡をとりはらったドレッサーとその上にある一本のヘアブラシ、小さなバラ模様の掛け布団。ここは独房ではない。だが、それでもこれは檻なのだと直感的にわかっている。サハラを閉じこめている人物は、この家のなかを好きに歩きまわる自由を与えてくれてはいるが。

〝ケイレブ・クライチェック〟

〝きみがわたしのものだからだ〟

〝飲むんだ〟

この掌で感じた、筋肉におおわれた体のぬくもり。

どっと流れこんできた記憶の断片をのみこんで、サハラはシーツを押しやり、よろよろとバスルームに向かった。顔を洗い、タオルでふくあいだも、手のふるえが止まらず、しばらく洗面台の縁をつかんでじっとするうちに、ようやくおちついて、頭が働くようになった。ケイレブにここに連れてこられてからずっと穏やかなもやのなかにいた気がするが、もやが完全にひきさかれ、その破片が、吐き気をもよおすような恐怖がこみあげるなか、ゆらゆらと揺れていた。

　どうしてこれほどおちついていられたのだろう？　相手がごくふつうの男性のように、ケイレブ・クライチェックに手をふれていたなんて？　あの人はそんな人間ではないというのに。監禁されていようと、サハラは外の世界の情報から完璧に遮断されていたわけではない——見張りたちは、サハラに聞かせるつもりはなかったにせよ、たがいに世間話をしていたとあって、彼女の精神はそうして小耳にはさんだ情報をみずから迷路にもうけた秘密の、正気の瞬間に書きとめておいたのだ。

　ケイレブ・クライチェック、いやケイレブ・クライチェック評議員はとてつもなく強大なパワーを持つ念動力者であり、いくつもの都市を海に沈めたり、この星の地殻そのものにひびを入れたりすることすら可能かもしれないという。その気になればサハラの精神を本物の狂気へと追いやれるとみずから認めた男性であり、ほかの人間が呼吸をするのと同じくらいにたやすく平然と他人を殺害するとささやかれている人物。

　洗面台をつかんでいる手には、白く、くっきりと骨が浮きでており、肌は長年にわたる闇のなかでの監禁生活のせいで、いまだ太陽の光によって金色に焼かれておらず、青白かった。

〝サンタノの弟子だったそうだぞ〟

現時点でアクセス可能な長期記憶をさぐってみるかぎり、サンタノ・エンリケは評議員だったらしいが、それ以上のことはわからなかった。しかし、うわさがささやかれたときのあの口調を思いだせば、これがケイレブについての重要な事実であるのは間違いない。

少し水を飲み、深く息を吸って、サハラは次に打つ手を思案した。

少なくともまだ希望はある。

そんな思いは、サハラの胸のなかで光り輝いていた。ずいぶん長いあいだ、ひとすじの希望すらなかったのだ。残酷なまでの荒々しさでサハラの精神はひきさかれ、こじあけられたため、生きのびるには、おのれの奥深くで身をちぢめているしかなかった。精神をむきだしにされたのは、サハラが迷路を生みだしたことへのしかえしだったが、サハラ自身は後悔していなかった。迷路がなければ、いわゆる〝更生処置〟を受けた者たちよりもひどい存在になっていたはずだ。人格を消し去られ、彼女の精神は監禁者たちの命令どおりにしか動けないロボットのそれ同然になりさがっていただろう。

精神シールド。

心のなかから聞こえた警告の声に、サハラは息を吸い、吐きながら、精神的な目をひらいて、彼女の精神を保護している黒曜石のシールドを見た。美しく、破壊不能の創造物は、サハラのものではない。そんなことはありえない。ケイレブのものだ。サハラが逃げようとしたら、罰としてあのシールドを破壊されるかもしれない。

　またしてもむきだしの無力な状態になると思っただけで、胃がむかむかしてきて、全身の感覚がパニックに襲われそうになる。だが、サハラは歯を食いしばり、十代の少女のときに、自分という存在が無になるほど利用しつくすためだけに彼女を拉致した見知らぬ者たちのもとで、おびえるばかりだったころのように、ただひたすらに考えた。記憶には空白があり、ねじれた迷路によって記憶の大きな塊が失われたとはいえ、生まれつき備わっている能力もある。サハラはシールドの築きかたなら知っていた。子どものころから慣れ親しんでいたからだ。

　ケイレブはけっしてわたしを傷つけたりしない。

　そんな心の声にも、ケイレブのあからさまな心づかいに惑わされているだけだとして耳を貸さず、サハラは彼のシールドの下にみずからシールドを張っていった。ケイレブの望むものを与えるつもりはないとわかって、むこうが保護シールドをはずしてしまったときには――。

　ケイレブはわたしを傷つけない。けっして傷つけたりしない。

そんな声が聞こえるなんて、自分は迷路から正気のままで脱出したわけではなかったのか。サハラはぶるっと身ぶるいして、心を静めようとシャワーを浴びることにした。その目的はかなえられ、パニックのなかを突きぬけるようにして、ある考えがひらめいた。

わたしには逃げだす手段があるのだ。

# 8

ケイレブにその手段を用いるかと思うと、とたんに吐き気をもよおしてきたが、それでも自分が無力ではないとわかったことは、サハラにとって心の支えとなった。もはや、おのれの精神のコントロールすらままならない、薬物を投与され、意識のぼんやりとした十六歳の少女ではない。大人の女性であり、過酷な体験をくぐり抜けて生き残った人間なのだ。服を着て、髪をうしろでまとめてから、音を立てないように注意してドアをあけた。ケイレブにつねに間違いなく居場所を突きとめられることからみて、むこうはなんらかの方法でサハラの位置を追跡しているに違いない……ひょっとして、こちらの精神にトロイの木馬でも仕こんでいるのだろうか。

苦いものがこみあげ、喉がひりひりする。サハラは慌てて神経経路をチェックして、精神感応者《テレパス》であれば、それが裏口となって他人の精神に侵入できるようななんらかの構築物がないかどうか、さがしてみた。不審なものは、何一つない。だが、ケイレブほど強力なテレパシーの持ち主であれば、そうした拘束物をこっそり隠しておく方法を知らないはずはない――それに、サハラの潜在意識は断固としてケイレブを信用するつもりらしいが、相手は権力のために生きてきたような人物なのだ。そんな考えが脳裏をよぎったとき、また別の、もっと理性的な心の部分がささやきかけてきた。そのような構築物も――いかに巧妙なものであろうと――生まれつき、サハラの能力に独自に備わっている防衛手段をあざむくことなどできないと。

外部からの力によってサハラの精神が損なわれるようなことは、絶対にありえない。

さらに、サハラの思考がたとえばらばらに砕けていようと、それをさぐるつもりであれば、ここに連れてきてからすでに何日もたっているのだから、そのあいだにいくらでもくまなく調べられたはずだ。迷路が完成するずっと以前から、サハラが精神の内部にそっと隠しておいたひそかな精神的レコーダーをさぐってみても、ケイレブはそんなまねをしていなかった。だが、ほっと胸をなでおろすどころか、そうわかったとたん、血が凍るような思いがした――なぜなら、そうなると、ケイレブが彼女を支配下においたい理由はたったひとつしかないからだ。

黒曜石のシールドを持つような男性に、この能力を試したことはこれまで一度もなかった。

息が荒くなり、胸の鼓動が乱れてくる。サハラが部屋を出てみると、むかいのケイレブの部屋はドアがひらいたままになっていた。ケイレブがまだそこにいるといけないので、室内をのぞくこともなくそっと廊下を抜けてキッチンに入った。窓からやわらかい陽の光がさしこみ、いましがた太陽がのぼったばかりだとわかる。キッチンに入ってしまうと、何かお腹に入れることに決めた——体力をとりもどさなければ。しかし、朝食用ベーグルをひとつつまんだとき、その手はふるえていた。ベーグルは焼きたてでまだあたたかく、包装紙には高級ホテルのロゴマークとおぼしき優雅なシルエットが浮かびあがっている。

念動力者はたいてい、きわめて重要な場合に備えてふだんから能力を温存しておくものだが、ケイレブは……あれだけのパワーは次元がちがう、恐ろしいなどというレベルのものではない。だが、サハラの正気とは思えない部分は、いまも意識の明瞭な部分と争っており、ケイレブを安全な存在としてとらえ、サハラが武器として隠し持つたったひとつの破壊的な能力にはオフ、リ、ミ、ッ、ト、だとうったえている。その不合理さが恐ろしくて、サハラは自分の判断が信じられなくなった——脳がまともに機能している人間なら、あれほどどっぷりと〈サイレンス〉にひたっている男性が他人を〝救う〟のは、おのれの利益になるからにきまっている、そう判断するはずだというのに。

喉にベーグルが詰まりそうになったが、冷蔵庫で見つけた栄養強化ドリンクでもって喉の奥に流しこみ、一時間後にまた何か口に入れるように心にメモしておいた。それから、深呼吸をして、ケイレブの書斎へと向かった。

そこは空っぽだった。

掌に汗がにじむのを感じながら、サハラはなにげなくデスク上のコンピューター画面に目をやった。未使用時にはデスクに平らにおかれているはずの透明な画面は垂直に起こされ、上に持ち上げられている。違う角度からのぞいてみると、画面がスクロールされ、次々とニュースが表示されていた。パスワードはすでに入力してあるようだ。

目の端に、ちらりと動くものが見えた。

はっとして、ガラス戸に視線を移すと、ケイレブがテラスに立っているのが見えた。黒の長いアスレチックパンツだけを身につけ、素足のままで、陽の光を浴びて肌が金色に光っている。ケイレブは何やら優雅で、危険きわまりない武術の動作を繰りかえしており、サハラには具体的なことはわからないが、とにかく、それはごくふつうの一般市民が知るべきものではないと直感した。

しかし、当然ながら、ケイレブはふつうの一般市民などではない。

思わず手をぐっと握りしめながら、サハラはケイレブの姿に目を奪われていた。流れるようなしなやかさにもかかわらず、この美しい動作がいつなんどき高い殺傷能力を発揮するかわかったものではないことは明らかだ。その動きを見ていると、まるで催眠術でもかけられたみたいにうっとりしてしまう。筋肉が収縮し弛緩するさまが、本能的なレベルでサハラを魅了してやまない。気づけば、いつしかフレンチドアに寄りかかるようにして、ガラスに両掌を押しつけていた。

ひんやりとした感触にどきっとして、サハラは現実にひきもどされた。実のところ、彼女は虜囚にすぎず、新たな監禁者である男性に不健全で危険な愛着をいだいてしまっている――かつて、長年にわたる監禁生活でも、監禁者に好意をいだかせようとする敵の心理的な罠にけっしてかからず、ぶじに生きのびてきたはずだ。それなのに、ケイレブと二日間一緒にいただけで、迷路がおのずとほどけていった。それだけではない。サハラはあの危険なまでに鍛えあげられた体にぴったりと寄りそい、長々と、ゆっくりとその体をなでていたのだ。

そして……幸せな気分だった。

喉が渇き、肌がほてってくる。サハラはテラスにいる男性を最後にちらっと見てから、彼のチェアに体を滑りこませた。恐怖が背中をはいのぼってきたが、インターネットを立ちあげる。ケイレブがまだ外にいるかどうか、つい肩越しにようすをうかがってしまう。だが、相手はまだテラスにおり、やわらかい朝陽のなかで髪が青みがかった黒色に光っていた。

検索バーが点滅している。

下唇を噛んで、サハラはケイレブのではなく、彼の師とされるサンタノ・エンリケの名前を入力した。理由をきかれても、サハラには答えようがなかっただろう――まさに本能に突き動かされたがゆえの選択であって、赤外線キーボードに入力したとき
のエンリケという名前の〝感触〟に、おぞましい不快感を腹部におぼえただけだった。

検索結果が画面に表示された。一番上の項目をクリックすると、ニュースサイトがあらわれた。エンリケ評議員が亡くなったというニュースだ。詳細は評議会の公式発表から転載されたもので、とくにあたりさわりのない内容ばかり――。

「知りたい情報は見つかったのか？」

サハラはぞくっとした。

いつのまにかデスクの横に立っていた男性が、彼女が無断ですわった椅子の背に片手をのせて、もう片方の掌をコンピューターのそばにおいたとき、サハラは何やら相反する衝動にかられた。ここから逃げだしたい……でも、暗い熱の塊のようなこの体に頭をもたせかけ、肌に光っている男性らしい清潔な汗の匂いを深く吸いこんでみたい。ことケイレブに関するかぎり、サハラの狂気は疑いなく自身に深く根ざしたものので、まともな理由は何ひとつなかった。

「ああ」サハラがクリックした記事を見て、ケイレブが言った。「サンタノのことを耳にしたんだな」

あるとき、自然番組を見ていたら、ライオンが一頭のガゼルに狙いをつけ、その獲

物をもてあそぶようすが紹介されていた。逃げられると思いこませておき、そのあいだにも無力な獲物にかぎ爪を深く突きたてようとしていたのだ。サハラはいまやそのガゼルのような獲物であり、いくら恐怖を隠そうとしても無駄だとわかっていた――そこまで上手な嘘つきではなかったからだ。

とはいえ、こうして凍りついたようにすわったまま、ただ責めさいなまれるつもりもない。なにしろ、かつては迷路を築いて監禁者の手から逃れたのだ。今回はおのれの精神をあんなふうに葬ってしまうつもりはなく、そんなまねはしたくないのだが、なんとかしてこの男性を出しぬき、生きのびてやろうと思った。

〝サハラ！　助けにいくぞ！　生きるんだ！　ぼくのために生きてくれ！〟

心の底からの叫びにも似た、そんな約束の声が、監禁中ずっと頭のなかをぐるぐるとまわり、鳴り響いていた。その声がそもそもいつどこで発せられたのかも記憶になく、声の主も不明だが、ひとつだけはっきりしていた。自分の死は、たんなるひとつの命の消滅ではなく、誰かにとってははるかに大きな意味があるのだろう。

いや、そんなものはただの妄想であって、悪夢を生きのびるためにみずからの精神が生みだした想像の産物にすぎないのかもしれない――おそらく、事実、そうなのだろう――それでも、この七年間、身を刺すような深い孤独感をなんとか乗りこえられたのは、その約束のおかげだった。この苦境だって、それを頼りにして切りぬけられるだろう。

「わたしをどうするつもり？」サハラはたずねた。声がふるえなかったことを誇りに思う。

星々の消えた特級能力者《カーディナル》の瞳が、サハラのまなざしをとらえる。ケイレブの髪はいつになく乱れていた。「専用の携帯情報端末を渡しておこう」またたくまに、紙のように薄いタブレット型コンピューターがデスクの上にあらわれた。「二十分後には、通信会議にこのディスプレイを使いたいのでね」

それだけ言うと、ケイレブはこちらに手をのばしてきて、ブラウザにあるＵＲＬを入力した——数字がずらりと並んでいて、どこのアドレスなのかわからない。「サンタノについて知りたいなら、そこに必要な情報が載っているはずだ」デスクを押すようにして体を起こすと、ケイレブはドアのほうへと歩いていく。「いいか、十九分後にはそのディスプレイを使うからな」

サハラはあっけにとられ、ぽかんと口をあけたままケイレブのうしろ姿を見つめていたが、やがて足音も聞こえなくなった。相手の反応になんらかの理由を見いだそうとしても、不可解さにとまどうばかりだ。情報はパワーだと重々承知しているはずなのに、それでも、その情報を入手するための鍵をわざわざ渡してくれるとは。

無駄と知りながらも、サハラは指先でこめかみをさすって混乱をやわらげようとしながら、ケイレブが呼びだしたページのほうに注意を向けた——それは自称陰謀説の主張者なる人物が運営するサイトだった。その人物はサイと名乗っているが、ほかには身元をいっさい明らかにしていない。サイトの膨大な情報量からすれば、評議会によるとりしまりを逃れ足跡を隠すだけの利口さがある人物のようだ——というのも、ここで扱われている話題はタブーどころではなかったからだ。

　最近の記事にざっと目を通してみると、正式な発表はないとはいえ、すでに評議会は存在しないとする内容があった。検索ボックスが目に入ったので、もう一度、エンリケの名前を入力した……すると、関連記事のリストは一ページ全体にもおよび、何度も更新が繰りかえされているのがわかった。最新の記事は二年あまり前の記事で、こう記してあるだけだ。〝ケイレブ・クライチェックはいまや評議員となった。サンタノ・エンリケの弟子と目される人物だ——S・Eによる拷問殺人に手を貸したとする説があるが、その証拠も反証も見つかっていない〟

　胸に刺すような痛みが走り、悲鳴が漏れそうになって手で口を押さえた。ページの一番下までスクロールして、最も古い記事から順に読むことにする。

　執筆者によると、サンタノ・エンリケは固定役《アンカー》としてはきわめて稀な存在で、孤独ではなく政略を好んだのみならず、評議会という生き馬の目を抜くような世界で成功をおさめたらしい。また、数多くの若いチェンジリング女性が犠牲となった連続拷問殺人事件の犯人でもあった。死因については、主だったメディアは事故や事件の可能性はないと報じているが、それは事実ではなかった。〈ダークリバー〉の豹族と〈スノーダンサー〉の狼族によってむごたらしく処刑されたのであって、残りの評議会のメンバーに向けて、エンリケの舌にホチキスどめしたメッセージが残されたという。

「あと五分だぞ」

サハラがはっとして顔をあげると、ケイレブが戸口に立っていた。髪はまだ湿ったままだがきちんと櫛《くし》で梳《す》いてあり、濃いブルーのシャツ、ダークグレーのズボン、黒のベルトを身につけていた——靴も黒でそろえている。手には栄養ドリンクのグラスを持っている。

師の膝もとで何を学んだにせよ、それはよからぬことに違いない。ところが、ケイレブのそばに行きたいという抑えがたい衝動が血液のなかでとどろき、サハラはおのれのことが信じられなくなった——そんな深いレベルで自分がマインドコントロールされる心配はないとわかっているというのに。サハラの精神には誰ひとりとして侵入できないし、干渉していることに気づかれぬまま彼女をコントロールすることなど誰にもできないのだ。

それでも、胃がねじれるような思いがして、サハラはやわらかい掌にぐっと爪を食いこませた。

「評議会の外部の人間が、どうしてここまで詳しく知っているの?」サハラはたずねた。意外にも、おちついた冷静な言葉が口をついて出た。サハラの身も心も、説明のつかない衝動と戦いつづけていたのだが。「たんなる妄想なのか、それとも情報源があるのか」

サハラから目を離さずに、ケイレブはドリンクを一口飲んだ。「どちらだと思う?」

「この人物の主張はあまりにもとっぴだわ。だから、真実であってもおかしくない。情報源があるのね」

「そうかもしれない」ドリンクを飲み終えると、ケイレブは空になったグラスを瞬間《テレ》移動《ポート》させた。「そこの内容は、あらゆる点で正確だからな」

サハラはふるえる手で携帯情報端末をつかんだ。七年前の標準からするとずいぶんと薄くて軽いことにぼんやりと気づいた。「サンタノ・エンリケは正気ではなかったの?」そう問いかけながらも、先ほど読んだばかりの、ケイレブは五歳のころから事実上エンリケの〝保護〟下にあったという記述が、頭から離れなかった。その経験によって人格の発達がゆがめられることなく、人生における父親像とも言うべき存在そっくりに成長することもなかったと考えるとしたら、それは大きな誤りだろう。

ケイレブは、スーツのズボンのポケットに両手を滑りこませた。かつての少年の面影は——怪物とともに大きくなった少年の姿は——どこにもない。「それについては」ケイレブが答える。「見解が分かれるだろう。エンリケは〈サイレンス〉の完璧な申し子だと主張する者もいる。完全に感情を排除して、他者への共感などいっさいなく。あの男にとって、殺人は興味深い実験だった」

サハラが椅子から立ちあがったとき、その瞳がつややかにきらりと光り、恐怖の色が浮かぶのをケイレブは見た。彼女の髪はうしろでとめてあり、顔があらわになっているので、見間違えようがない。ケイレブ自身は真実と嘘とを巧みにすげかえ、目的を達成するというゲームに日々興じているわけだが、サハラにはそんな芸当はとてもむりだろう。

サハラはこちらから目をそらすことなく部屋から出ていったものの、いまだ完全に記憶をとりもどしたわけではないとケイレブにはわかっている――まだとことん恐怖におびえておらず、警戒心が強いとはいえ、それはケイレブ個人に対してではなくおしなべて何に対してもそうだからだ。

こちらがいまこの瞬間にもサハラを傷つける気になれば、むこうにはそれを食い止めるすべなどまったくないのだが、ケイレブはそんなことを指摘せずにそのままサハラを行かせてやった。おのれの念動力をほんの少し解きはなつだけで、サハラの骨はマッチ棒のごとく折れて、どこまでも濃い深紅の血がどくどくと流れだすだろう。かつて一度、その血が流され、安ホテルのベッドのシーツにしみこんでいったように。あの部屋は黒焦げに焼けてしまったが、サンタノがおもしろ半分に細工したために、当局による捜査の目が向けられることになった。

　数分待って、サハラが警戒を解いたころを見はからい、ケイレブはひらいたままのガラス戸のほうへ歩いていった。サハラはラウンジチェアにあぐらをかいてすわっている。陽よけパラソルはこの時間だと必要ないので閉じたままにしてあり、夜明けの光を浴びて、つやつやした黒髪には赤みがかった金色のすじがかすかに光っている。

　そうした色の異なるすじは珍しいが、父方と母方のＤＮＡが遺伝的に組みあわさったと考えると、まったく予測できなかったわけではない。サハラの母の髪はやわらかい黒色で、一方、父親の髪は濡れた粘土の色であり、さらに、本来なら劣性遺伝するはずの赤毛がキリアクスの家系には強くあらわれるのだ。その髪のすじは、突然出現した、二重特級能力者《デュアル・カーディナル》のそれにも負けないほど異例の、サハラの精神的な能力を示しているのだろう。

　ケイレブが知るかぎり、こうした特殊な能力を持つ者は〈サイネット〉上でサハラただひとりだ――誰もが手に入れたいと願う能力だけに、サハラが迷路を生みだそうと、監禁者たちはあっさりと処刑してしまうわけにはいかなかったのだ。

　サハラ・キリアクスには、まさにその力を手にした者を全世界を統べる皇帝のような存在へと変えられるだけのパワーが、秘められていた。

## 〈純粋なるサイ〉

バスケスの尊敬を得た者が〈サイネット〉上にいるとしたら、それはケイレブ・クライチェックにほかならないだろう。この特級能力者《カーディナル》のＴｋは、冷静かつ計算されつくした行動によって評議員へとのぼりつめ、その〈サイレンス〉の完璧さを証明してみせた。誰であろうと邪魔者を排除し、しかも、ひそかな知性あるやり口のおかげで、こうした敵の抹殺がケイレブの手によるものだと疑われたことはなかった。

ヘンリーもまたこの若い男性のことを高く評価していたが、ケイレブを信用して、〈純粋なるサイ〉の詳しい内部事情を明かすべきかどうか決めかねていた。「クライチェックにとっての優先事項は、われわれのそれとは異なるのだ」いまは亡き〈純粋なるサイ〉のリーダーはそう語っていた。「あの男は完全で絶対的な〈サイネット〉の支配を望んでいる。それだけは疑いようがない」

この目標は〈純粋なるサイ〉の目標とは相いれないものだ――クライチェックはそうした支配をおのれの権力の増大に利用したいのだろうが、〈純粋なるサイ〉はサイ種族そのものの向上のために利用するつもりだ。しかし、ヘンリーがそもそもクライチェックを〈純粋なるサイ〉という集団にひきいれないという決断をくだしてから、状況は変化している。その最たるものがヘンリーの暗殺だった。

これから政権を握るうえで、組織には強力な指導者が必要だ。クライチェックならまさにリーダーとして申し分ない。この男が加わるとなれば、一般大衆をなだめ、かつての評議会の枠組みを踏襲することもできるだろう。

現在の地位をケイレブに譲りわたして、バスケスはおのれが受けてきた訓練によりふさわしい職務につくことになるが、その点についてはなんら異存はない。バスケスはそもそもリーダーになるようなタイプではない。みずから選んだリーダーに絶対的な忠誠をささげられる、いわば軍司令官といった役どころに適している。それに反して、クライチェックが誰かの命令にしたがうことなどありえない。食物連鎖の頂点に立つ人間はまさにそうあってしかるべきだ。

ふたりが手を組むのは、まさに理想的なのだ。

# 9

ケイレブから与えられた携帯情報端末は、利用情報がすべて彼に送信されるように細工されているおそれがあった。しかし、サハラに情報を与えたくないのなら、最初からそうした機器を渡さなければよいのだから、その可能性はないだろうと直感的にわかった。さらに、サハラの精神はどう見てもむきだしのままで、彼女自身のシールドもまだ完成にはほど遠いが、ケイレブはあえて侵入しようとはせず、サハラが狩りたてられ、追いつめられていると感じるようなまねは何ひとつしていなかった。

「相手の動機についてあれこれ心配しても、何も状況は変わらないわ」自分につぶやくと、サハラは主要なニュースサイトを閲覧することにした。

サイ関連のサイトにおける情報量の多さにはびっくりした――サハラが誘拐された当時なら、評議会によって厳罰に処されるおそれがあってさしとめられていたはずの情報ばかりだ。ヘンリー・スコット評議員と〈純粋なるサイ〉という組織が関与したチェンジリングとの武力紛争について、サハラは興味をそそられ、関連記事を次々と読みふけった。

　あからさまな武力衝突という事態よりもさらにサハラを驚かせたのは、事件に対するさまざまな意見だった。

　〈サイレンス・プロトコル〉は、サイという種族を特徴づけるものとなったが〟と、ヒューマンが運営するニュースサイトにある匿名の投書があった。〝われわれはこの遺産を次世代に継承したいのだろうか？　サイの内にひそむ邪悪な性質を封じこめ、もはや存在しないふりをするのではなく、それらに立ちむかうだけの強さが、われわれにはないのだろうか？　サイのなかの邪悪な者たちが、いまも街を闊歩《かっぽ》していると知っているだろうに〟

　七年前なら即刻〝更生処置〟命令がくだされたはずの意見に、サハラは思わず片手で髪をかきあげた。投書者の精神や人格はとことん奪われ、かろうじて些末《さまつ》な仕事をこなすだけの機能しか残されなかったはずだ。そう思いながら、サハラは記事をむさぼるように読みつづけ、長年知識に飢えてきた精神ならではの貪欲《どんよく》さでもって、すべてを吸収していった。

　監禁中の政治的な変化に興味をひかれたものの、サハラにとっての最大の関心事はケイレブ・クライチェックのことだった。だが、本人が教えてくれた陰謀説のサイトを除けば、ケイレブに関する検索結果は、ビジネス関連か評議会が公表している略歴しかなく、評議会のもの以外では、ヒューマンの運営による一般公開のインターネット百科事典の情報だけだった。

ケイレブ・クライチェック

略歴：二名の能力度数の低い親から予期せずして誕生した特級能力者《カーディナル》の念動力者であり、両親の劣性遺伝子が組みあわさった結果、強大な力が胎児に授けられたとされる。五歳よりサンタノ・エンリケのもとで訓練を受けはじめ、その監視下におかれる（注1）。

二十三歳のとき、のちに通信画面技術の大躍進へとつながるハイリスクのプロジェクトを支援することで、何百万ドルにもおよぶ初の利益を手にする。二十七歳で評議員に就任。

モスクワ在住。

（全文を読む）

注1　要出典

そこに掲載された経歴を最後まで読んだものの、ケイレブは邪魔者をことごとく抹殺して――ライバルたちの絶妙なタイミングでの自然死、突然の交渉からの離脱、不可解な失踪など――現在の地位にのぼりつめたとされるが、そうした容疑を裏づける証拠が提示されておらず、サハラは再び陰謀説のサイトを参照することにした。そこには、本人がすでに認めたことだが、ケイレブが狂気をもたらすといううわさについて書かれていた。また、おおやけには犯罪とは無縁とされながらも、実はみずから手をよごすこともいとわない人物だとされている。

〝クライチェックは最年少の評議会メンバーではあるが〟と、一年前に更新された記事にあった。〝最も情け容赦のない、危険な人物である。クライチェックが興味を示せば、いかなる交渉においてもそのほかの参加者が勝利することはないのだ。

六カ月前、アグロ・グラヴ社は、クライチェック評議員からのある申し出を拒絶した。ところが、二日後、同社CEOはその決断をいきなりひるがえした。理由についてはいっさい明らかにしなかった――だが、同時に娘たちを寄宿学校から連れもどして、自宅での家庭教師による教育を選んだことは特筆すべきである〟

またしてもサハラの手がふるえはじめ、そのあまりの激しさに、タブレットをうっかり落としてしまわないうちにおろさねばならなかった。胸のなかでは心臓が早鐘を打っており、めまいがして、体が言うことを聞かなくなった。パニックにおちいり、サハラはラウンジチェアの横から脚をおろして立ちあがろうとしたが、ふらっとして再びすわりこんだだけだった。骨がまるでゴムみたいな硬さしかない。いまや胸の鼓動が喉までせりあがってきており、息が詰まってしまい、こなごなに砕けた鏡の破片が喉に突き刺さるようだ。窒息しそうな真っ黒な影が、視界の縁にしのびこんでくる。「呼吸しろ」非情な声が命じる。手がサハラの頭をぐいぐい押して、膝のあいだにはさみこもうとする。

　サハラはその姿勢をとった。視界に入ってくるのは、小さな二点の光だけだ。

　誰かが動く気配がして、ケイレブの体が目の前にしゃがみこんでくる。「息を吸って、吐くんだ」

　一定のリズムで繰りかえされる、抑制された穏やかな声にすがりつくようにして、サハラが胸をふくらませては収縮させるうちに、やがて視界から黒い影がひいていき、ケイレブがうなじに当てていた片手をあげるのがわかった。

　サハラは顔をあげて、手渡された水を飲んだ。それからようやく、まさにサイのなかでも最悪の怪物とも言えるかもしれないこの男性と目を合わせた。特級能力者《カーディナル》の瞳は再び純然たる黒色になっており、闇のなかに光はひとつもない。どういうわけか、そのまなざしを見るうちに、サハラはまるで心が傷ついたかのように、嗚咽《おえつ》を漏らしそうになった。涙がこみあげ、苦しいほど胸が締めつけられる。

「ありがとう」サハラは口をひらいた。けっして自分のものではなかったはずの何かを失ったことを嘆き悲しみたいという強い衝動に駆られ、それをかろうじて抑えこむ。「パニック発作を起こしたのは初めてだわ」

ケイレブはしゃがみこんだ姿勢のままで、こちらを見あげている。この人のけわしく、美しい顔立ちを、以前にも幾度となくながめたような気がしてならないのだが、もどりつつあるサハラの記憶のどれにもケイレブは登場していないのだ。もしかしたら、彼女の精神のいたずらで、たんなる錯覚なのかもしれない……それともふたりの出会いがあまりにも忌まわしいものだったからこそ、記憶にないのだろうか。

結局のところ、ケイレブは連続殺人犯の弟子だったのだ。その事実を忘れるわけにはいかない。サンタノ・エンリケはチェンジリングを好んでえじきにしたが、ケイレブが同種族の女性に執心していないという保証がどこにあるだろう？

ケイレブはけっしてわたしを傷つけたりしない。

またもや心の奥底からあの声が聞こえてくる。ケイレブを信じたいという欲求が、胸の奥にたまった涙にうったえかけてくる。

「監禁されていたときですら、一度もなかったのか？」ケイレブがたずねた。この男性について読んだことを忘れたりできない。それでも、あたたかく硬いあごに指先でかすかにふれずにはいられなかった。

ケイレブがぴたりと動きを止める。だが、サハラの手を止めようとはしなかった。懐かしい、何年ぶりだろう。

そんな不可思議な内なる思いをいだきながら、サハラは言った。「怖かったのよ」彼女の〈サイレンス〉にはつねに問題があったという証拠に対して、相手が反応を示すかどうか、見きわめようとする。ところが、ケイレブはただこちらを見つめつづけるばかりだ。

「怖かったの」サハラは繰りかえした。「恐怖のせいで、わたしのなかのものがすべて冷たくなってしまいそうなほど。でも、パニックを起こしたりはしなかった。さっきのようには」そう言いながら、サハラは監禁され、さながら芸を仕こまれた檻のなかの動物のようだった年月のうちに、たんなる肉体のみならずはるかに多くのものが傷つけられ、弱っていたのだと悟った。「わたしは壊れているんだわ」

ケイレブの表情に変化はない。「それゆえ、とりかえしがつかないほどの欠陥があると信じているのか？」

もう一度ケイレブのほうについ手をのばしそうになり、サハラは顔をしかめて、その手をぐっと握りしめた。「だってそうだわ。わたしは壊れている、欠陥があるのよ」

「それはひとつの解釈にすぎない」謎めいた発言とともに、ケイレブは立ちあがった。まるで氷を彫ったような美しさが、この男性を生きて呼吸している肉体というよりも彫像のように見せている。

それでもケイレブは生身の人間なのだ――サハラの指先には彼の肌のぬくもりが残っており、まさにこのラウンジチェアの上でケイレブにもたれかかったときのたくましい背中を、この身でもっておぼえている……いまもっとふれたいとうずうずしている。サハラの理性が、どうしても呼びさませない記憶から生まれたそんな欲求とぶつかりあっていた。その記憶すら、想像の世界のものにすぎないかもしれないというのに。

「ほぼ確実に」ケイレブが言う。「心的外傷後ストレス障害をわずらっているな」

みずからを試してみたくて、サハラも立ちあがろうとした。脚がぶるぶるふるえたが、なんとか持ちこたえた。「たぶん、わたしには専門家の助けが必要なんでしょうね」サハラは相手の反応を見るためだけにつぶやいた。この男性は自由に家のなかを歩きまわらせてくれるし、彼女の精神を保護し、世の中を知るための道具も与えてくれた――だが、サハラが逃げだせないように、ドアに警報装置をとりつけているのだ。

「サイ医学界の専門家に相談したいか?」

あぜんとして、サハラはまじまじと相手を見つめた。「わたしがイエスと言ったら?」

「世界でも最高の専門家をかならず手配してやろう」

この人のことがわからない。これはささいな話題にすぎず、知りあってまもない相手だというのに、サハラは絶望感とともにそう悟った。ほかのサイであればしぐさや声から何か感じとれるのだが、ケイレブからはどんな手がかりも発せられない。この人はまさに鉄壁の自制心を持っている。「どうするの？　やっぱりここに幽閉して？」

こちらから目を離さない。「わたしの秘密を漏らす者などいない」

恐ろしいほど完全に感情のない発言に、サハラははっと息をのみ、かぶりをふった。「ほかの人間に恐怖を味わわせたくないわ」――〈サイレンス〉にとらわれていようと、そうではなかろうと――「わたしの良心にかけて」

突如として、ケイレブがまったく微動だにしなくなった。目の前にこの人が立っていなければ、サハラは自分ひとりきりだと勘違いしていただろう。「ほかにもやりかたはある」

ケイレブは彼なりに譲歩しようとしているのだ、この人は記事にあったような血も涙もない人殺しなどではないと、どうしても信じたかった。そんな心の奥深くからの危険な欲求に、サハラは骨の髄まで怖くなった――ケイレブに対する抑えがたい欲望が危険で命とりにもなりかねないと、専門家に指摘されるまでもなく自覚している。

「まだその気になれないわ」何年にもわたって精神をこじあけられていたとあって、誰かに秘密をさぐられるなど考えるだけでも耐えられない。「わたしの望みは」サハラはおのれの監禁者にささやきかけた。「自由になることだけ」

ケイレブのまつげがおりたかと思うと、一瞬のうちに世界が砕け散った。と、サハラは風の吹きわたる海辺で、ちらちらと光る黒い砂の上に立っていた。見わたすかぎり、おそらく何キロも先まで、どこにも人影はない。なだらかな起伏を描く砂丘の、サハラの右手には丈夫そうな草が生えており、そよ風になびいている。反対側では、波がそっと岸に寄せては砂浜に優雅な波紋を残していく。砕けた波は荒々しい泡のレースとなり、打ちあげられた小さな貝殻が、夕方の黄色っぽいオレンジ色の陽光のなかできらきらと光っていた。

「これは本物なの？」サハラはささやいた。ケイレブが彼女の精神に生んだ幻覚ではないのかといぶかしんだ。ずいぶんと緻密《ちみつ》な幻覚なので、唇に潮風すら感じられるのかもしれない。

「幻覚か現実かを判断するなら、痛みこそが最良の指標となる」

子どものころに学んだことを思いだした。サイの子どもは全員、そのように教えこまれるのだ。

手をあげて、二の腕の裏側の、敏感な部分をつねってみる。思わず顔をしかめた。サハラはほほ笑んで体の向きを変えると、靴を脱ぎ捨て、まるめた爪先であたたかい砂の感触を楽しんだ。実のところ、砂はちっとも黒くなく、いろいろな色がまじりあい、ちらちらと光っているのだった。

これは本当の自由ではない。ケイレブがすぐそばの砂丘に黙って立ち、見張っているのだから。しかし、いま、この陽光あふれる瞬間、檻のなかで大人の女性へと成長した少女にとっては、これ以上望むものはなかった。美しい〝いま〟を堪能して幸福に酔ってから、先のことを思い悩めばいい。

サハラは走りだすと、腕を広げてくるくるまわった。頭上の空は鮮烈な青さで、太陽のぬくもりは肌に気だるく感じられる。足の指のあいだにはさまる砂は、砂糖のようにきめ細かい。サハラは笑った。何度も何度も。ついにふらふらしてもう回転できなくなると、やわらかくあたたかい砂の上に倒れこんだ。ケイレブは盛りあがった砂丘のふもとに腰をおろして、膝の上で軽く腕を組んでいる。まぎれもなく高級なスーツは、手つかずの自然のなかではまったく場違いに見える。

だが、ケイレブは……この場にしっくりとなじんでいる。

まったく予想していなかったことだが、ケイレブ・クライチェックはこの自然の、穏やかなときにあっても荒々しさを秘めた海が広がり、わがもの顔で吹きぬける風が草を揺らし、サハラの、ケイレブの髪をなびかせるなかで、この場に溶けこんでいる。砂丘や海と同じくこの景色の一部のように見え……ぽつんとひとりで、孤立していた。

気づけば長々とケイレブを見つめており、またしてもこの監禁者のことを考えていた。サハラは顔をしかめながら立ちあがり、はるかむこうに見える岸壁のほうへと歩きだした。おそらく一時間は歩いただろう。それでも岸壁はまだ遠かったが、穏やかな海や打ちよせる波を見ながら、息をするたびに潮風を吸いこんでいると、サイ医学の専門家によるいかなる侵襲的な治療よりも、サハラにとってはこのほうがずっとよいセラピーだと思われた。

不慣れなほどの運動レベルに体が悲鳴をあげてから、サハラはやっと足を止めた。ふりかえってみると、ケイレブが忍耐強く、といってもやはり強力なパワーを発散させながら、むこうで待っているのが見えた。しかし、サハラにはとてもそこまで自力でもどれそうにない。体がほぼ限界に達している。とはいえ、心のほうはまだ満足していない。朝のモスクワの空から遠く離れた、この目を見はるほど美しく、心から離れそうにない景色をもっと肌で感じていたかった。

風で乱れた髪を耳のうしろにかけながら、サハラは砂の上に腰をおろして、ケイレブの姿勢をまねるように両腕で膝をかかえこんだ。心のほうは、謎だらけのケイレブにいらだちをおぼえるとともに、魅了されてもいる。このとらわれの状態はどこかおかしい、ケイレブの態度はどこかおかしかった。サハラは七年以上も監禁されていたのだから、檻に閉じこめられるのと……なんであれいまの状況には違いがあることに気づいていた。

〝きみがわたしのものだからだ〟

あれだけきっぱりと所有権を主張したのだから、サハラが逃げようとしたら、きっと追ってくるに違いない。だが、これまでのところ、ケイレブは彼女を解放する以外はこちらの望みをすべてかなえてくれた。まさにサハラを混乱させ、平静さを失わせておくという抜け目のない魂胆かもしれないが、それでも、ケイレブ・クライチェックのこととなると、なぜサハラの心が相反する感情にひきさかれるのか、やはり説明はつかない。

いまもサハラはケイレブのもとへ行って、肌と肌をふれあわせたくてたまらず、胸が苦しいほどだった。

懐かしい、何年ぶりだろう。

サハラはふたりをつなぐテレパシーの経路にアクセスした。彼女を見つけてからというもの、ケイレブの側はつねにひらかれている。ひらかれている闇のなかに精神的な手をのばす。《こっちに来て、わたしと一緒にすわらない?》ケイレブがぽつんとひとりきりでいるのを見ていると、どうにもおちつかなかった。

ほんの一瞬ののちには、ケイレブがそばにすわっていた。潮が満ちはじめ、いっそう大きく打ちよせてくる波に視線を向けたままだ。白い泡が砂浜の、ふたりの一メートル先まで迫ってくる。「海が好きなんだな」

「昔からずっとね」サハラは答えた。わずかに距離をへだててはいても、ケイレブの大きな体のぬくもりが感じられる。「独房に入れられたころ、海の動きや広がりを想像して冷静になろうとしていたわ」

ケイレブの、まるで手でふれるかのように力強いまなざしが、彼女の横顔に向けられた。「監禁されていた年月の記憶はすべてもどったのか?」

「いいえ」ケイレブのほうを見ようとせず、サハラはささやくように言った。ついひきよせられそうになり、その欲求にあらがえるかどうか、心もとなかったのだ。「記憶が途切れているの」迷路のせいでとりかえしのつかないほどのダメージを受けたのだと、あやうくうちあけてしまいそうになる。当時は、おのれの能力にともなう代償を理解していなかったのだと。

「それ以前のことは?」ケイレブがたずねる。「人生の最初の十六年の記憶はどうだ?」

「すべて思いだせたわけじゃないわ」だが、そうした記憶の断片は永遠に失われたままではないという気がする。「時期が来れば、たぶん思いだす——」サハラははっとして言葉を切った。ケイレブがいきなり立ちあがると同時に、サハラの手をつかんでひっぱりあげたのだ。

サハラが息をのむうちに、ふたりはテラスにもどっていた。不意を突かれ、サハラの体がぐらりと揺れる。ケイレブが支えてくれなければ、倒れていただろう。「ケイレブ？　どうしたの？」相手の二の腕をつかんで、サハラは問いかけた。

ところが、ケイレブの姿はすでにそこになく、彼女の手は空《くう》をつかむばかりだった。

# 10

ケイレブは混乱の真っただなかにいた。コペンハーゲンの朝の静けさを破って、悲鳴がひびきわたる。救助隊員がすでに現場に急行しており、近隣の人々に避難を呼びかける。消防隊が早口のデンマーク語で何やら叫びながら、鎮火にかかろうとする。だが、爆破現場のアパートの前に立っているケイレブに近づこうとする者はいない。爆発によって建物の片側が大きく崩落し、いまも埃《ほこり》がもうもうと舞いあがっていた。爆風で窓ガラスが吹き飛ばされ、やじ馬たちの頭上に鋭い破片が降りそそぎ、皮膚を切り裂こうとする。

　建物そのものはなんの変哲もなく、ごくふつうの人々が住んでいるばかりだった——ただ一点だけを除けば。ここは——その残骸と言うべきか？——ある研究者たちが暮らすアパートで、彼らは〈サイレンス〉の重要性に関するアデラジャ夫妻のそもそもの理論や証拠に疑問を呈し、反証するための論文を執筆しつつあったのだ。焦点となるのは、アデラジャ夫妻の〝第一世代〟として知られる双子の息子の、事故に見せかけた死亡事件だった。夫妻の理論は、条件づけによって感情を排除すれば、サイ種族そのものを崩壊させかねない狂気や暴力衝動からサイを救えるというものだが、それは双子の息子の実験結果に完全にもとづいていたからだ。

その研究者グループについては、〈サイネット〉に影響をおよぼすおそれがあれば〈ネットマインド〉と〈ダークマインド〉からすべて報告が入るので、ケイレブもすでに知っていた――今回の爆発事件についてもそうだ――しかし、これが〈純粋なるサイ〉による攻撃だとすれば、あの狂信的なグループは、ケイレブの予想よりもはるかに優れた情報源や強力な支持者を得ているに違いない。

「助けて！　お願い！」

デンマーク語と英語で繰りかえされるか細い叫び声に、ケイレブが見あげてみると、最初の爆発でまだ崩れていなかった七階の一室に赤ん坊を抱いた女性が見えた。あたりには濃い灰色の煙が渦巻いており、いますぐ救出しなければ親子の命があぶないとわかる。

考えるまでもなく、ケイレブはとっさに瞬間移動《テレポート》すると、親子を安全な場所へと移した。即座に救急救命士らの注意をひいたのは、激しく咳《せ》きこんでいた母親のほうだったが、彼女は必死に叫んで両手でわが子をさしだそうとした。救命士たちは生存者をふたりとも毛布で包みこむと、弱っている患者たちが、どれくらい煙を吸引したかを調べはじめた。

「こちら側はわたしがやろう」ケイレブは、みずから直接支援を要請し、到着したばかりの〈アロー〉の瞬間移動者《テレポーター》に伝えた。「ここからは見えない部屋に、まだ誰かとりのこされているはずだ」

ヴァシックはうなずき、建物の裏側へと消えた。ヴァシックの相棒であるエイデンは、軍隊さながらの正確さで、〈アロー〉のメンバーも含めた救命士らに指示を与えている。〈サイネット〉上で最も危険な人間のしるしとされる黒ずくめの制服を着た、恐ろしい暗殺者集団が、これほど公然と人道的支援に乗りだしたのは、人々の記憶に残っているかぎりでは初めてのことだ。

適材適所に人員を配置し、その場をとりしきるのはエイデンにまかせて、ケイレブは部屋にとりのこされた次の生存者に照準を合わせた。視覚的に有効な目じるしがあるかぎり、ケイレブは生存者のもとへ行けるのだ。

ケイレブが突然姿を消してしまい、不安になったサハラは、屋敷内をあちこち歩きまわりながら頭のなかを整理しようとした。特級能力者《カーディナル》のＴｋの自宅となると質実剛健な四角い家をイメージしそうだが、この屋敷はそうではないとすでによくわかっている。ケイレブの家は、階層ごとに幅の広い一段の段差が設けられた、流れるような構造になっている。最下層には内部に小さな鯉の池があって、あざやかなオレンジ色の観賞魚が何匹も泳いでおり、まわりには複数のトップライトから降りそそぐ陽の光によって植物が生い茂っていた。トップライトはときには開放して、外部のひんやりとした空気をとりこむこともできる。今日わかったのだが、池の水温そのものは、別の制御システムによって魚にとって最適な温度にたもたれているらしい。

池をながめていると、サハラはとても幸せな気分になった。何やらこみあげるものがあって涙があふれそうになる。「馬鹿ね」つぶやいて涙をぬぐうと、水辺のごつごつした石のそばにしゃがみこんだ。どういうわけか感情が高ぶって、胸がいっぱいになっている。

この場所……この屋敷全体が、どこか懐かしくて、とても安心感がある。

長いあいだ、そこでゆったりとした時間をすごしてから、サハラは屋敷内を再び散策しつづけ、風通しのよい、光にあふれた室内や広々とした廊下を歩いた。だが、かなり贅沢《ぜいたく》に空間を使っているとはいえ、この家はとうてい人間味が感じられないほど巨大なわけではない。その逆で、あちこち細部にいたるまで住む人を配慮して設計されており、一部を除いてほぼすべての部屋で、床から天井まで届く大きな窓が備えつけられている。

池からひとつだけあがった階では、書棚に並ぶ本の保護のためか、窓ガラスに何やらコーティングが施されていた。そこには何百冊という貴重な書物が、きちんとアルファベット順に整理されている。背表紙や表紙の傷み具合を見れば、それらの本が実際に読まれた――あるいは使用された――のは間違いない。多くがノンフィクション系の本で、ケイレブの書斎と同様にここでも分野は多岐にわたっていた。

美しい部屋で、ルビー色と薄いクリーム色のカーペットが敷かれ、椅子も心地よさそうだ……だが、どうも未完成な感じがする。ケイレブはここの本を使うことはあっても、ここですわって本を読むことはないのではないか。サハラにはそんな気がしてならなかった。あの朝食用のコーナーやリビングを使うことがないように。寝室のベッドでは眠るのだろうが、この屋敷で唯一書斎だけが、サハラの監禁者である知的で恐ろしく危険で魅惑的な男性が、なんらかの痕跡をとどめている部屋なのだ。

幅の広い段差をあがって次の階へ行くと、サハラは窓の外のどこか懐かしい、何もない草原をながめた。「美しくて危険で孤独で、あなたにそっくりね」サハラはつぶやいた。頭に浮かぶのは、砂丘にたたずむケイレブの姿ばかりだ。

急に肌寒くなったサハラは、両腕で自分をかかえこむようにして、テラスの陽ざしのなかへもどった。無意識のうちに携帯情報端末でニュースサイトをチェックする。サハラの精神は、いまこの現在とのギャップを懸命に埋めようとしていた。現在も、彼女にとっては未知の将来に等しいのだ。

ニュース速報！　コペンハーゲンで爆発事件が発生――死傷者は今後も増える見こみ

すぐさまその事件の生中継をさがして通信映像をクリックすると、ヒューマンのレポーターが画面にあらわれた。ポニーテールのブロンド女性の背後に映っている悲惨な光景を目にしたとたん、サハラは悲しみとショックの入りまじった思いに襲われた。壊れたレンガ、倒れた木々、二次火災によるものらしい真っ黒の濃い煙。すすや血にまみれた被害者たちは、医療用毛布を肩にかけて、ぼうぜんと道路にすわりこんだままだ。

「……すごい、ですね！　こ、こんな光景は見た、こ、ことがあ、りま、せん、よ！」

レポーターは不謹慎とも言えるほど興奮しており、サハラは思わず眉間にしわを寄せた……と、そのときケイレブが腕に子どもをかかえて、医療用車両の前にあらわれた。シャツはすすだらけで、顔には黒いすじがいくつも見える。またたくまにケイレブの姿は消えて、泣き叫んでいる幼い子どもはぶじに救急救命士のもとに預けられていた。

「みなさん、ご覧のとおり、いまのはケイレブ・クライチェック評議員です」カメラが次なる瞬間移動《テレポート》の現場を追いかけるとともに、レポーターが画面の外から説明する。「クライチェック評議員は、黒ずくめの戦闘服姿とおぼしき正体不明のＴｋチームを率いて救助にあたっており、この悲劇的かつ一方的な暴力行為による被害を、当初の爆発による死亡者だけにとどめようとしています」

カメラがズームインして、崩壊した建物の側面をとらえる。「オーストラリアから入った未確認の情報によりますと」レポーターがつづける。「クライチェック評議員が大規模な救助活動にかかわるのは、この二週間で二回目だということです」

カメラが移動して、毛布にくるまって、地面にすわりこんでいるひとりの女性を映した。女性の右手には救急用包帯が巻いてある。「すみません」——そっと気づかうような声だ——「評議員に救出されたんですね？」

「ええ」女性の両手がふるえているのをサハラは見逃さなかったが、その手はすぐさま毛布の下に隠された。「評議員がいなかったら、いまごろもう命がなかったはずです」

「あなたはサイですが、念動力によって、とくにクライチェック評議員みずからの力で救出してもらえる、そう期待するだけの理由は何かありましたか？」

毛布をいっそうしっかりとひきよせながら、女性はかぶりをふった。「評議員たちはそんな〝ささいな〟事件で時間を無駄にしたりしませんから……でも、クライチェック評議員は違ったんです。この街の住民全員がその恩を忘れないでしょう」

サハラは凍りついた。

ケイレブの今日の行動は、つまり、レポーターがヒーローとして称えた活動は、これまでの当人の評判やまぎれもない権力への渇望とは相いれないものだ——冷酷非情にも今回の事件をすべてみずから仕組んだのでなければ。

いいえ、違うわ、そんなはずはない。

頭のなかから動揺した声がうったえたが、サハラはそれを無視して、さらに関連ニュースをさがした。〈純粋なるサイ〉が犯行を認めたとわかっても、血管のなかの氷のように冷たいものが消えることはなかった。

〈サイネット〉の完全掌握をもくろむと世間一般に考えられている男性にとって、その行動がいずれもサイ社会の構造自体の亀裂につながるようなグループほどぴったりの共犯者はいないはずだ。亀裂が増えれば、〝ヒーロー〟が介入し、事態を収拾する余地がますます多く生まれるのだから。

死亡者がいたとしても、一般市民の巻き添え被害としてすまされるだろう。

マスコミのインタビューに応じることなく、ケイレブは自宅にもどってきた。その必要はない——今日のおこないはすでにいっきに世界に広まっており、次々と生存者を腕に抱いて救出するケイレブの映像は、本人のどんな言葉よりもはるかに強烈な印象を残したはずだ。シャツのボタンをはずしながら、自分の寝室のほうへと廊下を歩いた。寝室に入ってみると、ベッドの端にサハラが腰かけていた。サハラはぱっと立ちあがった。一瞬、そのまなざしがケイレブの胸板におりていき、また上のほうにもどった。頬骨のあたりが赤く染まる。「ごめんなさい、そんなつもりじゃなくて。あなたを待っていたのよ」

最後の言葉を聞いたとたん、ケイレブはみぞおちに一発食らったような衝撃を受けた。時がもどったような気がする。しかし、サハラの動揺の裏に不安を感じとり、距離を詰めようとはしなかった。「シャワーのあとで話そう」息をするたびに煙や砂粒の名残が感じられた。

頬を熱くほてらせたまま、サハラは答えた。「もちろん、それでいいわ」そして寝室からそっと出ていった。

ドアを閉めてから、ケイレブは服を脱ぎ、シャワーの下に立った。打ちつけるしぶきを浴びて、まるで体じゅうの細胞にしみこんでいるような煙や炎の匂いを洗い流していく。爆弾は最大限のダメージをもたらすべく、巧妙に仕掛けてあった。爆発によって火災が発生したのは、〈純粋なるサイ〉にとっては予想外の儲けものといったところか。少なくとも百五名の死亡が確認され、五十七名が行方不明となっている。

行方不明者のうち、一定の割合がすでに仕事に出かけたあとかもしれず、ニュースが広まるとともに当局に連絡してくる可能性は大いにあった。しかし、同時に、アパートの住民以外の人々が内部にいた可能性もかなりあるのだ。最終的な死亡者数を予測しようにも、科学捜査班が建物内に入って被害者を発見してからでなければ、確実なことは何も言えないだろう。

体や髪をごしごし洗ってよごれを落としてから、ケイレブはシャワー室を出て、タオルで全身をふいた。すでにシルバーに延期させてあったミーティングに備えて、スーツを着ようとしたとき、サハラのまなざしが自分の裸の胸板に吸いよせられ、肌がほてり、呼吸が荒くなっていたことをふと思いだした。

おのれの肉体的な魅力については、ケイレブはすでに自覚している――チェンジリングやヒューマンの女性たちからたびたび色目をつかわれるとあって、それは明らかだった。ケイレブだとわかると恐れをなして、どの女も近づいてはこなかったが、こちらから誘いに応じたなら、相手は〝ノー〟とは言わなかったはずだ。ある種の女たちはケイレブのまさに冷酷さに惹きつけられるらしい。ケイレブの真の姿を知ったら、女たちは恐怖に絶叫するだろうかとちらっと考えたこともあるが、本当にそうか試してみたことはなかった。

ケイレブにとって肉体はいわば道具だった。誘ってくる女たちには、その道具を親密なやりかたで使用するのに見あうだけの利用価値がまったくなかった。だがサハラはそんな名前すら知らない、まなざしに欲望をたぎらせた女たちとは違っていた。あの欲望のまなざしは、殺しの瞬間、サンタノ・エンリケの瞳に浮かんだ興奮の色を思いおこさせる。いやがおうにも流血と拷問を連想させるとあって、ケイレブには誘いに乗ったとしても女たちの華奢な首をぽきんと折ったりしないという確信がなかったのだ。

だが、サハラとならそんな心配は無用だ。彼女は特別な部類の女性だった。さらに言えば、ケイレブはサハラときずなで結ばれたかった。肉体的なふれあいは、ケイレブに激しい不快をもよおさせるものであり、セックスとはサハラのなかに押しいることを意味するのだが、その一方で、この原始的な行為はいかなる鎖よりも強いきずなを生むものとして知られている。あたかもセックスの汗と熱とが、ふたりをひとつに溶けあわせるかのように。

ケイレブはぐっとこぶしを握った。無意識のうちに浮かんだイメージに、体がこわばっている。やっかいな反応だった。肉体的には最高の状態にあるとはいえ、こんな反応を示すべきではなかった——ほんのわずかな刺激でこうなったのは、自制心に重大な問題があるからであって、サハラに手をふれる前に対処しておくべきだからだ。

とはいえ、現状では、そんな心配をするのは時期尚早だ。たとえケイレブがきわめて親密なレベルでの肉体的なきずなを結ぼうとしても、サハラのほうはそんな段階にはまだとうてい達していない。いまのところは、おのれの肉体にサハラが魅力を感じていることを利用して、彼女を不安定な状態にしておくことで、こちらを見るたびにその目に宿る恐怖の色を突き崩していきたい……そんな恐怖の色を目にすると、ケイレブのＴｋのパワーが自制心をふりきって解きはなたれ、周囲のものを手当たりしだいに破壊しそうになるのだ。

手にしたシャツを捨てて、ランニング用の黒の軽量パンツのみをはき、上半身には何も身につけなかった。タオルをバスルームのレールにかけたとき、左の前腕のしるしが目にとまる。サハラはすでに何度も目にしているが、なんら問いかけようとしてはこなかった。

だが、いずれはそうなる。それは避けがたい。

七年前のあの出来事が、ケイレブの行為が、避けられなかったように。怪物のもとで育った少年が生きのびるには、自分自身も怪物にならざるをえなかった。救いなどありえない。そんなものは、血痕が点々と刻まれた蜃気楼《しんきろう》のようなものだ。ほかならぬサハラ自身が、この世で誰よりもそれを思い知ったはずだ。

サハラはキッチンへなんとかたどり着いたとたん、倒れこむように壁にもたれかかり、しばらくふるえていた。心臓が喉までせりあがっている。ケイレブの部屋へ行ったのは、〈純粋なるサイ〉との関与が疑われたので、相手が疲労のあまりおそらく警戒をゆるめているであろううちに問いつめられたら、とぼんやりと考えたからだった。

だが、ケイレブが部屋に入ってきたとたん、神経細胞がめちゃくちゃになってしまった。シャツのボタンを腰のあたりまではずした姿を目にして、全身に電流が走ったようなショックを受けた。あまりにも深い、そんな肉体的な反応は、ほんの数日のうちにではなく長年かけていつしか形作られたもののようだ。たくましい胸板や腹部を目の当たりにして、喉がからからに渇き、肌がかっと熱くなったわけだが、同時に、半裸の姿を見たという〝親密さ〟のせいで、鼓動がこれ以上ないくらいに激しく乱れはじめたのだった。

胃のあたりをこぶしで押さえ、胸がどきどきするような不思議な感覚をむなしくもやわらげようとしながら、サハラはなんとか動きだして、ケイレブの好みの栄養ドリンクを用意しようとした。さらに自分のためにホットチョコレートをいれる。甘いドリンクは、すっかり優しさや安心感を連想させるものとなっていた。

ケイレブが初めてこのドリンクを飲ませてくれた、その意味をサハラはよくわかっていた。

サハラは思い直して、冷蔵庫で見つけた高カロリーのスプレッドを使ったサンドイッチをいくつか作り、ダークチョコレート味の栄養バー四本とあわせて、その皿をテーブルにおいた。いずれもサイのために考案された食品ばかりでほとんど味がなく、ケイレブが消費したばかりの大量のエネルギーを補給する助けになるはずだ。

あっという間に用意を終えてしまうと、ケイレブの寝室にいたときのように喉を締めつけ、胸をかきむしるような欲求にまたしても苦しめられた。「わたしは不安定なんだわ」サハラはつぶやいた。激しい期待感に、肌がぞくぞくする。「わたしの判断力はおかしくなっているのよ。十六歳のときに拉致されたから」

「十六歳にしてはかなり大人びていたが」なじみのある男らしい声が、入り口のほうから聞こえた。「食事を用意してくれたのか。すまない」

ケイレブから目をそらすことができない。ケイレブの肌は陽に焼けて金色に輝き、冷たく無表情な顔つきにそぐわない。むこうがこのまま距離をあけていたなら、サハラは寝室にいたときからずっと悩まされている誘惑にも耐えられたかもしれない……ところが、ケイレブはキッチンを横切って近づいてきた。サハラがひきしまったその体に指でふれても、黙ったままだ。サハラの胸の先端がきゅっと硬くなり、ノースリーブの藤《ふじ》色のシャツの、薄い布地にこすれるのがわかる。

ケイレブの大きくあたたかい手は、あごを包みこむようにしてサハラの頬にあてられている。「わたしを怖がるな、サハラ」ケイレブがかがみこんできて、唇を重ねながら、ささやきかける。唇がふれたとたん、サハラの血流に無数の小さな稲妻が走った。「きみを傷つけるくらいなら、通りを死体で埋めつくしてやる」

# 11

〝きみを傷つけるくらいなら、通りを死体で埋めつくしてやる〟

荒々しい誓いの言葉によって、頭にかかっていたもやがひきさかれ、自分がどれほどぴたりとケイレブに体を寄せていたのか、サハラははたと気づいた。ケイレブの体が腹部に押しつけられており、これほど親密な接触を許すなんて、サハラの条件づけが壊れているのは疑いようがない。しかし、相手の特級能力者《カーディナル》の瞳は油断なく、計算高くこちらを見ているだけだ。

さっと身を離すと、サハラはよろよろとテーブルの前にすわった。「いったいどうなってるの?」自分自身に小声で問いかける。サハラの行動は、理性的な精神には説明のつかないものだった。この男性はやはり、権力固めのためなら、恥知らずにも大量殺戮《さつりく》のたくらみに加わるような人物かもしれないのだから。それなのにいまも、この人のもとへ行きたい、手をふれたい、愛撫したい、この人を抱き、抱きしめられたいという欲求に駆られている。

ケイレブはテーブルに片手をついて寄りかかると、サハラの髪を耳のうしろにかけようとしたのか、もう片方の手をこちらにのばした。だが、サハラがびくっとすると、その手を止めた。「わたしなら、いつでもきみを待っている」その声を聞くだけで、耐えがたいほどの欲求、混乱、恐怖がないまぜになって、サハラのうなじの産毛が逆立った。

ケイレブがテーブルのむかい側の席にすわるのを見つめた。その動作のひとつひとつに、死を支配する者たる恐ろしく危険な優雅さが感じられる。そのとき、ケイレブへの渇望という、かきむしられるような狂気におちいる前に、この人が語ったことを不意に思いだした。「どうしてわかるの?」サハラはたずねた。皮膚のすぐ下でいまだにくすぶっている欲望のせいで声がかすれている。「わたしが十六歳にしては大人びていたって」

すぐに返事はなかった。ケイレブがサハラの用意したサンドイッチを一口かじったからだ。「サイ医学報告書によれば」ごくりと飲みこんでから、ケイレブが言う。「心理的発達のレベルからすると、きみは少女というよりも若い女性に近かったそうだ」

ホットチョコレートのマグカップを両手で包みこみ、その手が生身の人間のぬくもりを求めているのをひしひしと感じながら、サハラは言いかえした。「嘘をついているんだわ」あまりにも確かな事実に、胸が苦しくなる。

「わたしはきみに嘘をついたりしない」星々の消えた夜の瞳が、サハラと視線を合わせる。

サハラははっと息をのみ、特級能力者《カーディナル》の、正気をたもっていられるのが不思議なほど荒々しいパワーに満ちたまなざしを受けとめた。「それなら、わたしに真実をすべて話していないということね」

返事はない。その顔は無表情で、陽の光によって金色に染められた彫像を思わせる。

「あなたはどうなの？」サハラはホットチョコレートを一口すすり、無駄と知りながらも、冷えていくばかりの胸の奥をあたためようとした。自分でもよくわからない深い喪失感に全身がひりひりと痛んだ。「子どもだったころはあった？」体が欲望に燃えていてもおのれを氷のような存在にしてしまう、そんな恐ろしいまでの自制心がまだ芽ばえていなかったころがあるのだろうか？

「もちろんだ」抑揚のない声。

サハラの質問に答えていない。「ほら、そういう意味じゃなくて」

ケイレブは栄養ドリンクを半分ほど飲み、サンドイッチをもう一口食べてから、再び口をひらいた。「いわゆる幼少期というものは、目の前にいる人間を誰かれなしに殺してしまう能力がある人物には、とうてい望めないものなんだ」

ありのままの正直な答えに、サハラは口もとに運ぼうとしたマグカップを思わず途中で止めた。心臓が激しく打ちはじめ、いきなり何かが心の奥を〝押してくる〟のがわかった――まるでたいせつなものが自由になろうともがいているかのように。「いつサンタノ・エンリケに……連れていかれたの？」サハラはきいた。それは意図せぬ問いかけで、いつしか潜在意識に主導権を握られていたのだ。

「初めて会ったのは三歳のときだ」ケイレブの声にも表情にも、かつての師である反社会的異常者の殺人鬼について語るのにとまどっているようすはまったくない。「わたしが潜在的危険児童の収容施設に入れられたときのことだ。そうした子どもの大半は〈アロー部隊〉に入隊することになる」

サハラはあの陰謀説のサイトで〈アロー〉に関する記事も目にしていた。「高度な訓練を受けた兵士や暗殺者からなる秘密部隊のことね？」相手がうなずくと、サハラはつづけた。「〈サイレンス〉の実施当初に設立され、主要な目的は〈サイレンス・プロトコル〉の存続だと読んだけれど」

〝〈アロー〉の一員になるとは〟と、記事にあった。〝〈サイレンス〉にしたがい、感情を排除することである。この部隊は、地球上で最も暴力的かつ危険な精神的パワー、つまり、意識的な制御が失われるような事態があってはならない超能力を持つ男女から構成される〟

「〈アロー〉はおのれの考えを明かしたりしない」サハラの疑問に応じて、ケイレブが説明する。「だが、〈サイネット〉の現状に照らして、部隊の目的を再検討しつつあるようだ」

まだ記憶が断片的で、この世界に関する知識も浅いとはいえ、サハラにはケイレブと〈アロー〉がなんらかの形で関係しているはずだとわかった。世界最強の特級《カーディ》能力者《ナル》のＴｋが、部隊の目にとまらないはずがない——その逆もまたしかりだ——ことにケイレブの子ども時代のことを考えればなおさらだった。「あなたは〈アロー〉とともに育ったのね」

意外なことに、ケイレブはかぶりをふった。「わたしがその施設で暮らしたのは四年間だけだ。七歳になったとき、サンタノの手で別の場所へと移された。その能力のすさまじい威力ゆえに、わたしはほかの児童の安全を脅かす存在だとわかったんだ」

そんなことはおかしい——施設にいた子どもたちは全員が危険な存在だったはずだ。ところが、あの怪物はたったひとりだけを連れだした……ケイレブのみを、孤独で無防備なまま、悪夢のなかへとひきずりこんだ。恐怖のあまり息が詰まりそうになり、サハラは必死に何かにすがろうとした。「あなたの両親は——一緒に来たのね？」サイは幼いわが子を捨てたりしない。子どもはいわば遺伝的な遺産なのだから。

「〈アロー〉の施設に入ってから、両親に会ったことは一度もない」その一言一句に真っ黒な氷のような冷たさが感じられる。「両親には特級《カーディナル》能力者の息子に対処できる能力はなく、わが子に対する権利をその時点ですべて放棄することで、多額の補償金を手にしていたからだ。わたしの能力をわがものにできないなら、エンリケにとって訓練するだけの金銭的な意味がないからな」

サハラは心のなかでケイレブのために泣いていた。この危険な男性も、かつては小さな男の子だったのだ。いまは怪物と化していたとしても、その種は幼少期にまかれていた——いくら手に余る存在だとしても、親に〝売られた〟と知りながら育ってよい子どもなどいるはずがない。施設におきざりにされ、ケイレブはどんなにおびえ、どんなに混乱していたことだろう。やがて訓練係たちによって冷酷な事実をたたきこまれたにちがいない。連中はケイレブに優しくする理由などひとつもなかったのだから。

まだ幼いうちに親に望まれない子だと気づき、サイ種族の血縁関係はそもそも冷たいとはいえ、親や身内から完全にひきはなされて育ち……ケイレブの心にはむごい傷跡が残されたはずだ。愛というものは〈サイネット〉で忌み嫌われているが、家族——あるいはせめて——〝遺伝的〟きずなは、サイ種族にとっての基盤のひとつだったからだ。

相手が喜ぶはずがないとわかって、サハラはそんな思いをぐっとのみこみ、問いかけた。「どうして〈アロー〉にならなかったの?」思いがけず張りつめた声が漏れた。

気づかないうちにじっとケイレブの目を見つめており、たがいの真剣なまなざしに息をすることも忘れていたらしい。それでも相手の目は、サハラをとりこにして放さなかった。

「わたしの場合、サンタノには別の計画があったからだ」無表情な声で告げると、ケイレブは残ったサンドイッチを、味わいなど無意味で食料はただの栄養補給源にすぎないという男性にふさわしい整然としたペースでたいらげた。それから、一本のチョコレートバーの包みをはがした。「たずねないのか？」

「なんのこと？」やっとのことで冷静な声をたもった。血管のなかでふつふつと怒りが煮えたぎっている。サハラの怒りは、強く才能に恵まれた子どもをこの世にもたらしながら、のちに全責任を放棄してしまった人たちに向けられていた。

「わたしがいったいどれほど忠実な弟子だったのか？」

ぎざぎざのもろい霜《しも》が、胸に食いこんでくるようだ。「答えを聞く心の準備がまだできていないからよ」サハラ自身、ケイレブのきわめて恐ろしい犯罪への関与を疑っているかもしれない。それでも、亡き評議員が被害者を拷問し殺害する、その手助けをしたとこの人がみずから認めたなら、爪の先でかろうじてしがみついている現実すらサハラは失ってしまうかもしれない。

ケイレブは表情を変えなかった。だが、サハラは、自分が答えを誤った、どういうわけかケイレブを〝傷つけた〟という気がしてならなかった。これもやはり狂気のしるしなのだろう。狂気のせいで、サハラは肉体的にこの人を求めてしまうのだ。この人がどんな罪をおかしたか、道徳上の一線を何度越えたか、その手をどれだけ血に染めたか、わからないというのに。

テーブルの上で片手をそっと曲げのばしするうちに、いつしか指先がケイレブの手をかすめていた。その行動を目で見ながらも、サハラの心は手をひけという命令を拒絶している。サハラはささやきかけた。「どうしてわたしをここに閉じこめておくの？」

その手をサハラの手に重ねあわせ、窓からさしこんでくる陽の光によって、日焼けした肩にぬくもりをおびながら、ケイレブが答える。「きみはわたしのものだからだ」

暗い所有欲に満ちた言葉に、黒曜石の瞳に、サハラは思わず身をふるわせた。「犠牲になったチェンジリングの女性たちがエンリケのものだったように？」陽の光のなか、血の雨のようにそんな言葉があふれ出た。

ケイレブは彼女の手を握ると、自分の唇へと掌を持ちあげ、真ん中にキスをする。サハラの下腹部がきゅっと締めつけられた。「違う」厳しい声。まさにかみそりのように鋭い。「あの女性たちはみずからをあの男にさしだしたりしなかった」

サハラははっとした。「わたしはそうしたのね？」ぐっとこぶしを握り、サハラはその手をひっこめた。「あなたにこの身をさしだしたということ?」サハラはまだ十六歳で、条件づけにはつねに問題があった。そうだとしてもサイにとって最大のタブーを破ってこの身をケイレブにささげたとはとても思えず、サハラのすべてが猛烈に否定しようとしていた。

しかし、この身を焦がすようなケイレブへの欲求は、長年かけてわきあがり、熟してきたものに違いない。サハラが十六歳のときケイレブは二十二歳とあって、おそらくパワーに満ちあふれ、危険で、サハラの感覚にとってどきりとするほど魅力的だったに違いない……いまもやはりサハラを惹きつけてやまないように。その力強い手が、所有欲にあふれたやりかたでこの体にふれ、愛撫したかと思うと、肌にじんわりと汗がにじんで光るのがわかる。十代の少女を誘惑したのだとしたら、絶対に許せるはずもない罪だというのに。

「わたしは」ケイレブは言いかけて立ち上がると、テーブルをまわり、最初にそうしたように片手でサハラの頬を包みこんだ。「性的経験がまだないんだ」

まさかそんな答えが返ってくるとは思ってもいなかった。喉の渇きをおぼえながら、サハラはかぶりをふった。「質問の答えになっていないわ」サハラにとってこの人物がどんな存在なのか、過去にどんなつながりがあったのかが知りたかった……ふたりのあいだに何かがあったのだとすればだが。これほど露骨に惹きつけられるのは、ひび割れた精神が生んだいわば対処メカニズムにほかならないのかもしれない。ケイレブは抜け目なくそこにつけこんだのだ。刺すように鋭い知性の持ち主でなければ、二十七歳の若さで評議員になれるはずがない。ほかのいかなる有利な立場もとことん利用するのと同じで、サハラが肉体的に自分に惹かれているとわかれば、それも容赦なく利用するだろう。肉体的な接触を許すのは、計算ずくの行動にすぎない。

「わたしが何を言おうと」ケイレブが答える。親指でサハラの下唇をそっとなでてから、その手を放した。「きみは信じないだろう。わたしを信用していないのだから」そっけなく言うと、ケイレブはドアのほうへ向かった。「これからビジネス関連の書類を仕上げる必要があるが、今朝の疲れが残っていないなら、あとで散歩にいこう」

思わぬ展開にあぜんとしながらも、サハラはうなずいた。それ以上何も言わずに去っていくケイレブの、たくましい大きな背中から目が離せない。「これは」サハラは必死に自分に言い聞かせた。「あの人の意のままになるしかないから、こんなふうに心理的に反応してしまうだけのことよ」ところが、サハラの心はそんな理屈をきっぱりと否定した。その証として、先の監禁生活がはじまったころ、まだ独房ではなく小さなつづき部屋に入れられていたときの記憶をよみがえらせた。

最初の数カ月のあいだ、主な見張り役となっていたのはひとりの男性だった。どんな形であれ、サハラを痛めつけたことは一度もなく、彼女を気づかい、余分に毛布や読み物を用意したり、知性の発達が停滞することのないように教育用ゲームもそろえたりしてくれた——ただし、食事に薬が盛られていたので、彼女の頭はぼんやりとしていたのだが。長身でブロンド、わし鼻、鋭い緑色の瞳という古典的なハンサムで、年齢は十九歳と、サハラより三つだけ年上だった。

　条件づけの怪しいおびえた十代の少女の、おそらく心をとらえるための人選だったのは、疑いようがなかった。しかし、その男性が看守であり、サハラをしゃれた檻のなかで満足させておくのがその男の役目だということを、ただの一度でさえ忘れたことはなかった。もちろん、その男性にふれたいと願ったことはなく、実際、ふとした接触すらあえて避けていたくらいだ。サハラの自由を奪うために、その男がほかに明らかな親切心を見せることはいっさいなかった。

　ところが、ケイレブのこととなると、警戒心もまったく働かないらしい。

　サハラの全身がうずいていた。アフターシェーブ・ローションのさわやかな残り香を、それこそ、その匂いだけを胸いっぱいに吸いこみたい。ケイレブのもとに、この闇をまとい、血で赤く染まった見知らぬ男性のもとに行きたくてたまらず、喉が締めつけられる。サハラの望みは、一糸まとわぬ姿になり、何があろうとひきはなされることのないようにこの身をぴたりとあの人にすり寄せることだけだ。

　正気じゃない。サハラは頬を赤らめ、心のなかでつぶやいた。わたしは本当に頭がおかしくなっているんだわ。

　ほてっていた肌に急に寒気を感じるとともに、目の奥から涙がどっとこみあげてきた。サハラの心臓がスタッカートのリズムを刻み、鼓動が喉や耳もとで激しくとどろいている、ドーン！　ドーン！　ドーン！　ごう音とともに、まわりの世界が端から崩れていく。四方の壁が溶けて、きらめく白い水たまりができている。床面はまばゆい万華鏡のように砕け散った。

　椅子からふらふらと立ちあがったものの、蜃気楼のように揺れる周囲の世界のなかでバランスを崩してしまう。ドアへと近づこうとして、カウンターにぶつかった。自身の心をむしばんでいる狂気から逃げなければ。「息をしなきゃ」喉が詰まる。空気がどんよりとよどんでいて、肺に吸いこめない。

たどり着いたと思った瞬間、ドアが形を失ってこなごなになり、ねっとりとした赤いものがそこにはね散った。たちまち、サハラの頭のなかは、熱く濃厚な鉄の匂いに満たされ、か細い女性の悲鳴が耳のなかで反響する。特級能力者《カーディナル》の瞳を持つ男性が、ナイフでサハラの肉を切り裂いた。傷から横にどくどくと血があふれだし、生あたたかい川のように、傷つき裂けた皮膚を流れおちていく。すると、その男は声を立てて笑った。

　何度も、笑ったのだ。

# 12

《やめて！　痛いわ！　もうやめて！》
おびえた、苦痛に満ちた声が、おそらく無意識のテレパシーによる叫びとおぼしきものが、ケイレブの意識のなかにいきなり流れこんできた。音声のみの通信会議を容赦なく突然切ってしまうと、瞬間移動《テレポート》するには精神状態があまりにも不安定だったので、キッチンへと自分の足で駆けつけ、サハラが爪でドアをひっかいているのを見つけた。うつむいた顔に髪がまとわりつき、指は血まみれで、爪が裂けて割れている。
《いやよ！》
「サハラ」彼女の肩をつかんで、自分のほうにふりむかせる。サハラにふれたとたん、前と同じく危険な反応が呼びおこされた。おのれのなかのＴｋが凶暴な破壊衝動を解きはなとうと、皮膚をぐいぐい押して突きやぶろうとする。以前と同じように、ケイレブはその力を抑えつけ、乱暴に服従させた。「こっちを見ろ」
冷たい命令に、サハラがたじろぐのがわかる。狂気じみた目をせわしなく泳がせている。とらわれた動物そっくりに。ケイレブの息が荒くなり、皮膚の下で血がわきたつ。致命的なまでに危険なほど、意識がもうろうとしてくる。ケイレブはサハラの右手をつかむと、いまやこわばったその体を、ドアのそばにある警報パネルへとひきよせた。

サハラがかろうじて息をして、かたわらで黙って立っているうちに、ケイレブはボイスコードを入力してから、サハラの片手を持ちあげ、掌をスキャナーに当てた。

「サハラ・キリアクスに全面的かつ無制限の許可を与える」

掌を押しあてたプレートの下には小さな画面があり、そこに質問が浮かびあがった。

〝現在地から外部のクライチェック所有地全体を含めて許可しますか？〟

「そうだ」もう二度と、サハラを檻に閉じこめたりしない。

コンピュートロニック装置がうなるような音を立てたかと思うと、緑色のライトがパネルを照らし、サハラの掌をスキャンする。まもなく、〝登録手続きを完了しました〟というメッセージがスクロールされた。

サハラの手をおろして、ケイレブはドアを押しあけた。サハラはひっぱってこられたその場所から動こうとしない。パニックにおちいった、とらわれた動物のような表情は、じわじわと恐怖とおぼしきものにとってかわられた。危険がないかと、ケイレブは外に目を走らせたが、目を見はるほどの青い地平線までずっと空っぽの草原が広がるばかりだ。万が一、敵が外辺部のセキュリティーをくぐりぬけた場合に備えて、身を隠す場所を与えないようにあえてそうしてある。しかし、サハラの目には、果てしない青緑色の土地が広がっているとしか見えないはずだ。

ケイレブは彼女のそばから離れなかったが、ただ黙って、サハラが壁や柵に邪魔されない、ひらかれたながめに慣れるまでじっと待っていた。そのあいだに、Tkの力でタオルを濡らし、彼女の手から血をぬぐってみると、思ったほどひどく負傷したわけではないとわかった。だが、念のため、裂けて傷ついた皮膚に軟膏《なんこう》を塗ってから、サハラの視界に移動して、もはや彼の存在を無視できないようにした。

「恐ろしいものを見たわ」サハラがささやく。どこまでも濃いブルーの瞳には、混乱の色が濃くあらわれている。「なのにもう思いだせない」サハラにつきまとう弱々しさ。光に透けて肌が半透明に見える。「わたしは頭がおかしくなっているの？　ケイレブ」

サハラが垣間見たはずの記憶なら、ケイレブには想像がつく。この反応からすると、サハラの精神は、忌まわしい真実にまだ立ちむかうことができないのだ。彼女の髪に両手をさしいれ、しっかりと支えてやる。ふれあうと神経に突き刺すような衝撃が走ったが、ケイレブは答えた。「そんなことはない」冷たく淡々とした口調。この瞬間、サハラのために、ケイレブには正気をたもっている必要があるからだ。「サイ医学報告書によれば、フラッシュバックや意識喪失といったものが、ＰＴＳＤに苦しむ患者に頻繁に発生するそうだ」なかには、心の傷があまりにも深く、一生治らないケースもあるという。だが、サハラにそんな事実を知らせるつもりはない。

　ふるえる息を一回、二回と吸ってから、サハラは完全にひらかれたドアに視線を移した。「鍵はかけないの？」

「ああ、ひとつもな」ケイレブはほぼ決定的なミスをおかした。サハラが完全に意識をとりもどしたとき、すぐさまロックを解除しておくべきだったのだ。「きみは賢い女性だ。安全な外辺部から外に出れば、自分の身を危険にさらすと知っている。だが、あの外辺部は四方に一・五キロ以上のびているんだ」六カ月前、サハラが生きて見つかった直後、ケイレブはその周辺の残った土地をすべて買いとったのだ。「その範囲内にいるかぎり、きみは安全だ」

　ごくりと喉を動かしてつばをのみこむと、サハラは手をのばして、ケイレブがキッチンを出てから身につけた良質のコットンシャツをぎゅっとつかんだ。「あなたは誰なの？」

「管理人だ」ケイレブは答えた。それがすべてではないが、ひとつの真実ではある。

　サハラが眉間にしわを寄せ、すでに不安定になっているケイレブの自制心を試すかのようにいったん手をひらいてから、こぶしをぐっとこちらの胸に押しつけてくる。

「この家の？」

「そうだ」この家はケイレブをつなぎとめるものであり、捜索の物理的なシンボル、ひいてはサハラそのものをあらわすシンボルだった。

「ここの持ち主は誰なの？」

「きみだよ」サハラが十五歳のときに思い描いた仕様どおりにこの屋敷を建ててから、サハラが監禁されていた年月、ずっと見まもってきた。ここに危害をくわえようとする者を、すさまじい殺傷能力を有する力でもって撃退してきたのだ。「おかえり」

---

『サイネット・ビーコン』ニュース速報
　爆破事件発生後、コペンハーゲンでは事態が収拾した模様。百五名の死亡が確認されたが、現場の処理が終わり、科学捜査班による遺体の発掘が開始されれば、その数は増える見こみ。
　ケイレブ・クライチェック評議員と〈アロー部隊〉とうわさされる正体不明のプロ集団が、救助活動の九十五パーセントをになった。いずれの人物からもコメントは得られていない。

新たな情報が入り次第、この内容は随時更新されます。

『サイネット・ビーコン』最新版
投書欄

評議会が崩壊したとの風説について近ごろ掲載された論説を読んで、一流とされていたはずの貴誌もヒューマンのタブロイド並みのレベルまで落ちたものだと思いました。
そんなセンセーショナルな記事をでっちあげても、混乱や不安定を生むだけでしょう。いまこそ、われわれがおちつきをたもち、理性的であるべきときだというのに。
この件に関して、わたしは報道監視委員会に苦情を申し立てるつもりです。

R・ヴルッティ
（トリノ）

＊　＊　＊

『サイネット・ビーコン』にブラボーと言いたい。一般大衆の多くがすでに薄々感づいている事実をついに明らかにしてくれたのだから。評議会なしに〈サイネット〉が生きのびるためには、新たな支配体制を打ちたてねばならない。

〈純粋なるサイ〉はみずからその地位に立候補したつもりだろうが、固定役《アンカー》への見境のない攻撃は別として、最近カリフォルニア地域で急ごしらえの混合軍に敗北したとあっては、その戦闘能力はとても優秀とは見なせないはずだ。現状からすると、明らかに、平和およびサイ種族の生存にとって不可欠な〈サイレンス〉を維持するためには武力行使も辞さないという意思とその実行能力が、われわれの新たな指導者たちには必要とされている。

匿名希望
（スーフォールズ）

＊　＊　＊

事実上、評議会がすでに存在しないのなら、前評議員らによる戦争はもはや論説にあったようにひとつの可能性ではなく、不可避だと言える。

前評議員らは世界でも有数の強力なサイであるから、いずれも〈サイネット〉のたとえ一部であろうと支配権を得ようとするはずだ。一般市民はかかわらないほうが身のためだ——何十万人もの人々が巻き添えになるおそれがあるのだから。

K・イチカワ

(福岡)

# 13

〝おかえり〟

「ここがわたしの家だなんてどうして？」ケイレブのたくましい胸板を掌に熱く感じながら、サハラはささやきかけた。「拉致されたとき、わたしは十六歳だったのに」全身のあらゆる細胞で感じているこの渇望に、恐ろしいことにいましがたサハラを暗闇へとひきずりこんだその渇望に負けてはならない。自分に言い聞かせながら、サハラは深く息を吸った……だが、手は放さなかった。ケイレブのコットンシャツに手をあてたままぐっと掌を広げると、頭をのけぞらせて真っ黒な瞳を見つめた。

「これはプレゼントだ」と、はっきりとした、だが、不可解な答えが返ってくる。

「きみの十九歳の誕生日の」

これほどすてきな家をプレゼントしてくれるなんて、それが誰なのか、サハラにはたずねるまでもなかった。まるでサハラの頭の中から抜きだしたように理想どおりの家。胸のなかで心臓が大きく鼓動するのを感じながら、サハラは言った。「教えてちょうだい」足もとに深い淵があいており、サハラの頭のなかへと情報の波がどっと押しよせようとするが、こちらまで突きぬけてはこられない。「あなたは悪い人じゃないって」お願いだから。

ケイレブが両手の親指を彼女のこめかみにあてる。「すまない」

相手が言わんとすることを無言で拒絶するように、サハラはかぶりをふりながら、ふるえる手を彼のあごへとのばした。「何をしたの？」

「もはやとりかえしがつかないほど数多くのことを」

いまやこの見知らぬ、だが、同時にサハラの胸の最も秘密の場所に隠された男性のために本気で泣きながら、相手の首に両腕をまわしてしがみつき、ただじっとしていた。この人はすでに自分の手から離れてしまったのかもしれないと思いながら。

ケイレブの両腕が腰にまわされ、しっかりと抱きしめられる。荒い息が耳にかかった。「すまない」もう一度繰りかえす。紙やすりのようにざらりとした声。体じゅうの筋肉をぐっとちぢめていたかのように全身が硬くこわばっている。

「いいの」すすり泣きながら、サハラは言った。「いいのよ」ケイレブのうなじを両手で包みこみながら、サハラは何度も繰りかえした。なぜそんなまねをしているのか、まったく理由を自覚できないままに——だが、この部屋では、ケイレブのほうが危険な人物かもしれないが、いまこの瞬間、自分のほうが強い人間だとサハラには直感的にわかっていた。「いいのよ、ケイレブ。わたしはここにいるから」
手遅れなんかにしないから。
無言の誓いは、燃える刻印となってサハラの胸に押された。朝食用コーナーの窓ガラスをふと見つめたとき、大きな音を立ててそこに斜めに亀裂が走った。予期せぬ音をきっかけに、またひとつ記憶が解きはなたれる。はっとして、サハラはケイレブの腕から逃れようとした。「あなたを傷つけているんだわ」

遅きに失したが、〈サイレンス〉は不適切な行動に処罰を科すというシステムにもとづくものだったとサハラは思いだした。自身の条件づけはすでに損なわれ、もはや存在しないに等しいのだが、ケイレブ自身はその制約のなかで生きてきたのだ。サハラにふれたり、抱きしめたりすれば、ケイレブはその反動による耐えがたいほどの苦痛に身をさらすことになる。現に、ケイレブはしたたりおちた鼻血をぬぐっていた。シャツの袖が深紅に染まっている。

「いや、これは――」ケイレブが言いかけたが、そのつづきはサハラの耳には届かなかった。目の端にちらっと影が見えたと思った刹那、ケイレブの注意が横のほうに向けられたからだ。

部屋に瞬間移動《テレポート》してきた筋骨たくましい男に、ケイレブは見おぼえがなかった。

侵入者を壁にたたきつけ、念動力によって喉首をつかんで動けないようにする。男のシールドをすべてはぎとるとともに、精神を締めあげ、テレパシーによるメッセージをいっさい送れないようにする。ここまで徹底して通信をブロックしてしまう能力は、ほとんどの精神感応者《テレパス》には備わっていない。ケイレブはそのすべをひとりの怪物から教わったのだ。「おまえは何者だ？」

男が泥色の目を、サハラのほうに泳がせる。気道をふさぐ見えない手をかきむしろうともがくうちに、男の唇から血があふれだした。ケイレブがちらっと見たとき、胸の悪くなるような恐怖に襲われたのか、サハラがふるえる足で一歩あとずさるのが目に入った。体のわきで、血の気がひくほど強く両のこぶしを握っている。「この男に痛めつけられたのか？」

ごくりとつばをのみ、サハラがぎこちなくうなずく。片手でぼんやりと二の腕をさすっている。その腕を折られたのだと察しがつく。侵入者の頭部を再び壁にたたきつけ、ケイレブはみずからの手で処刑を終えようと近づいた。喉もとを絞めあげ、とどめを刺そうとする。相手の目にはパニックの色が浮かび、やめてくれとうったえている。だが、この世には決して許されないおこないがあるのだ。

サハラははっとわれに返り、ケイレブの背中に近づいた。「ケイレブ、やめて」

ケイレブの目の前で、男は壁に宙づりにされており、すでに意識はない。壁にたたきつけられたせいで、ほとんど体じゅうの骨が砕けているらしく、耳や鼻、口から出血している。

「ケイレブ！」サハラは叫んだ。男の骨がもう一本、ぽきっと折れる音がする。この男にかつて痛めつけられ、サハラはみずからの迷路の奥深くへとひきこもることになったのだ。なんの痛みも、ふれあいも感じない、完全に無感覚な世界へと。

ふりむいたケイレブの表情に、サハラは血が凍る思いがした。この人はかすかな光すらささない、恐ろしい暗闇のなかにいる。「だめよ」サハラはささやくように言った。「やめて」ケイレブの激しい怒りにおののき、この人がはらうであろう代償におびえながら、サハラはあえて片手をのばして彼の前腕にふれた。

「行け」冷たく、厳しい声で命令する。「ここから出ていくんだ」

「あなたが一緒でないといやよ」この人を見捨てたりしない。責任を免れるようなまねはしない。

さながら生き物のごとく、ケイレブの目のなかでするりと闇が動いた。「きみの骨はなんて華奢なんだ、サハラ。いともあっさりと折ってしまえるな」

サハラを怖がらせるつもりなのだろう。確かにその狙いは成功した。「どうして？なぜこの人を殺すの？　どんな理由があって、こんなひどい目にあわせるというの？」サハラはささやきかけた。侵入者がいったん意識をとりもどすのを待ってから、ケイレブは再び首を絞めつけていく。

ケイレブがもう片方の手をあげた。サハラはびくっとしそうになったが、かろうじてこらえた。そんなまねをすれば、なんとかこの場に踏みとどまっているケイレブに一線を越えさせてしまうことになると、サハラには恐ろしいほどよくわかっている。だが、ケイレブはサハラを傷つけはしなかった。指先で息をのむほど優しく、頬の曲線をなぞっていく。「ここの骨も折られたはずだ」

断片的なイメージがぱっとよみがえる。薬物を投与され、意識がもうろうとするなか、サハラの魂を打ち砕くために独房に閉じこめられた年月のこと。

——暗闇、光も空気もない空間。

——偽りの気づかいをもって扱われたこと。

——迷路の奥へとすばやく逃げきれなかったときの、骨の折れる音、痛み、すさまじいほどの苦痛。

——ケイレブによって連れだされたあの真っ白な部屋よりも、さらにまぶしい光。

——裸の体にふれる容赦のない冷気。

「ええ……おぼえているような気がするわ」いくらおぞましい記憶だろうと、ここから逃げるわけにはいかない。黒曜石の瞳の、恐ろしく危険なＴｋとの、この苦痛に満ちた強い結びつきを断つことなどできない。

もう一度、ケイレブが頰骨をなぞる。「この男は棍棒《こんぼう》できみをなぐった」ごくそっとささやくような声。純然たる怒りが生んだ声。「頰骨を砕き、きみを気絶させた。その記憶はこの男の意識の前面にあった。第一のシールドを突きやぶるだけで、記憶を手に入れられた。残念ながら、この男の精神はすでに破壊され、ほかの記憶はずたずたに裂けてしまったが」

最後の一文のさめた冷淡な口調に、胸がむかむかして、吐き気をもよおした。「だめよ」サハラは言った。過去の記憶は、当時投与されていた薬物によってぼんやりとしていたはずだが、いまや恐ろしいものとなってよみがえってくる。「やめて、ケイレブ。この人は悪人じゃない、ただの見張りよ。悪いのは――」ひどい間違いをおかしたことに、そこではたと気づいた。

特級能力者《カーディナル》は片手で男の気道をつぶしながら、もう片方の手でサハラの頰骨をなでつづけている。「ほかの人間か。ほかにいたんだな。だが、いずれ全員、ひとりずつ死んでいくことになる」ケイレブは男のほうを向き、その手で喉もとを絞めつけている男のぐったりとした姿を一目見てから、息の根を止めた。

見張りの首が折れ、まるで捨てられたごみくずみたいに、その体が床にくずれおちた。

サハラは思わず吐きそうになり、あとずさりかけたが、なんとか踏みとどまった。

「どうして？」身ぶるいしそうな冷たさを胸に感じながら、もう一度たずねる。「どうしてわたしのために復讐するの？」

ケイレブが頰から手をおろした。その目にはやはりしなやかな闇が渦巻いており、そこに狂気と死がひそんでいるとわかる。「この男はきみを連れ去ろうとした」《きみはわたしのものだ》。

テレパシーによる言葉の危険なまでに所有者然とした響きに、サハラの胸に鋭い痛みが走った。胸のなかの冷たさがいよいよひどくなり、血も凍りそうだ……ケイレブの血に染まった、現実に壊れた姿を目にしても、サハラはこの人の胸に頰を寄せ、その背中に腕をまわして何もかも忘れてしまいたいとばかり願っているのだから。ケイレブにこの身を預けているとこのうえなく安心でき、現実感があるのだった。そんな心の平安は、矛盾する嵐のような感情を生んでいた。ケイレブこそが、彼女自身の狂気であるかのように。

骨のように乾ききった喉をうるおそうとつばをのみこむと、サハラは自身の正気を疑わずにすむ実務的な事柄に集中しようとした。「この人はどうやってわたしを見つけたのかしら？」

「この男の念動力は、わたしと同様のタイプだ。場所のみならず人にも照準をさだめられる」ケイレブの口ぶりからすると、見張りの傷つき血を流している精神から、力ずくの非情な侵入によって精神そのものがぺしゃんこにつぶされてしまう前に、その情報を奪ったのだとわかる。「しかし、この男の能力度数はずっと低く、瞬間移動《テレポート》できる範囲はかなり限られている。ここまで接近するには、なんらかの手段できみの行方をさぐりだしたはずだ」

ケイレブはスキャナーを瞬間移動《テレポート》させると、サハラがまだ事態をつかめずとまどっているうちに、彼女の全身にそれをかざしていった。サハラの腰のあたりを通過したとき、真っ黒の薄い装置がビーッと甲高い音を立てた。「シャツをめくりあげるぞ」

ふるえながらうなずくと、サハラはじっと待った。肌がじっとりと汗ばみ、どくどくと打っているはずの自身の鼓動がおかしなことに聞こえなくなる。まるで聴覚がそこなわれ、水の壁越しに音を聞いているかのように。

「ここの皮下に追跡装置が埋めこまれている」――スウェットパンツのすぐ上の、腰の右あたりに軽く手がふれる――「米粒ほどの大きさだ」

「まるで家畜みたいに札をつけたのね」厳しいささやき声が漏れる。ごく細い糸一本でかろうじて感覚を麻痺《まひ》させておきながら、この身を蹂躙《じゅうりん》されたという現実から身を守ろうとした。「所有物のひとつとして」

「待て」シャツをおろすと、ケイレブは全身のスキャンをつづけた。

五個の追跡装置が発見された。五個。

「除去するのはたいして難しくはない」先ほどサハラが垣間見た激しい怒りは、いまは黒い氷におおわれている。「きみを連れもどしたときに、そもそも追跡装置がないか確かめておくべきだった。きみに照準を合わせられるほどTkが接近する前に、除去できたはずだ」

「いますぐやって」サハラは強くたのんだ。周囲で水の壁が崩れるとともに、痛みや怒り、嫌悪感がどっと押しよせてくる。「いますぐとりだして！」思わず声を詰まらせる。「とりだして！　いますぐに――」

ケイレブにうなじをつかまれた。「五分でやってやる」

その言葉を聞くだけで、サハラは正気のかけらにすがりつくことができた……なぜなら、ケイレブはけっして約束を破ったりしないからだ。

〝サハラ！　助けにいくぞ！　生きるんだ！　ぼくのために生きてくれ！〟

サハラに向かってこう叫び、誓ったのは、やはりケイレブだったのだ。サハラをこれほどたいせつに思ってくれる人は、ほかに誰もいない。なぜそれが事実だとわかるのか、ケイレブがいつそんな約束をしたのかは、サハラには謎でしかないが、いまこの瞬間にはどうでもよいことだった。ケイレブは自分の寝室へとサハラを導き、彼女の髪に手をやりながら、告げた。「うつぶせにベッドに寝るんだ。痛みの受容器の反応を鈍らせろ。そのあいだに滅菌ずみの医療器具を瞬間移動《テレポート》する」

サハラはベッドにあがって、指示どおりにした。

「レーザー・メスを使うぞ」そう言うと、ケイレブが再びサハラのシャツを押しあげ、鋭く皮膚を切るのがわかった。腰にあてられた手があたたかく、力強く感じられる。ケイレブは両膝をつき、サハラの腿の上にまたがっている。「ピンセットを入れるからな」

冷たいものが押しいってきて、焼けつくような痛みをおぼえたが、それも一瞬のことだった。

「とれたの？」サハラはたずねた。ずっと体内に追跡装置があったのかと思うと、いまも虫酸《むしず》が走る思いがする。

「ああ」傷口に小型の薄い絆創膏《ばんそうこう》を貼《は》ってから、ケイレブはサハラにあおむけになるように命じた。それから、次の追跡装置の除去にとりかかる。腰のすぐ下にあり、ピンセットを入れられたときには、あまりの激痛にサハラの唇から思わずすすり泣きが漏れた。不思議だった。拉致されていたとき、ずいぶん痛めつけられようと、一度も泣いたことがなかった。それなのに、こうしてケイレブと一緒にいると、下唇がふるえ、涙で目がちくちくしてしまう。自分の防御がことごとく崩れたかのように。

ケイレブが手を止め、ぱっと顔をあげた。「サハラ」――鞭《むち》のように鋭い声――「痛みの受容器の反応を鈍らせるように伝えたはずだが、どうしてそうしなかった？」

「やりかたをおぼえていないのよ」シーツをぎゅっとつかんだり、その手をゆるめたりしながら、サハラはうちあけた。「これまでずっと迷路にひきこもって、痛みから逃れていたから。とりだして。お願い、ケイレブ」

「とれたぞ」サハラがすすり泣きを押し殺すうちに、ケイレブは二個目の追跡装置をとりだした。一時的に痛みの受容器の反応を鈍らせる方法を、テレパシーによって段階的に指示していく。「やってみろ――鎮痛剤を使用すれば、精神の状態に悪影響を与えることになるからな」

意識を集中するのが難しかったが、サハラは手さぐりでやってみて、なんとかわずかながらも痛みを抑えられた。

「除去した追跡装置は破壊せずにおく」ケイレブがうつむいたまま、三個目の装置が埋めこまれた正確な位置にしるしをつけるのに集中しながら言う。三個目はわきの下にあった――まさかそんな場所など、サハラは自分でさぐってみようとも思わなかったはずだ。

「どうして？」追跡装置がこの家に残ったままかと思うと、ぞっとしてしまう。

「世界じゅうの到達困難な未開地に、それぞればらばらに瞬間移動《テレポート》させるつもりだ」

その声音には冷徹な論理がうかがえ、とたんにサハラの恐怖もやわらいだ。「賢いやりかたね」サハラが答えるうちにも、ケイレブは小型の装置をとりだした。「それなら敵は混乱するはずだから」ケイレブが手にしている装置から目をそらそうと、彼の胸ばかりじっと見つめながら、サハラは意識的に規則正しい呼吸をしようとした。

四個目は足の指のあいだに埋めこまれていた。だが、五個目は……。「自分でやるわ」サハラは言った。これほど徹底的にわが身を蹂躙されたかと思うと、胸が悪くなってくる。おそらく医療スタッフの手によるものだろうが、だからといって嫌悪感がやわらぐはずもない。

「むりだ。かなり奥のほうにある」ケイレブは医療器具をおろして、追跡装置を発見するのに使用したスキャナーをとりだす。「細部まで確認できれば、わたしの力で除去できるかもしれない」

サハラはぐっと下唇を噛んだ。ケイレブがスキャナーをへそのあたりから……さらに下へと移動させていく。あまりに卑劣なやりかたに、考えるのもおぞましい。だから、サハラはこの恐ろしく危険で、謎めいた監禁者のほうに意識を向けようとした。絹のような黒髪が、さらりと額にかかっている。ケイレブが口をひらいた。「この位置で、スキャナーを持っていてくれ」

サハラは顔をそむけたまま、そこに手をのばした。

「とらえたぞ」ケイレブと目が合った。視線がからみあい、苦しいほど悩ましい気持ちになる。「皮膚を裂いてとりだすことになるが、比較的皮膚の表面近くにあるので、傷はたいしたことはないはずだ。痛むだろうが」

「大丈夫よ」スキャナーを握る手に力をこめながら、サハラは答えた。「やってちょうだい」

サハラがはっと息をのんだ瞬間、ケイレブが歯を食いしばった。「とりだして、〈スノーダンサー〉のなわばり奥深くの山中に埋めたぞ。そんなところに侵入するのは相当愚かな人間だけだからな」

突然、肌が冷たくじっとりしたように感じられる。「ありがとう」

「二日もすれば、傷は自然に治るはずだ」ケイレブはそう言うと、関節が白くなるほど強く握ったスキャナーをサハラの手からはずして、ベッドわきのテーブルにおいた。

「だが、何か気になることがあれば、すぐさまMサイのもとに連れていくつもりだ」

「もう痛みはないわ」サハラは激しくおののき、きゅっと体をまるめた。「いずれまた追っ手が来るわね」歯をがちがち鳴らしながらも、なんとか声を出す。「追跡装置のデータとあのTｋの報告書を照らしあわせたら、装置がすべてここ一カ所にあったと気づくはずだから」

# 14

ケイレブはサハラの前に横たわると、しっかりと彼女を抱きよせた。

肌はふれあいを求めてうずいていたが、それでもサハラはあらがおうとした。「こんなことをしたら、あなたが苦しむはめになるわ」

「いや」ケイレブの手によって、暗い所有欲に満ちたやりかたで喉を押さえられたが、おかしなことにサハラは心が安らぐのを感じた。「わたしは〝不協和〟を停止させられるんだ」

一瞬、ぽかんとしたが、合点がいったとたん、胃がすとんと落ちるような感覚をおぼえた。自在に痛みをコントロールできるのだとしたら、この人の念動力の強さははかりしれず、まさに無制限だと言える。すさまじい殺傷能力を備えているどころではない。「ありえないわ」サハラはささやいた。思い違いではないかと、相手の表情を目でさぐってみる。「〝不協和〟なしに、大人になるまで生き残れたはずがない」〝不協和〟があるからこそ、強力な攻撃力を持つサイが、うっかり自分自身や周囲の人間を傷つけてしまうのを防げるのだ。

「子どもは多くのことを学ぶものだ」ケイレブはそっけなく告げると、サハラに反論する機会を与えずにつづけた。「追っ手はひとりも来ないだろう。あのTkの脳が内側に崩れていく前にわかったことだが、きみを奪還するという手柄をひとり占めしようと、やつは誰ともデータを共有していなかったんだ」

ケイレブの容赦のない冷酷さに、やはりショックを受けたものの、それでも、サハラは喉にあてられた手から逃れようとはしなかった。ケイレブの鼓動に合わせて、サハラの心臓も同じリズムを刻みはじめる。「追跡装置のことは?」

「あの装置だと、大都市ひとつ分の半径に相当するエリア内でしか、信号を受信できない。あの男のほかに、ロシアのこの地域まで敵がわざわざ足を踏みいれるはずがない」

つまり、サハラの身は安全なのだ。容赦なく、苦痛を長びかせるための計算ずくの残忍なやりかたで他人の命を奪うような特級能力者《カーディナル》のもとにいるのが、安全と言えるならばだが。恐怖のあまり悲鳴をあげて逃げだすのではなく、ケイレブの腕のなかへ飛びこむなんて、監禁生活によるダメージは想像以上に大きかったと思わずにいられない。どうにも抑えきれず、荒々しいまでにケイレブに惹きつけられ、いまもサハラはこの人のシャツの第一ボタンをはずして、その胸に掌を押しあてているのだ。これは間違いなく強力な生存本能に突き動かされたものでしかない。生き残るためには、サハラが相手のとりこになっていると監禁者に思わせておくに限るのだから。

そんなおぞましい考えが浮かんだとたん、キッチンでサハラの心をひきさいたむきだしの感情がよみがえり、そのふたつが激しくぶつかりあった。あのとき、多くの記憶が抜けおちたまま、ふたりは過去について話していた。言葉にされたことよりも、言葉にされなかったことのほうが、痛いほど胸に迫ってきた。あれほど深く、苦しいほど情熱にあふれ、懐かしい思いが、生存のためだけに精神が生んだものとはとうてい考えられない。

サハラとこの男性、つまり、あるときは〈サイレンス〉によって生みだされた彫刻作品かと見まがうばかりであるのに、一瞬にしてどこまでも真っ黒な怒りに突き動かされるような特級能力者《カーディナル》のＴｋは、不可解な感情的きずなで結ばれていた。しかし実際のところ、もどりつつあるサハラの記憶のどれにもこの人は登場していないのだ。サハラは以前この男性と会ったことがなく、正気を失いつつあるのか、それともかつてのふたりの出会いが極度におぞましいものであるため、いまもサハラの精神が自分を守ろうとして……反社会的異常者の殺人鬼によって訓練され、大人になった男の手に落ちたことを、自覚させないようにしているのか。

「エンリケが被害者の女性たちを殺害するとき、あなたはその手助けをしたの？」サハラはたずねた。ひきちぎるようにして、なんとか言葉を吐きだした。

ケイレブの瞳には、黒檀《こくたん》よりも黒いとおぼしき闇が渦巻いている。姿勢を変えて、サハラを見おろしたが、ケイレブは喉から手を放そうとしない。「わたしは」親指でサハラの首の脈打つあたりをなでながら言う。「彼女たちの拷問と死の、どの瞬間にもその場にいた」


ケイレブのもとからとうとう逃げだして数時間後、サハラは吐き気に胃を痙攣《けいれん》させながら、胎児のように膝をかかえて自分のベッドで横になっていた。毛布を三枚重ねていても、胸の、骨身にしみるほどの凍えるような冷たさはいっこうにおさまらない。とうにとうとうとしていてもおかしくはなかったのだが、ケイレブの声が頭から離れなかった。

〝わたしは彼女たちの拷問と死の、どの瞬間にもその場にいた〟

あの口ぶりからすると、それはまさに絶対的な事実なのだ。異議や疑いをはさむ余地はない。ケイレブがみずから積極的に関与したわけではなかったにせよ――サハラ自身、いくらそうあってほしいと願ってもそれははかない望みだとわかっているが――エンリケの所業については、それがチェンジリングの知るところとなり、結果として評議員が処刑されるにいたるかなり以前から、ケイレブは気づいていたはずだ。

かつての、あどけない無力な子どもだったころのケイレブを責めるつもりはないが、彼は大人になり、強大な念動力を完全に手に入れてからもずっと沈黙を守ってきた。つまり、おのれの師であり、教育者であった男を守っていたということだ。

〝忠誠心こそ、何よりもたいせつなのだ〟

ひずんだ声が響いたかと思うと、過去視が頭のなかにいっきになだれこんできた。

過去を見るときはいつもそうなのだが、サハラはただの傍観者としてそこにいた……ただし、今回、過去視の対象は、はるか昔の自分自身だった。おちついたグレーのちょうど膝丈くらいのチュニックを、きちんとした白いシャツの上に身につけ、フラットな黒いバレーシューズをはいて、満開の桜並木の下を歩いている。可憐《かれん》な花に染められた、ほのかなピンク色の光がさしていた。

その制服は中学生当時のものだ。髪型や――一本の三つ編みにして背中に垂らしている――肩からかけたかばんの種類、さらに腕のあざから、自分が十五歳で、その日最終の体育のクラスで激しい野球の試合を終えて、家に帰る途中だとわかった。

試合中、サハラがホームベースに滑りこんだとき、クラスの仲間のひとりが投げたボールが誤って腕にあたってしまったのだ。相手の男の子はものすごくすまなさそうにしていたが、サハラは大丈夫だと答えたし、その気持ちに嘘はなかった。サイである自分はヒューマンやチェンジリングと比べると生理機能がやや弱いだけであって、何も簡単に壊れてしまうわけではないし、人生につきもののごくふつうの傷や痛みに耐えられないわけでもない。精神を支えるのは肉体であるからこそ、運動はサイのどの生徒にとっても学校生活の一部となっていた。

サハラが週に三回、ダンスのレッスンを受けるのも、表向きは体を鍛えるという理由からだった。

「記憶が」かつて野球をした学校から遠く離れたベッドのなかで、サハラはつぶやいた。過去視によって、いつしか、これまで隠されていた記憶の断片を見ているのだとわかる。ずっと昔のその日、サハラはひらひらと舞う淡いピンク色の花びらから、ときおり通りすぎる浮揚走行可能な自動車まで、ありとあらゆるものに見とれていた。満開の花々からの木漏れ日が落とすまだら模様の影がずっと好きだったが、そんなことを口にすれば、条件づけの矯正《きょうせい》措置を受けさせられるはめになっていただろう。だから、すでに不安定な〈サイレンス〉にできたひび割れをひた隠しにして、色とりどりの春を心から楽しむことにしていた。

実を言えば、〈サイレンス・プロトコル〉はサハラの気質にどうも適していないようだった。どんなに努力しても、自分のなかに根づいてくれなかった。サハラはあれこれ試してみたのだ。子どものころには、みんなと同じようになりたかったし、精神的な訓練にも熱心にとりくんでみた。後者にはいくらか効果があったらしい――〈サイレンス〉を修め、感情を排除したサイとして通用するようになったからだ。だが、フェイスには嘘を見破られているような気がしてならなかった。

フェイス！　赤い髪、特級能力者の瞳。優れた能力の持ち主であるいとこは、秘密を胸の奥にそっとしまっておいてくれた。

ヒューマンのクラスメートの男子が手をふりながら、自転車で通りすぎたときには、十五歳のサハラも会釈を返した。社会の調和をたもつためとあって、そうした社交辞令はサイにも許容されている。しかし、本当のところは、サハラはほかの種族との交流を楽しんでいた。だからこそ、サイ向けの特別な学校を選ばなかったのだ。一族の長に願いでるときには、その学校における世界屈指の外国語教育プログラムのことばかりを強調したのだが。

学術的に優秀な中学校とあって、サイの生徒はほかにもいたが、少数であることは間違いなかった。おかげで、サハラには〈サイレンス〉にとらわれていない人たちとまじわる機会がいくらでもあった。クラスで一番好きな友だちは、才能豊かなヒューマンで、ピアニスト志望の女の子だった。マグダレーナが生みだす音楽には、ただの鍵盤《けんばん》が奏でる音を超えて、心に残る感動があった。

クラスにはチェンジリングの生徒もいて、スポーツの分野で信じられないような能力を発揮していた。サハラの頭脳は外科用メスのように鋭く、クラスメートよりもはるかに高度な学習にとりくんでいたが、その手で魂を高揚させるような音楽を創造することはできず、その体にはチェンジリングのような優雅な身のこなしも欠けている。とはいえ、ダンスとなると、そんなことはいっさい気にならなかった。踊っていると、まるで飛んでいるように感じられた。

あの日、サハラはそんな少女として、学校からの帰路についていた――サイとして欠陥はあるが幸せで、知性がすべてではないと知るだけの賢さもあった――そして、あえて帰り道からそれて、静かな公園を通っていこうと小道に曲がった。そこにはほかの生徒は誰も寄りつかないが、鳥の鳴き声が聞こえ、空には太陽が輝いている。サハラにはまったく不安はなかった。自分の身が安全だと信じきっており、わくわくしていた。

そう、わくわくするような喜びをおぼえていた。

サハラはベッドの上で体を起こした。記憶が消えていくとともに、自身の精神状態についてのこれまでの疑念をいっきにひきさくほどの、ひとつの輝くばかりの事実に思いいたった。ケイレブとの関係は闇に包まれたものかもしれないが、サハラの精神が病んで、傷つき、生き残ろうとするがゆえに生まれたものではない。

ケイレブには以前に会ったことがある。はるか昔に。

一度だけではない。

何度も。

毎年、サハラの誕生日に、ケイレブはあの小道を曲がった人目につかない場所で待っていてくれて……。

サハラは目を見はった。毛布をはいでベッドの右側におりると、マットレスをあげて、習慣からそこに隠しておいた小さな宝物をとりだした。ずいぶん長いあいだ、その宝物を守ってきたのだ。監禁中、見張りの男に罰としてそれを奪われかけたとき、サハラはすっかりとりみだして正気を失ったようになり、結局、男はくびになってしまった――ヒステリー症状を起こしたサハラが、監禁者にとって何日ものあいだ役立たずになったからだ。

その時期、警戒をゆるめても安全だと敵が油断するかと思い、サハラはまだある程度は協力する姿勢を見せていた。そのもくろみは失敗に終わったが、サハラが常軌を逸した反応を示したとあって、最も厳しい処罰の最中であっても、それ以後は誰もサハラから宝物を奪おうとしなくなった――致命的なほどにサハラが壊れてしまうのを恐れたからだろう。それでも、サハラは身につけるのをやめて、こっそり服の内側にこしらえた結び目に隠しておくことにしたのだ。

いま、ランプの光を浴びて、そのプラチナの飾り《チャーム》つきブレスレットはきらきらと輝いている。

「十三歳」サハラはささやき、小さな鍵の飾り《チャーム》にふれた。自分の目の前に広がる無限の可能性をあらわすものだ。

「十四歳」ひらいた一冊の本。その年、サハラの外国語の能力が開花した。広東語やハンガリー語のみならず、フランス語もたやすく理解し、使いこなせるとわかった——コンピュートロニック機器に頼らず、各言語を流暢に話せる人間から教わればの話ではあったが。教師たちは好奇心をそそられ、サハラにはある種の未知の精神的パワーがあり、無意識のうちに周囲で話される言語を吸収できるのだと理論づけた。危険な真実にきわめて近づいているとはまったく気づかずに。

「十五歳」小さな地球儀。この目で世界を見たいという夢をあらわしている。

「十六歳」さぐるように指でダンサーの飾り《チャーム》にふれた。ダンサーは両腕を頭上にかかげ、純粋な喜びの表情を顔に浮かべながら、思うままに空中に飛びあがろうとしている。

四つ。四つだけ。

いずれも、いまはサハラをここに監禁している男性から贈られたもの。

サハラはベッドの縁に腰かけた。掌の上で輝くプラチナにはぬくもりが感じられ、飾り《チャーム》にはどれもみごとな細工が施されている。ケイレブのサンタノ・エンリケとのかかわりや、ケイレブとサハラの六歳の年齢差を考慮すれば、この贈り物にはさまざまな意図がこめられているはずであり、その多くは好ましくないものであっただろう。いまやふたりとも大人になったのだから問題はないとはいえ、出会った当時サハラは十三歳で、ケイレブは十九歳だったのだから。

だが……サハラにとって、ブレスレットは希望とめったにないまばゆいばかりの歓喜をもたらすものだった。汚れたところなどひとつもなく、ケイレブが目をつけた将来のいけにえのしるしなどという卑劣なものではありえない。そんなふうに考えるだけで、胃がむかむかしてくる。言葉にできないほど貴重な品に対するひどい侮辱のように思えた。

ケイレブはけっしてわたしを傷つけたりしない。

闇に包まれた、懐かしい、だが見知らぬ男性からのすばらしい贈り物をしっかりと握りしめながら、サハラはどちらかに心を決めねばならないと悟った。このブレスレット――七年もの長く苦しい孤独な年月のあいだ、この手でたいせつに守ってきたブレスレットによって呼びさまされた感情を信じるか、それとも、ケイレブは幼少期からおぞましい殺人鬼と手に手をとって歩んできたのだとサハラに思いださせた、おのれの冷ややかで理性的な部分に耳をかたむけるか。

夜遅い時間にもかかわらず、ケイレブはデスクに向かって仕事をしていた。この部屋唯一の明かりであるテーブルランプのかすかに黄色がかった光に照らされるなか、黒髪にはひとすじの乱れもなく、銀灰色のシャツにはしわひとつ見あたらない。サハラが入っていくと、ケイレブは顔をあげた。寝室で垣間見た渦巻く闇は、いまもその瞳にありありとにじんでいる。ケイレブがたずねた。「どうした?」

あまりにもおちついたその声に、サハラはためらってしまう。ようやく心を決めたというのに、痛ましいほどの希望がくじかれてしまうなんて、とうてい耐えられない。「サハラ」黙っていると、ケイレブがつづけた。「なにか理由があってここに来たのなら、話せばいい。そうでないなら、出ていってくれ」

邪魔をするなと冷たく警告され、サハラはぐっとつばをのみこんでデスクのむかいの椅子に腰かけた。ケイレブはまばたきひとつせず、恐ろしい捕食者のまなざしでサハラを見つめている。これほど危険な存在は世界じゅうのどこにもいないだろう。「残りは」――砂漠の太陽のごとくからからに渇いた喉を湿らせた――「どこにあるの?」

ケイレブはサハラをじっと見たままだ。

体の奥でふるえながら、サハラはしっかりと握りしめた手を目の前に持ちあげた。手をひらくと、金色の光のなかでプラチナがきらめく。どこまでもしんと静まりかえった瞬間。と、ケイレブがまばたきをして、その瞳に星々がもどった。

まるで肌の奥まで焼き印を押すかのようなまなざしをサハラに向けたまま、ケイレブは掌を上にして右手をデスクの上においた。鼓動がひとつ打つあいだに、七個の飾《チャーム》りが掌の上にあらわれる。サハラの胸の、最も秘密の部分が喜びで泣きだしそうになった。涙をこらえながら、サハラは身を寄せ、手をのばそうとした。

ケイレブが手をひっこめる。

熱く、むきだしの怒りがぱっとこみあげた。「わたしのものなのに」

「それではいけないんだよ」

思わずしかめっ面をしたが、飾《チャーム》りが欲しくてたまらず、サハラは椅子にすわりなおした。ケイレブが立ちあがり、いつも目を奪われずにはいられない恐ろしいほどの優雅さでデスクをまわってくる。いかにも大人の女性らしく、サハラの全身が期待にぴんと張りつめる。浅い呼吸をしながら、ブレスレットを手首にはめ、とめ金をとめた。ケイレブのほうに腕をさしだす。「さあ」

サハラのむかい側でデスクにもたれながら、ケイレブは片手をあげた。指先にひとつの飾《チャーム》りがあらわれる。「十七歳」

「羅針盤ね」わたしが家に帰れるように。胸が張り裂けそうになりながら、サハラは一心にケイレブを見つめていた。ケイレブがその飾《チャーム》りをブレスレットにつけ終える。

もう一度、サハラは自問せずにいられない。この人はわたしにとっていったいどんな存在なの？　かつてこの人とどんな関係にあったのだろう？　あまりにも深い傷を負い、もはや壊れたままのこの美しい男性と。

# 15

　ケイレブがちらりと目をあげ、一房の髪が額にかかった。金色の肌に、真夜中を思わせる黒い髪がくっきりと映える。ほんのつかの間、少年だったころのケイレブがよみがえったような気がした。絹のような髪、静かなまなざし。サハラの記憶は正しかった。ケイレブとのきずながどんなものであれ、ふたりの関係はサハラが十三歳になるずっと以前に始まったのだ。ふたりともまだ子どもだったころに。

「早くして」なすすべもなく、サハラはささやいた。手をあげて、ケイレブの額にかかった髪をはらう。

　ケイレブは身をひいたりせず、ふれあいを拒絶しようとはしなかった。「十八歳」指先に二個目の飾り《チャーム》があらわれる。

　ケイレブがブレスレットにつなぐあいだ、サハラは首を左右にねじってなんの飾り《チャーム》か確かめようとしたが、どうやらわざと視界をさえぎっているらしい。ケイレブが背すじをのばしたとき、理由がわかった。「抜き身の剣」サハラが姿を消した日、ケイレブはまさにこうなったのだ。

「十九歳」ケイレブが飾《チャーム》りをつけはじめる。念動力で呼びよせるのさえ、サハラの目には見えなかった。

小さな家。

岩のような胸の重みが、ますます重く感じられる。「二十歳」

「二十歳だ」これは見せてくれた。

濃いブルーの石でできた小さな心臓。とてもきれいで、サハラは思わずため息を漏らした。「サファイアかしら?」

「タンザナイト」ケイレブが目と目を合わせる。「希少な石だ。独特の美しさがある」

凍りついた心臓。心のなかで悲しみが渦巻き、サハラは疑問に思った。この人の心臓、それともわたしの心臓?

「二十一歳」

砂時計。

「二十二歳」

ぎざぎざの黒曜石のかけら。けがをしない程度にはかろうじて先端を研磨してある。

「二十三歳」

完璧なひとつ星の飾《チャーム》り。

眉根を寄せながら、サハラは顔をあげて、ケイレブを見た。「よくわからないわ」

ケイレブが飾り《チャーム》をブレスレットにとめる。「だいじなのはこの星だけという意味だ」親指がサハラの手首の内側をかすめる。「この星が消えてしまえば、ほかのどんな人間も生きる権利を失うことになる」

〝きみを傷つけるくらいなら、通りを死体で埋めつくしてやる〟

悪夢のような言葉を理解するとともに、真っ黒な波がどっと押しよせてくるように感じられる。「二十四歳は?」ごうごうと波の音が聞こえるなか、サハラはかろうじてたずねた。手首を曲げて、胸にひきよせる。

「いまはまだ決めていない」

「欲しいものなら、わかっているわ」サハラはこの戦いにぜがひでも勝たなければ。この世界の未来のためのみならず、彼女自身、そしてケイレブのためにも。かつてのふたりの……これからのふたりのために。

ケイレブが黙して、答えを待っている。サハラの復讐のためとあらば、この人は全文明を滅ぼし、無実の人々も罪人も同様に何百万もの命を奪うこともいとわないだろう。

「剣をおさめる鞘《さや》よ」サハラはささやきかけた。

星々が消えて真っ暗になる。「それはむりかもしれない」

手遅れなんかじゃない。サハラは再び心のなかでつぶやいた。手遅れなんかにしてなるものか。かつてのこの人はもう二度ともどらない、このまま壊れたままだなんて信じない。「鞘にはあざやかで色とりどりの宝石をちりばめてほしいの」希望に満ちたものを。

「かなり精巧な細工が必要となるだろうな」ケイレブが静かに言う。黒曜石のまなざしがサハラをとらえたまま離そうとしない。「それほどのものを仕上げるのは不可能だということもある」

「じゃあ、あきらめてしまうわけ?」同じように静かに問いかける。「しっぽを巻いて逃げるの?」

ケイレブの答えには所有欲がうかがえ、いまだにサハラをとらえておこうとするかのようだ。「わたしはけっしてきみから逃げたりはしない」

思いもよらないふれあいの時を終え、サハラが書斎から去ったあとも、ケイレブはまだベッドに入ろうとはしなかった。サハラはすでにケイレブにまつわるうわさを知っており、さらに監禁中の年月に負った傷を考慮すれば、心をふれあわせることなどかなわないと思っていた。だが、サハラについては、いくら予測や判断をしようとしても無駄だと知っておくべきだった――サハラ・キリアクスはつねに予測不可能で、頑固な意志の持ち主だったのだから。七年にもわたる地獄のような監禁生活を生きのびたばかりか、ケイレブに挑むような強さを失っていないとは、ほかの女性ではとうてい望めないことだろう。

サハラがぐっすり眠るまで一時間待ってから、ケイレブは立ちあがり、シャツの袖をおろしてカフスボタンをとめた。書斎のドアの裏にかけておいた上着をとって、さっとはおる。服を選ぶのも、いわば仮面をかぶるようなものだ——ある種の印象を相手に与えることができる。今夜は、サハラの今後の身の安全を確保するために、こうした効果を利用するつもりだ。

もう二度と、誰にもサハラを奪われてなるものか。

身支度を終えたものの、サハラが安全に邪魔されることなく休めるとの確証がなければここを出られそうになかった。ようやく彼女をとりもどし、もはや望むべくもないとあきらめていたはずのかすかな信頼の色が真夜中のブルーの瞳ににじんでいるのだから、いまここで彼女を失うはめにでもなれば、ケイレブにはおのれが正気なのか、あるいは正気を欠いているのか、もはや疑いの余地など残らないはずだ。みずからの運命があの華奢な手に握られているとは、世界は知る由もないだろう。

サハラの部屋に瞬間移動《テレポート》したケイレブは、彼女がまだぐっすり寝入っていなくて、そのためおびえたりしないように陰に身を潜めた。先刻、サハラが彼のもとから逃げだしたときにわかったのだが、彼女の目に恐怖が浮かぶと、少年のころにサンタノにどんな種類の酸を浴びせられたときよりもひどい焼けつくような痛みをおぼえてしまう。危険だった。あの痛みのせいで、世界じゅうが血に染まるおそれがある。だが、思えば、サハラこそケイレブの条件づけに生じた初めての亀裂であり、これからも最も深い亀裂でありつづけるだろう。

それは風さながらに純粋で避けがたい真実なのだ。

室内は真っ暗だが、ケイレブの目は幼少期の闇のなかでそれに慣れることをおぼえていた。それにサハラの姿なら難なく見える。静かに安らかな寝息を立てているのであえて近づいてみると、サハラはあおむけに横たわり、枕の上で顔だけ横に向けているらしい。黒髪がつややかに豊かに、エジプト綿の枕カバーに広がっている。

金で買える最高級の品だ。ケイレブはけっして妥協したりしなかった。

手をあげて、眠りのなかでぬくもりの感じられる頬の曲線にふれかけたが、途中で、サハラを起こして……怖がらせてしまうと気づいた。そんな危険はおかせない。いまはだめだ。基本的なレベルでケイレブを信頼できるほどにはかろうじてサハラの記憶はもどっている。だが、ケイレブもみずから自覚しているとはいえ、彼のことを怪物呼ばわりするほどにはまだ記憶はもどっていないのだから。

〝おまえはわたしが作ったものなのだ。ほかの何者でもありえない〟

真っ赤な熱い血しぶきが飛ぶさまが、網膜によみがえるとともに、ケイレブは部屋の外に瞬間移動《テレポート》した。ドアや窓をひとつひとつみずからの手で確かめていく。屋敷全体の安全を確認すると、外辺部の警報を携帯電話に通知するようにセットしたが、サイレンのほうは作動させたままにしておいた。不法侵入があったとしても、サハラが不意を襲われるような事態は避けたい。サハラがひそかに枕の下に隠している魚おろし用のナイフは、ケイレブの到着が一、二秒遅れた場合でも、武器として充分に役立つはずだ。なにしろ、ケイレブがこっそりナイフを研いで、頸《けい》動脈であれ頸静脈であれ、ひとふりで切り裂けるようにしておいたのだから。

安全確認を終えると、ケイレブは鏡を見て、おのれの仮面が完璧かどうかを確かめた。髪は一本も乱れておらず、スーツの上着のボタンもとめてある。それから、おのれのＴｋのパワーにアクセスすると、いつものほんの一瞬の移動よりもさらに複雑な瞬間移動《テレポート》に備えて態勢を整えた。サハラの捜索が闇に目を凝らすようなものだったように、人物に照準をさだめるというケイレブの能力は絶対確実なものではない。標的となる相手が、自分が誰なのかを自覚していないなら、こちらの試みは失敗するだろう。サハラが迷路から出てきたのちに敵のＴｋに発見されたのは、何も偶然ではないのだ。

〈サイネット〉上の少数の精神感応者《テレパス》――必ずしも最強でなくともよいが、きわめて知的な者であれば——もすでにこうしたＴｋの弱点を把握しているはずだ。ケイレブの推察では、いまや〈スノーダンサー〉の一員となったローレン一家全員もその弱点をつき、テレパシー能力を駆使することで亡命を成功させたのではないかと思われた。

今夜、ケイレブはもうひとり、テレパシーによるカモフラージュの効果を理解している人物を見つけねばならない。タチアナ・リカ＝スマイズだ。ケイレブと同じ元評議員であり、複雑きわまりない偽の痕跡を残すことに長けた女性。おかげでねじれた経路をたどっていきサハラをとりもどすのに、何年もの月日を要したのだ……サハラの精神を閉じこめ、ケイレブの目から隠していた精神的閉鎖空間のいわば青写真をひとつずつ解き明かしていくだけでも数日かかった。

ケイレブがその青写真をひとつひとつ分析していくにつれて、調べれば調べるほど、いかにもタチアナらしい綿密な精神構造による形跡が認められたのだ。「きみを監禁していた人物の名前はわかっているのか？」その夜、星の飾り《チャーム》がようやく本来あるべき場所のブレスレットにおさまり、サハラがむかいの椅子の上でまるくなっていたとき、ケイレブはたずねたのだった。「つまり首謀者ということだが」

サハラが首をふる。「その女の人が来るときには、いつも目隠しされていたから。超能力的な感覚は封じこめられ、両手も拘束されていたの」

その女の人。

またひとつ確証に近づいた。だが、まだ充分ではない。今日この手で処刑した侵入者がタチアナ所有のペーパーカンパニーの一社に属する男だということはすでにつきとめており、その事実はより有力な証拠ではあるが、報復するとなれば、まさに疑いようのない証拠が必要だった。とはいえ、罠を仕掛けるのはたやすいことだ。

タチアナは自身の隠れ場所が発覚することのないように細心の注意をはらっていた。そこで、ケイレブは彼女の資金の流れを集中的に調べることにしたのだ。予想どおり、タチアナは何層にもわたる、莫大な利益を生むビジネス帝国を築きあげていた。ケイレブはかなり前に、公式発表によればタチアナの資産管理会社とされる幽霊会社の存在をつきとめ、その後、彼女の所有地をビジネス関連と個人的なものに区分したのだった。

そうした会社の記録を調べれば、秘密の活動拠点が明らかになるはずだった――タチアナの最大の弱みは、みずから所有するものをひとつも他人任せにできず、ペーパーカンパニーですらおのれの手で管理せずにいられないことだ。詳しく調べていくと、真のオーナーとしてタチアナの名前がつねに浮かびあがってきた。そうした調査には少なからぬ忍耐を要した――だが、サハラを奪い、監禁していた首謀者に報復するのだから、ケイレブはいくらでも忍耐強くなれた。

調査を始めた当初、オーストラリアという土地が何度も脳裏にひらめいたのだが、タチアナは以前にも一度、そこの人里離れた地域へと移り住んだことがあり、ケイレブはその土地を除外することにした。同じ場所を二度も選ぶのはタチアナらしくない。だが、のちになってようやく、頭が切れ、抜け目がないタチアナは、そうした思いこみによる盲点をもつく可能性があると気づいた。その場所は、かつての本拠地とまったく同じではなくても、すでに築いた基盤を利用できるほどすぐ近くかもしれない。

そこまで来れば、既知の拠点から三キロメートルほど離れた場所に秘密の所有地を見つけるのにたいした時間はかからなかった。瞬間移動《テレポート》の照準となる画像を入手するには数十万ドルもの金がかかったが、タチアナの会社に送りこんだ男がその役目を果たしてくれた。その画像を使って、ケイレブは所有地の外辺部へと瞬間移動《テレポート》すると、おのれのTkとしてのパワーを隠すことなく、早朝の灰色の霧におおわれたエリアをスキャンした。

広大な土地の真ん中に、見たところありふれたコテージがぽつんと建っており、そこにひとすじの明かりが見える。コテージの周囲には自生の樹木がまばらに生えていた。ケイレブの足もと近くには動物の足跡らしきものが残されている――形状からするとカンガルーだろう――だが、コテージ周辺には警報装置や罠が張りめぐらされているはずだ。

ポケットに入れておいた高性能の双眼鏡をとりだし、明かりの灯された四角い窓をのぞいているうちに、タチアナが立ちあがり、窓の前を通って何かをとりにいき、またもどってくるのが見えた。いったん標的を確認すると、ケイレブはピントを調節して、窓の奥にある松の羽目板の、ある特定の結び目模様に焦点をさだめた。

サハラの人生の失われた七年分のつけを、いまこそきっちりとはらわせてやる。おのれのパワーを自在にあやつるには、ときには感覚こそがすべてとあって、ケイレブは双眼鏡をポケットにもどした。タチアナには、ケイレブの目からは逃げられない、どこにいようと見つかると思い知らせてやりたい。あの女には恐怖を、鋭く苦い恐怖を味わってもらわねば。

命乞いをさせてやるのだ。

ケイレブが姿をあらわしたとき、タチアナはむかいのデスクのうしろにすわったまま、瞬間移動《テレポート》が完了しないうちに、レーザー銃でこちらの頭部に狙いをつけていた。こうして未知の状況に飛びこむ際には一瞬、無防備となるが、すでに対処法は学んでいる。流れるような動きでレーザー光線を避けると、ケイレブは相手の手から銃をたたきおとし、同時に卑劣なテレパシー攻撃を封じておいた。

「同僚がビジネスの話をしに来たというのに、ずいぶん荒っぽい出迎えじゃないか」

ケイレブは焦げ茶色の髪の女性に話しかけた。スーツの上着のボタンをはずして、デスクのむかい側の椅子にすわる。

タチアナは薄い茶色がかった緑色の目を不審げにせばめたままだが、さらに武器を手にしようとはしなかった。「ここで何をしているの、ケイレブ？　ミーティングの予定はなかったはずだわ」

「ある品を見つけたんだが、そちらがとくに興味をいだくだろうと思ったのでね」

タチアナは平然としたようすで黒い革製の椅子にもたれかかると、タッチペンを手にとって目の前の電子ノートをとんとんとたたいた。「そうなの？」

ケイレブはほほ笑んだ。計算ずくの表情だ。取引相手であるヒューマンやチェンジリングをなだめるために相手の顔の表情をまねることをおぼえていた。だが、こうした微笑は同族にとっては正反対の効果があることをよく承知している。「どうしてこれほど荒っぽい歓迎を？」肩の力を抜いて、腕を肘かけにゆったりともたせかけながら、ケイレブは問いかけた。

「ここの情報が漏洩していたとは知らなかったからよ」わずかにとまどうふりを見せ、タチアナは答えたが、これもケイレブのものと同じく意図的なものだとわかっている。

望みのものを手に入れるためなら、タチアナは傷ついた獲物のふりをすることもためらわないはずだ。「そうか」

「どうやってこちらの防御網を突破したわけ？」

「わたしは瞬間移動《テレポート》可能なＴｋだ、タチアナ」ケイレブは優しく言ったが、それは脅しだった。〈サイネット〉の内外で、わたしがある場所に狙いをつけたとき、警備システムなどで阻止できると本気で信じているのか？」

その顔にちらりと理解の色が浮かび、かみそりのように鋭い頬骨を覆っている、完璧なオリーブ色の皮膚がこわばるのがわかった。だが、まだ足りない。この女が有罪であるとの明確かつ絶対的な証拠が欲しい。タチアナにはとうてい理解できないだろうが、この処罰は罪状にふさわしいものになるからだ。

「それで」タチアナが問いかけ、不規則にタッチペンでとんとんとたたきつづける――ケイレブの気を散らそうとしているらしい――なぜなら、サイは〝無意識のうちに〟そわそわした動作などしないからだ。「ビジネスの話だけど」

ケイレブは再び微笑した。「わかっているはずだが」

「手の内を明かしてくれないなら、長々としたわずらわしい交渉になりそうね」

確かに、タチアナは利口だ。しかし、具体的な情報を要求されることは、ケイレブはすでに予想していた。「こちらで入手したのは」ケイレブは小声で言った。「そちらに属すると思われる品だ。〈アロー〉の一員によって回収された」――これは嘘だが、真実である可能性もわずかにあるため、タチアナは疑いをいだかないだろう――「〈サイネット〉上になんら合理的な理由もなく閉鎖されていた区域を発見し、不審に思ったそうだ」

「そう?」そこで思案するように間をおく。「その品がわたしにとって何か価値のあるものだと、どうして考えるのかしら?」

「テレパシーによる細工は、まぎれもなく複雑で手のこんだものだからだ」

「お世辞がじょうずね」

「事実であって、お世辞などではない」

タチアナがケイレブのそれにも負けないほど熟練した、偽の笑顔で応じる。「ニキータやアンソニーとも取引をしているそうね」

ケイレブは肩をすくめてみせた。これもサイよりも感情的な種族から学んだしぐさだ。それから、絶対的な真実をもって答える。「戦略的な協力関係を数多く結び、活用するのは、論理的に意味があるはずだ。チェンジリングとは異なり、われわれはたがいに血のきずななるものを結んだりしない。つまり、忠誠とは流動的な概念であると解釈される」

「だからこそ」タッチペンをおいて、タチアナは言った。「わたしたちは無敵のペアになるでしょうね。ふたりとも〈サイレンス〉にいかなる欠陥も見あたらないのだから」

ケイレブは、その人のためにみずから建てた屋敷のなかで眠っている女性のことを、そして、数時間前に遺体焼却炉で燃やされ、灰となったはずの、首の骨が折れた男のことを思い浮かべた。おのれの〈サイレンス〉は、タチアナの想像もおよばないほどはるかに複雑だとわかっている。「わたしは取引相手に誠実さを求めている」ケイレブは言った。「そちらには誠実さなど望めないようだが」あの冷酷なニキータですら、こちらが約束を守っているかぎり裏切ったりはしないだろう。

「誠実に値するような取引相手に、いままで出会わなかっただけよ」タチアナが応じる。「でも、あなたならその価値はありそうだわ」

「お世辞がじょうずだ」

「真実こそ、最良の防御ですもの」再びタッチペンを握って、とんとんと音を立てる。

「その品と交換に、何が望みかしら？」

# 16

「別にたいしたものではない」ケイレブは答えた。体に流れる血は静かで、死のように冷たい。おのれの首をつるためのロープを、さらにタチアナに渡してやる。「ある情報だ」

タチアナはつづきを待った。

「そもそもあれを堅固な閉鎖空間に閉じこめていた理由が知りたい」プライバシーも新鮮な空気もなく、目もくらむようなまぶしい光だけの空間に。「過去視など、結局のところ、とくに有益な能力ではないはずだ」

「過去視ですって？　どういうことかわからないわね」

さすがに頭が切れる。そうやすやすと罠にはひっかからないということか。「そうか」わかったというふうに、ケイレブは上着のボタンをとめながら立ちあがった。

「どうやらわたしの勘違いらしい。あの品はそちらのものではないようだ――となると、残る持ち主はただひとり」

タチアナは相変わらずリラックスしたふうを装っているが、目尻に細かいしわが寄るのをケイレブは見逃さなかった。「誰なの？」

「もちろん、アンソニーだ」ケイレブは答えた。タチアナが自身のビジネス帝国の財務状況をいっそう高めるために、定期的に〈ナイトスター〉に予知を依頼しているのは百も承知だ。つまり、彼女はブラックリストに載るわけにはいかない。そんなことになれば、サイ財界においてきわめて不利になるばかりか、その情報が漏れると、タチアナの企業の投資価値が急激に低下することになる。〈ナイトスター〉――アンソニー――はそうなるように操作するに違いない。このFサイの集団《クラン》もまた、タチアナにはけっしてわからないだろうが、誠実さがたいせつだと理解しているからだ。

ペンを鳴らす音がやみ、タチアナの手の腱《けん》が肌にくっきりと浮きでた。「待っててちょうだい」

「ほお？」

瑪瑙《めのう》のかけらを思わせる瞳が、ケイレブと目を合わせる。タチアナは椅子のほうにあごをしゃくった。「やはり、ふたりで取引ができるんじゃないかしら」

「それはよかった」ケイレブは腰をおろして、相手の反応を待った。

タチアナはゆっくりと答えた。「〈ナイトスター〉にブラックリストに載せられそうになれば、人質として利用できると考えて、あれを手に入れたわ。けれど、その必要はまったくなかったというわけ」

作り話だ。だが、それはどうでもいい。だいじなことは確証を得ることだ。

タチアナがはっと息をのむ。彼女の椅子が床に倒れ、いきなりうしろへ突きとばされたかと思うと、見えない手で壁に押しつけられた。足が床から五十センチは浮いている。しゃれたパンプスの片方が鈍い音とともにカーペットの上に落ちたが、タチアナは残った片方を壁に打ちつけながら、身をふりほどこうともがいている。

まさかタチアナが無用にパニックにおちいるとは、ケイレブは思いもしなかった。

タチアナらしからぬ慌てぶりに、ケイレブはすぐさま警戒を強めて、おのれの精神をのぞいた——すると、敵の狡猾な巻きひげがすでに第一シールドの三層目まで侵入しているのがわかった。ケイレブはそれを乱暴に外側へと押しだすと、タチアナが外科的にうがった穴を封じた。そのあいだにもタチアナの鼻から、どす黒く粘り気のある血が一滴したたりおちる。

「なかなか抜け目がない」〈サイレンス〉の殻の下に潜んでいる真っ黒な怒りに支配され、ケイレブはほとんど致命的なミスをおかしてしまった。もう三十秒ほど遅かったら、タチアナがおのれの精神に侵入するのを許していたに違いない。

「何が望みなの?」タチアナがたずねた。ケイレブの意識をかき乱す作戦は失敗に終わり、その体はもはや身動きひとつせず、声は冷ややかだ。

「彼女を奪った理由が知りたい」ケイレブは繰りかえした。自身のシールドから片目を離さずに、椅子の背にゆったりともたれかかる。

「あの子は正常に機能していないのよ。あなたにとってなんの役にも立たないわ」

ケイレブはため息をついた。「それでは答えになっていない」

「わたしを始末するのはむりね」タチアナはやはり氷のように冷たい口調で答える。

「評議会が崩壊したとのうわさはともかく、またひとり評議員が死ぬようなことがあれば、結果として精神的な衝撃波が生じ、〈サイネット〉が危険なレベルまで不安定になるはずよ。ことに近ごろの暴力的な事件のことを考慮すれば」

「ああ、そのとおりだ」それに、〈サイネット〉にそこまでの裂け目が生じるのをよしとするかどうか、ケイレブにはまだ決心がついていない。「だが、死よりも恐ろしいものがある」それだけ言うと、念動力を使って、タチアナの左の膝関節をはずしてやる。まさにサハラがかつてそうやって脱臼《だっきゅう》させられたように。追跡装置を見つけるためにサハラの体内をスキャンしたとき、そのことがわかったのだ。

「これは失礼」タチアナがひとしきり絶叫したあとで、ケイレブは声をかけた。「どこまで話したかな？　わたしの質問に答えるところだったと思うが」

「あの子は、もらったのよ」タチアナはあえいだ。左膝が腫れてきている。

「それほど気前のよい人物とは？」

「わかっているはずよ」

今回は警告を与えることすらせずに、タチアナの左肩を脱臼させた。まさにサハラが三年前に同じ目にあわされたように。その情報は、キッチンでみずから処刑した、あの無残な姿と化した男の精神をこなごなに砕いたときに入手したものだ。あのとき自制心を失ったせいで、大量の有益なデータを得るチャンスを失ってしまった。見張りの男の精神は、ケイレブがシールドを打ちやぶった瞬間にも破壊されてしまい、ごくわずかな時間で情報をかき集めるしかなかったのだが、それでもケイレブは良心の呵責《かしやく》などいっさい感じていなかった。

いま、タチアナがだらりと首を垂れるのを見ても、その気持ちに変わりはない。タチアナは気絶している。「弱いな」ケイレブはつぶやいた。彼自身は七歳のころ、もっとひどく痛めつけられようと意識を失いなどしなかった。一分待ってから、それでもタチアナが目をさまさないとわかると、椅子にすわったままデスクの上からコップ一杯の水を持ちあげ、中身をタチアナの顔に浴びせた。

弱々しいうめき声をあげ、タチアナが意識をとりもどす。濡れた髪が肌にはりつき、目には恐怖の色が浮かんでいる。この瞬間までタチアナの〈サイレンス〉は無傷の状態だったのだろう。断固とした意志もあったはずだ。しかし、恐ろしいほどの狡猾さと強さを備えていようと、タチアナ・リカ＝スマイズはケイレブのような訓練を受けていない。いつ終わるとも知れないすさまじい苦痛に直面したとき、条件づけに——あるいはその揺るぎない再生力に——しがみつくすべを知らないのだ。

ショック状態におちいり、身ぶるいしながら、タチアナはかすれた声で答えた。「サンタノ・エンリケからもらったわ」

その答えは驚くにはあたらない。しかし、相手の口からその言葉を聞く必要があった。「理由は？」

「わたしたちは……いわばパートナーだった。あの男はわたしの野心に一目おいてくれた。こちらは、その野心をあの男に向けたが最後、喉首をかき切られるという、そんな非情さに一目おいていた。ふたりはたがいを信頼しあっていた」

これほど醜悪な信頼の定義など、ケイレブは耳にしたことがない。「彼女を奪ったとき、あれがわたしのものだと知っていたのか？」

タチアナはかぶりをふった。「いいえ。獲物を選ぶ自由があなたにあるなんて思わなかったわ」

そのとおり。当時、サンタノはケイレブを必要とはしていなかった。「何をしている、タチアナ？」複数の警報がいっせいに作動したとたん、ケイレブは意識の大半をおのれの精神のほうに向けた。今度はほとんど不可視のテレパシーによる蠕虫《ぜんちゅう》が、いまにもケイレブの最後のシールドを突破しようとしていた。

その侵入を撃退したとき、今回はタチアナの目の血管が破裂したが、相手は真っ赤になった目をこちらからそらさずにしゅっと息を吐いた。「あなたの防御も完璧とは言えないわね。もう少しでやられるところだったじゃないの」

「もう少しか。わたしのような人間にはそれではまだ不充分だ。わかっているはずだが」生存のためにかろうじて呼吸をするにも全神経を集中せねばならないほどタチアナの横隔膜を締めつけ、黙らせると、ケイレブは椅子の背にもたれて告げた。「わたしのものを奪うべきではなかったな」

酸素供給量が減少しているにもかかわらず、タチアナは必死にもがきはじめ、テレパシーによる攻撃を果敢に仕掛けてくる。そのとき、外で数台の車がライトもつけず、急停止するのがわかった。「応援を呼んだわけか？　ちっちっ、いけないな」それだけ言うと、ケイレブはさっとデスクをまわり、タチアナとともにそこから瞬間移動《テレポート》した。

古いコンクリート製シェルター内は真っ暗で、闇を破るのは天井からさびた鎖でつるされた長寿命電球の明かりひとつだけだ。電球の鈍い光は、円形の室内周辺を覆っている深い暗がりまでは届かないが、スチール製台の下の、黄ばみ、汚れたコンクリートの床を照らすだけならそれでこと足りる。いま、台の上に、ケイレブはタチアナの体をほうりだした。片方だけ残った靴が金属にあたって音を立てる。

うしろに下がって、タチアナがやっとのことで体を起こしてすわり、注意深くあたりを見まわすのをながめた。偽りの感情はなく、これまでは交渉や相手を操作することでつねに窮地を脱してきた女性らしく、氷のように冷たい意志があるだけだ。賞賛すべき性質だ。おかげで拷問は長々とつづき、すさまじい苦痛を味わうことになるだろうから、ケイレブにとっては喜ばしいことだった。

タチアナは数えきれないほどの時間をかけて、脱走計画を練ることだろう。だが、この地獄は永遠だと悟るだけだ。

「ここはいったいなんなの？」タチアナがたずねる。

「わからないのか？」何をされたのか相手が気づくまで、ケイレブは待った。

ほんの一瞬でわかったらしい。「どうして〈サイネット〉にアクセスできないの？」いつもよりも一オクターブあがったような、うわずった声できく。とうとう初めて、本当の意味でのパニックの兆しがあらわれた。「わたしをシールドで覆ってしまったのね」

「わたしの能力にはほかに使い道がある。だが、〈ダークマインド〉なら、いずれ必ず相手の〈サイレンス〉がじわじわとひび割れ、激痛を味わうと知りながら、その人物の精神を慰みものにするのも楽しめそうだ」〈ダークマインド〉はタチアナをみずからのなかにひきこみ、テレパシーの経路を含めてすべてを遮断することで、果てしない無のなかへと閉じこめた。それにつづくタチアナの恐怖を〈ダークマインド〉がおのれの糧《かて》とすれば、タチアナはまずゆっくりと知らぬ間に狂気に追いやられ、やがて昏睡《こんすい》状態におちいる。そうなってもやはり恐怖だけが唯一の友であり、その先は遅からず死が訪れるだろう。

人を〝糧にする〟というちょっとした癖は、ケイレブには抑えこめなかった〈ダークマインド〉の習性のひとつだ――そこで、じわじわと狂気に襲われ、死にいたってしかるべき人物を選び、この性癖のえじきにすることにしていた。権力や政治にかかわる敵なら、ケイレブはみずから抹殺するが、ほかの部類の、いわば人間のくずが相手となれば、まったく平気で〈ダークマインド〉を放ってやった。前回えじきとなったのは、道徳的に許されない写真を収集していた小児性愛傾向のある男で、その男は保育士の仕事を見つけたばかりだった。

しかし、〈ダークマインド〉はタチアナを糧にしてはならないと心得ている。この女はケイレブのものだからだ。この暗い新種の知性体は、タチアナの監禁を喜んで手助けするだろう。結局のところ、ケイレブには〈ダークマインド〉を生んだ残酷さや激しい怒り、悪意というものが理解できる……彼自身、同じ醜悪な要素から形成されているのだから。「〈ダークマインド〉なら」ケイレブはタチアナに告げた。「わたしが好きなだけ、あなたをその真っ暗な繭《まゆ》のなかにひとり閉じこめておくはずだ」

「わたしが〈サイネット〉から姿を消せば」何をうったえようと運命は変わらないというのにそのことがわからず、タチアナは口をひらいた。「わたしが死んだ場合と同じ影響があるのよ。その結果、衝撃波が――」

「タチアナ、タチアナ」ケイレブはかぶりをふった。「居場所を隠すためにあれほどみごとなシールドを作りあげた時点で、あなたは〈サイネット〉から消えていたんだ」おかげでこちらはずいぶん助かった。「わたしがここを去ってからすぐに、あなたの警備チームは、全面的なセキュリティー監査をおこなうようにとの厳しい文言の命令を受けとるはずだ。なにしろ、今回の〝実地試験〟に合格しなかったのだから」

またしても、タチアナはみずから監禁されるべくお膳立てをしていたのだ――敵への漏洩を恐れるあまり、近ごろではテレパシーをめったに使用しておらず、もっぱら安全な電子メールばかり好んでいた。「そちらが所有する企業については、〝あなた〟から指示があるかぎり、感づく者などひとりもいないはずだ」

タチアナの片手が、皮膚に白く骨が浮きでるほどきつく金属製の台の縁をつかんだ。

「ケイレブ、あなたのものだとは知らなかったのよ」

「そんなことはどうでもいい」憤怒が、冷たく容赦のない無慈悲な波となって、血流を駆けめぐる。「とにかく、あやうく、もはや完全にはもどってこられなくなるほど、彼女を痛めつけたのだから」最後に会ったとき、サハラは血まみれのベッドで絶叫していたが、命乞いなど一度もしなかった。かろうじて自分を失わずにいられたのだ。それなのに、タチアナの手に落ち、監禁されるうちに、サハラは生き残るために自分自身を葬ることになった。

「なにをそんなにこだわるの？　どのみち殺すつもりだったんでしょう？」タチアナがせっぱつまった声で問いかける。やけにしわがれた声は、とても作りものとは思えない。

精神的な孤立に追いやられると、サイはこのようにせっぱつまった状態になってしまう。だが、そんな悪夢のなかで、サハラは七年も耐えて生きのびたのだ。「こちらの意図がどうであれ、罪があることに変わりはない」

円形の室内をゆっくりと歩きながら、ケイレブは貯蔵された食料にちらっと目をやり、生存に充分な量があることを確認した。医療用品はごく基本的なものだけだが、これで応急処置をおこなえるだろう。タチアナには重傷を負わせないように配慮しておいた――命にかかわるような傷はひとつもなく、脱臼なら自分で治せるはずだ。たいして難しくはない。ケイレブは少年のころに学んでいた。

タチアナがこちらの動きを目で追っている。「まさかわたしをここに置き去りにするつもりじゃないわよね」両端に血やその他の体液を流すための溝が彫られた台の横から脚をおろすと、タチアナは下唇を噛んだ。グロテスクなまでに腫れあがった左膝があらわになる。「ケイレブ、やめてちょうだい。あなたはサンタノ・エンリケじゃないんだから」

「本当に?」ケイレブはまた微笑した。「たらふく食ったりしなければ、食料は六カ月もつはずだ。ここでの生活が気に入るといいが」

「待って! 待ってちょうだい! ここはなんなの?」

ふたりのあいだの距離を詰めると、ケイレブは身をかがめて、タチアナの耳に真実をささやいた。「もちろん、サンタノの一番古くからの遊戯室だ」この部屋の存在を知る者はほかになく、床の汚れは、ケイレブがこの目で、絶叫し、懇願し、壊れていくさまをながめていた、数えきれないほどの犠牲者たちの血がしみこんだものだった。


朝早く目ざめたサハラは、ケイレブのドアが閉まったままなのを確かめてから、ジーンズとふわりとしたバラ色のトップスを身につけ、あたたかい飲み物を用意した。それから鯉に会いにいき、やがて、リビングのお気に入りの肘かけ椅子にまるくなった。淡い金色の朝陽に照らされ、部屋がほのかに輝き、窓の外に広がる草原がちらちらと光りだして、荒涼としたようすから胸が締めつけられるほど美しい光景へと移り変わる。そのさまをながめているのが好きだった。

いとこであるフェイスの〈サイネット〉からの衝撃的な離脱について、さらに記事を読むつもりだったが、右手首にはめたブレスレットが光を浴びてきらきら光り、そのたびに闇に覆われた男性のことや、星の飾り《チャーム》、さらにそれにまつわる記憶にない過去のことに、つい思いをはせてしまう。最後のプラチナの飾り《チャーム》を指でなでていると、ケイレブが部屋に入ってきた。昨夜と同じビジネススーツを着ており、思ったとおり一睡もしていないのは明らかだ。

まず頭に浮かんだのは、この男性が非の打ちどころなく彫られた仮面をかぶった、危険なまでに魅惑的な捕食者だということだ。だが、次に、何かとても悪いことがあったのではないかと思った。「ケイレブ、どうしたの?」携帯情報端末をわきにおき、肘かけ椅子の背からおろしてひざにかけていた毛布をはぐと、彼のもとへ走りよった。ケイレブはどこか遠い表情をしており、いつものごとく心の内が読みとれない。それでもサハラは血が凍る思いがした。不安のあまり、全身の産毛が逆立っている。

「ケイレブ、お願い」すがる思いで、サハラはあえて両手の指先でケイレブの頬にふれていた。「何をしたの?」ほとんどささやき声に近い。

「やるべきことをしたまでだ」サハラの両手首をつかんで、ケイレブがその手をそっと顔から離して、わきへとおろした。そのまま手を放してしまう。「いまはわたしにふれないほうがいい」

「どうして?」サハラの胸の奥に何やら荒々しいものがわきおこっていた。少女の自分がうろたえ、叫んでいる。こんなことはいけない、この人をなんとかしなければ。

しかし、わかっている。時計の針をもとへもどせるはずがない。わかっているのだ。

この人をこんなふうに黒曜石の破片へと変えてしまった過去はもう変えられない。

「あなたが何をしたにせよ、そのせいでわたしも汚れてしまうのが怖いの？」

「わたしが後悔しているとでも？」けだるい、完璧な……ぞっとするような笑顔を向ける。「そんなことなどない。今後もいっさいありえない」

# 17

ふるえているサハラの横を通りすぎ、ケイレブは草原を見はらす窓のほうへ近づいた。「わたしが何かをしでかしたと、どうして決めつけるんだ?」

ケイレブのよそよそしさに身も凍るような恐怖がこみあげ、サハラは思わずぐっとつばをのみこんだ。この人はつねに恐ろしく危険な男性ではあったが、いまや暗く深い淵に沈みこみ、生きて息をするその一部となったようにすら思える。この瞬間、最も暗い夜の瞳の奥に光る知性は人間とは思えぬほどに冷たく、サハラにとって理解できるものかどうかも心もとない。「わたしにはわかるのよ」ようやく言葉が口をついて出た。まさに腹の底からそう確信している。かつての少女のサハラがいまも生きている、胸の奥の、秘密の部分から、その思いがこみあげていた。「話してちょうだい」

「きみの過去視の能力は、どうやら進化したらしいな」ケイレブは言った。その声音は優しく……キッチンであの見張りを処刑したときに垣間見た、真っ黒な怒りに満ちている。「きみのいとこのフェイスが見るビジョンは、現在ではビジネス関連に限らないようだが」

　ケイレブのことがいまは骨の髄まで怖かったが、窓辺でひとり立っている姿を見ていられず、サハラはそばに行き、服がふれあうほど身を近づけた。「フェイスは」ただ会話のきっかけを失いたくない一心で、ケイレブが口にした話題をひきつぐ。「わたしがファイアウォールを改良し、築くのを助けてくれたわ」〈サイネット〉に足を踏みいれるには、そうしたシールドによる保護が欠かせない。

「特級能力者《カーディナル》のFにしては珍しいな」

「フェイスがまだ幼いころ、当時彼女の担当だったMサイが、ほかの子どもと接触すれば言葉の遅れも解消できるんじゃないかと考えたの」言葉の遅れはF分類のサイにはよくあることだが、フェイスの場合、初めて言葉を発したときにはすでに三歳になっていた。「わたしはフェイスよりも年下だけれど、すごくおしゃべりだったから選ばれたというわけ」

「さらに言えば、同年代の子どもなら、特級能力者《カーディナル》の子どもが特別な訓練を受け、とくに目をかけられているのを見て、快く思わないおそれがあるからだ」

「そうね」サハラの場合は、美しい赤毛の特級能力者《カーディナル》のいとこにすっかり圧倒され、憧れていたので、とてもやっかんだりするような気持ちは起こらなかった。「フェイスは実年齢よりも大人びていて、〈サイレンス〉は完璧だったけれど、けっしてわたしに意地悪したりしなかったのよ――自分がたいせつな存在だと感じさせてくれた」つねに厳しく監視されていたので、ふたりには友だちになるような自由はなかったが、フェイスとなら友だちになれるような気がしていた。「でも、十一カ月後には、フェイスのパワーが急激に増大したため、これ以上の接触は彼女の精神状態を乱し、危険だと判断されたの。つらかったわ」

まだ幼かったサハラにはその理由が正当なものに感じられ、疑おうともしなかった。だが、結局、フェイスは恐ろしく鋭い牙を持つ捕食者、ジャガー・チェンジリングの〝伴侶《はんりょ》〟となったのだから、明らかに、弱々しく傷つきやすい女性などではなかったのだ。「わたしたちのサイ集団《クラン》は、お金のためにフェイスを裏切ったの？」フェイスを隔離して予知ビジョンをしぼりとり、そうやって儲けた何百万ドルもの金が一族の金庫におさめられたのだろうか？

「それはわからない」ケイレブがようやくふりかえり、ふたりの視線がぶつかりあう。

その瞳の真っ黒な闇のなかで燃えあがるパワーは圧倒的で、ほとんど物理的な力のように感じられる。

「わたしは特級能力者《カーディナル》とともに育ったけれど」サハラはささやいた。つね日ごろ、ケイレブがどれほど厳しくおのれの力を抑制しているのか、不意に気づいた。「あなたはそれ以上だわ」実際、そんなことはありえなかった。特級能力者《カーディナル》であること自体、その能力ははかりしれず、数値では測定できないほどなのだから。だが、この人ほどの強烈なパワーを感じたことはいままでなかった。

その力には恐怖すらいだくほどだ。だが、もっと恐ろしいのは、サハラはこの人を求めてやまず、相手が闇を身にまとっていようとその気持ちが薄らぐことはないという事実だった。この男性のために、いったいどこまで相手を受けいれ、許し、暗い淵へと足を踏みいれるべきなのだろう。理性では説明のつかない理由から、サハラをとことんわがものにしようとしている、この恐ろしく危険なＴｋのために。

〝わたしは彼女たちの拷問と死の、どの瞬間にもその場にいた〟

胸が痛いほど締めつけられ、サハラは息苦しいまでに熱くからんでくるまなざしから目をそらした。数時間ぶりに新鮮な空気を吸った気がする。視線をもどしてみると、ケイレブは再び窓の外をながめていた。不透明なシールドのように、その姿は孤独感に覆われている。サハラがこの場を去り、その孤独な姿を顧みなかったとしても、ケイレブは止めようとはしないのだろう。この人は誰にも説明や弁解をしない。でも、それは裏を返せば、彼には自分のぶじを願ってくれるような人もいないからではないか。

「教えて」サハラはささやきかけた。心がかき乱され、心臓がひきつるような感覚をおぼえる。ケイレブのいない世界など考えただけでパニックを起こしそうになり、とたんにこの人の真の姿にいだいていた恐怖がぱっと消えて、神経がずたずたにひきさかれそうな戦慄《せんりつ》に襲われたのだ。「何をしたのか」

月のない夜のごとく真っ暗なケイレブの瞳は、やはり空っぽの草原に向けられたまだ。「なぜそんなことをきく?」

拒絶ではない。この人はきわめて高い知性の持ち主なのだから、間違いなどではありえない。「わたしに嘘はつかないと言ったからよ」この言葉は、歯を食いしばり、死に物狂いでサハラの精神の表面へとあがってきた、あの少女の口から出たものだ。彼女こそが、サハラとケイレブを結びつける過去の秘密を握っているのだ。

ケイレブがさっと顔をこちらに向ける。「わたしを信用するなとも伝えたはずだ」

サハラは片方の肩を窓に預けて、ケイレブと向かいあった。「あなたを信じられないなら、誰を信じたらいいの?」サハラは既視感をおぼえた。以前にもこんなふうにうったえたような気がする。ふたりはどこかでこんな言葉を交わしたことがあるのではないか。「あなたは約束してくれたわ」そんなふうにささやくと、サハラは狂気に屈して、ケイレブの額にかかった絹のような黒髪をはらった。つかの間のふれあいに、せつない思いがこみあげる。

今度は、ケイレブは彼女を押しやろうとはしなかった。それでも、口をひらいたときには、真っ黒な氷がやはりそこに感じられた。「きみを監禁した女と話の片《かた》をつけにいってきた」

まったく予想だにしない答えだった。「それは誰なの?」かすれた声で問いかける。その見知らぬ相手とすごした時間がよみがえって、胃がむかむかしてくる。肉体的な拷問とは醜悪なまでに対照的に、その女性は優しげな口調で〝協力〟するようにサハラをうながしたのだった。

「タチアナ・リカ=スマイズ」

その名を耳にしても、サハラにとってたいして意味はなかった。最近のニュース記事で目にしたというだけだ。誘拐されたとき、サハラはまだ十代の少女で、評議会やその一員に加わるという野心をいだいた者たちの政治的な駆け引きになどほとんど興味がなかった。「それなら納得がいくわ」サハラは応じた。激しい怒りをおぼえることもなく、ただ吐き気をもよおすような嫌悪感があるだけだ。「同じく権力に飢えた人物なら、誰だってやりかねない」

ケイレブが手をのばして、サハラの左頬骨の上あたりの小さな傷跡にふれる。その瞬間、雷に打たれたような衝撃が血管に走った。「十六歳のころ、こんな傷はなかったはずだ」

「えっ?」サハラは手をあげて、ケイレブの手首の力強い骨をつかんだ。「ええ。おそらく十八歳のころだったけれど……何があったのか知っているのね」

「ああ」無表情な声だ。その手でサハラのあごを包みこむ。「連中に痛めつけられたんだ」

ケイレブがサハラの元見張り役をキッチンの壁にたたきつけたときの、骨がいっきに破壊される音が頭のなかによみがえる。サハラに関するかぎり、ケイレブは恐ろしいまでの所有欲によって突き動かされており、そのことをまざまざと思いだした。「タチアナに」サハラはもう一度問いただした。「何をしたの？」見張りのときのように比較的あっさりと息の根を止めたはずがない。

ケイレブが忘れられた傷跡を親指でまたなでてから、その手をおろした。サハラの手から手首が離れてしまう。「あの女は独房のなかにいる」ケイレブが答えた。「一生その独房に閉じこめられたままだ。おかした罪にふさわしい処罰だろう」

サハラは両腕で自分の体を抱きしめ、無駄と知りながらも、腕をさすって体をあたためようとした。「〈サイネット〉へのアクセスを遮断したのね？」

「そうしなければ罰にはならないだろう？」なんのためらいも譲歩もない。声音や表情にもまったく変化はない。

サハラは両のこぶしで、見えない真っ黒な氷を打ち砕いてしまいたかった。硬い氷がこなごなになるはずもなく、この手が血だらけになり、ケイレブ自身は無傷なままだとわかってはいたが。「タチアナは正気を失ってしまうわ」どんな言葉で飾りたて嘘をつこうと、ひとつの真実は変わらない――三種族のうちで、サイはまったく社会的ではないどころか、最も社会的な種族なのだ。チェンジリングの狼が群れを必要とするように、サイたちは同胞の精神が集う精神ネットワークによる結びつきや刺激を必要としている。「わたしたちはそこまでの孤独に耐えられるようにできていないのよ」

「きみは生き残った」怒りはどこまでも冷たく、この人の〈サイレンス〉はまじりけがなく、純粋なように見える。

「わたしは完全に遮断されていたわけじゃない。そこまで極端なことはされなかったわ」タチアナになんら恩義があるわけではなく、その女性が生きようが死のうがかまわないが、このままではケイレブが魂のかけらを失うはめになる。この人はもはやこれ以上何も失ってはならないのだ。「わたしの場合、見張りたちの話し声がいつでも聞こえた。こちらに話しかけてくるわけじゃないとしても。それだけで外の世界が存在するんだって思いだせたわ」

　ケイレブの瞳のなかで、生き物さながらに闇がうろついている。「三、四カ月ごとに会いにいってやることにしよう。それで貸し借りなしだ」

　サハラの顔に苦悶の色が浮かぶのを、ケイレブは目にした。監禁されていた年月のあいだ、タチアナの命令によってどんな責め苦を受けたにせよ、サハラの良心は損なわれなかったのだとわかる。べつに意外なことでもない。ふたりの相違はつねにそこであり、ふたりがこれまでずっと闇と光、善と悪とまったく正反対の立場にあるゆえんだった――ケイレブの他人に共感する能力、何かを感じる力は、おのれのなかに根づかないうちに打ち消されてしまった。ただひとつだけ、限られた例外を除いて。

「タチアナには」ケイレブはつぶやくように言った。「絶対に自由を与えるわけにはいかない。なんらかの方法できみに害をなそうとするだろうからな」

　視線を合わせたとき、サハラは何かに憑《つ》かれたような目をしていた。「わたしのことがそこまでだいじなの？」

「そうだ」ケイレブは答えた。「わたしにはきみがすべてだ」ケイレブの唯一の生存理由だった。

　一粒の涙が、サハラの頬を伝う。「どうしてあなたのことをおぼえていないのかしら？」

「そこまでの強さがまだないからだ」サハラが大人の女性へと成長しつつある少女だったころの、あの恐怖に、苦痛に、安ホテルの部屋に血しぶきが飛ぶこととなった裏切りの事実に耐えうるだけの強さがまだないのだ。

　ケイレブのあごのラインを指でなぞりながら、サハラが言う。「帰ってきて、ケイレブ」さらに身を寄せ、こちらの襟もとに両手をもってくると、ボタンをとめていないスーツの上着を肩からずらした。「闇のなかから出てきて」

サハラが望むなら、地球の殻を破壊し、環太平洋火山帯を噴火させ、全世界を震撼《しんかん》させることもいとわないだろう。だが、いまの頼みだけは聞きいれてやれない。いまでは闇はケイレブの体のなかに巣くっており、まさに細胞の一部となっている。おのれを形作ってきた人生そのものと同様に、消し去ることなどできないのだ。

無言が答えだとわかったはずだが、サハラはふたりのあいだの距離を広げようとも、泣こうともしなかった。先ほどの涙の名残をぬぐうと、ケイレブの絹製ネクタイをほどき、首からはずして、上着と一緒に床に落とした。シャツのボタンをはずしにかかったので、ケイレブもみずからカフスボタンをとり、そばのテーブルの上にほうりなげた。

カフスボタンがかちんと音を立てると、サハラがまつげをあげ、すばらしい真夜中のブルーの瞳にあふれんばかりの感情が渦巻くのが見てとれた。だが、サハラは言葉をのみこんだままうつむいて、シャツをズボンからひきあげ、ボタンをはずし終えた。ケイレブは微動だにせず立っていた。かすかにふれあうたびに、おのれの感覚に衝撃が走る。だが、これこそみずから渇望していた痛みだった――サハラと出会うまでは、ヒューマンやチェンジリングにとって親密さをあらわすふれあい、つまり、肌と肌のふれあいへの欲求は、自分には無縁だと信じていた。

しかし、いまこうしていると、ケイレブがいだく欲望は、その二種族の者たちよりもいっそう獰猛《どうもう》なものだとわかった。

サハラの手にうながされるままに、シャツを脱ぎ捨てた。サハラが腰に両腕をまわしてきて、胸板に頬を押しあてたとき、思わずひゅっと息が漏れてしまう。サハラが身をひく前に頭のうしろに手をあてて押さえながら、伝えた。「いいんだ。〝不協和〟は停止させた」

サンタノのエゴや傲慢《ごうまん》さのおかげで、きわめて危険な二重《デュアル》・特級能力者《カーディナル》であるケイレブは、ほんのわずかな感情にも痛みをともなう罰を与えるそのプログラムを完全に植えつけられたことが一度もなかった。このプログラムはサイ個人の〈サイレンス〉を強化するためのみならず、精神的な力のコントロールを破滅的なまでに欠く恐れのある、いかなる反応をも抑制することを目的としており、規則違反が大きくなればなるほど罰も厳しくなっていくのだ。少年のころにケイレブが耐えしのいだ経験の数々を考えると、もしこれを植えつけていれば、結果として生じる〝不協和〟によって命すら奪われるおそれがあったのだろう。そこで、サンタノは別種の苦痛を与えることで、ケイレブの能力を抑制しようとしたのだ。

いま、ケイレブの能力を抑制するものがあるとしたら、それはみずからおのれに課したものだけだ。

リスクをはかりながら、豊かな絹のようなサハラの髪に手をさしいれ、その手を広げてみる。もう片方の腕は肩にまわして、彼女を抱きよせた。サハラのやわらかな息が肌にかかる。その体はやはり華奢だが、もはやあっさり折れそうなほど弱々しくはない。そのぬくもりは、サハラが生きて、自分のそばにいることを思いださせてくれた。

だが、まだ充分ではない。ふたりのきずなはしょせん芽ばえたばかりにすぎないのだ。ケイレブのブレスレットを身につけてはいるものの、サハラはいまだに警戒心をいだいており、その目は油断なくこちらを見ている――彼女にはこちらを心から信じてもらいたかった。ふたりを結びつけているおぞましい真実を思いだしてしまう前に。

髪にさしいれた手でサハラの頭をのけぞらせ、もう片方の手で喉をそっと押さえつける。相手の目をのぞきこみながら、ケイレブは身をかがめ、唇にかすめるようなキスをした。それは計算ずくのものだ。サハラに全神経を集中させ、反応を見きわめたうえで、間違いのないやりかたでそれに応えるためだった。

「ケイレブ」あえぐような声を漏らし、サハラが爪を背中に食いこませるのがわかった。

サハラの体の奥がうずいている。迷路を出てからというもの、うずきはちっともやわらいではいなかった。それどころか、日ごとに体の芯《しん》からうずくようになっていたのだ。今日、ケイレブがすでに足を踏みいれてしまった暗い場所から彼を連れもどそうと、サハラはせっぱつまったあげくその肌にふれたのだった。しかし、こうしてケイレブの肌と自身の肌とをふれあわせていると、サハラはもっと欲しくなってしまう。この人のまなざしにはいまも闇が宿っており、黒曜石の瞳から、人間とも思えない冷たい知性がこちらを見つめているというのに。

こんなまねをつづけるなんて、とうてい理解しえないであろうこの男性に対してますます無防備で無力な自分をさらすなんて、とても正気の沙汰とは思えない。しかし、理性などとっくにこの手から失われている。ケイレブの頬に手をあててまぶたを閉じると、サハラは唇を重ねたまま自身の唇をひらいた。そんな本能的な誘いを、ケイレブはためらうことなく受けいれた。片手でサハラの喉をそっと押さえ、もう片方の手で髪をつかんでいる。ケイレブの味わい——熱く、いかにも男性的で、容赦なく暗い——が、サハラの全身の感覚にことごとくしみこんでくる。

ケイレブの愛撫はつたなく、不慣れなものに感じられたが、それでもサハラを夢中にさせるに充分だった。ほかの女性とはいっさいこうした経験がなく、サハラ自身と同じくケイレブにとってもこれは新たな快感なのだと意識したとたん、中毒性のある薬物が血流を駆けめぐるような、どきんと激しい衝撃を受けた。世界が情熱的な赤色に染まるような気がする。背のびをして爪先立ちになりながら、サハラは無我夢中で、技巧のかけらもない荒々しいキスをつづけていた。

技巧などどうでもいい。

ケイレブがキスに応え、さらに求めてくる。やがて、サハラの心臓は肋骨に響くほど激しく打ちはじめ、息が苦しくなり、熱っぽい、がむしゃらなキスに溺《おぼ》れながら、その合間にあえいでいた。キスをするうちに、いつしか、サハラはひんやりとした窓ガラスと硬い稜線《りょうせん》を描くケイレブの体にはさみこまれ、身動きがとれなくなっている。相手の片手はいまも喉に押しあてられたままだ。

危険なまでの所有欲を、サハラは身をもってまざまざと思い知らされたが、ふたりを燃やしつくそうとする情熱の炎の勢いはまったく衰えようとしない。いまやケイレブの体は冷たくなく、その肌は燃えあがりそうなほど熱い。閉じこめるようにして片腕をサハラの頭上に押しあてているが、サハラには逃げるつもりなどまったくなかった。ケイレブの髪に両手をさしいれてひきよせると、サハラはみずからショックを受けてもおかしくないほどの荒々しいやりかたで相手の下唇に歯を立てた。

だが、ショックを受けるなどありえない。この狂気のなかでは。

喉にあてられた手にわずかに力がこめられたかと思うと、ケイレブも同じように歯を立てた。その野性的な愛撫に、やけどしそうな衝撃が全身に走って、サハラは叫び声をあげかけた。もう耐えられそうにない。刺激があまりにも強く、性急すぎる。でも、ここでやめるなんていやだ。ケイレブを放してしまうなんてできない。そのとき、がちゃんと何かがキッチンの床のタイルに落ちた。サハラは胸を波打たせながら、びくっとして身をひいた。「ケイレブ？」

「なんでもない」またたくまに、再び唇が重ねあわされる。広くたくましい肩に視界をさえぎられ、部屋のなかは見えない……だが、サハラにはわかった。猛烈な勢いで何かが壁に激突し、屋敷が振動するのが感じられたのだ。

サハラは唇をもぎとるように離して、ケイレブの胸を押しやった。

ケイレブはじっとしたまま、ぴくりとも動かない。その表情を見ると、この人に多少なりとも理性が残っているのかどうか、不安になってくる。どこまでも深い黒の瞳がきらりと光る。そんな色合いは自然界では見たことがない。それは最も暗い、最もねじれた迷路の奥でのみ、目にした色だった。

# 18

「ケイレブ、何かがおかしいわ」

　相手の表情に変化はない。情熱の名残で頰骨のあたりが赤くほてり、朝陽に照らされ肩の汗が光っていようと、ケイレブがまとっている硬さやけわしさがやわらぐことはない。サハラの手によって乱され、くしゃくしゃになった髪すら、この男性をいっそう危険なものに見せているだけだ。まさに、おのれの仮面をはいで、厳しい真実を明らかにした捕食者そのものだった。

　サハラはいまも荒く浅い息をしていたが、ケイレブが身を寄せ、病みつきになりそうな熱い体をこちらの胸に押しつけ、再び唇を奪おうとするのを、唇に指をあてて制した。そのためには並はずれた、とてつもない自制心が必要だった――この男性はサハラを奴隷にして、この身を思うがままにしてしまう。「ケ、イ、レ、ブ」

　サハラの首の脈打つあたりをもう一度親指でなでてから、ケイレブはようやく身を離して、部屋のほうをふりかえった。サハラも彼の肩越しに見たとたん、思わず目を見はった。

部屋はひどいありさまだった。

ふたりをとらえてはなさない欲望の高まりによって反対側の壁にたたきつけられ、とうとう壊れてしまったのは、どうやらソファーだったらしい。おかげで壁には穴がうがたれてしまったが、被害はそれだけではすまなかった。サハラが背中を預けていたものを除けば、どの窓にも蜘蛛の巣状に深い亀裂が走っており、息を吹きかけたら崩れおちてしまいそうだ。床は波状に隆起しており、キッチンに通じる広い戸口付近では、大きなテーブルがばらばらに砕け散っている。まるでキッチンに向かってほうりなげたものの、戸口をうまく抜けられなかったかのように。

「キスだけ」サハラはささやきながら、冷静な目でおのれの念動力による惨状をながめているケイレブの横顔を見つめた。「キスをしただけなのに」

太陽の光を浴びて上半身を金色に輝かせながら、ケイレブはこちらに顔を向けた。

「シールドをさらに強化しなければ——ふたりのふれあいの激しさに、シールドが耐えきれなくなったようだ」

サハラはふるえる息を吐いた。胸がずしりと重く感じられ、ほとんど痛みをおぼえるほどだ。「〈サイネット〉上であなたは安全なの？」精神的な次元でシールドが持ちこたえられなかったのなら、ケイレブのシールドによって保護される以前にサハラがそうだったように、この人の精神はかなり無防備な状態になっているはずだ。「いまのふたりのことがちょっとでも漏れていたら――」

「侵入される恐れはまったくない」一瞬の間があってから、ケイレブがこちらに向きなおり、片手でサハラのあごの横を軽く包みこむ。その目は真っ黒な地獄のようだ。

「わたしはもっと欲しいんだ」

サハラははっとして、いったん中断しても欲望がおさまったわけではなかったのだと気づいた。思わず息をのみ、唇をひらいた。無言の誘いを受けて、ケイレブが唇を重ねてくる。サハラは窓ガラスに背中を押しつけられ、硬く勃起《ぼっき》したものをぐいぐいと腹部にこすりつけられる。うめきながら、からませた舌を吸ったとき、ケイレブの片手で胸のふくらみを覆われ……そのとたん世界がガラスの破片となって飛び散った。窓ガラスが砕け、きらめく危険な雪となって降りそそいできた。


ケイレブは瞬時に、ガラスのかけらの一片にもふれることなく、サハラをテラスに避難させていた。ガラスが部屋の中央でぶつかりあい、奇妙な音楽の調べのような音を立てながら破片となっていっせいに床に落ちるのを、サハラは目を大きく見ひらいてながめている。だが、ケイレブはそんな光景など眼中になく、気づけば、サハラのつやつや光る濡れた唇に目を奪われていた。

ただ念じるだけで、すぐにでも寝室に入って、サハラを一糸まとわぬ姿にし、完全に肌と肌をふれあわせることができるだろう。

「血が出ているじゃないの」サハラの指先が肩をかすめる。ガラスの破片がいくつか飛んできたらしい。

血。だが、あのとき、サハラはありえないほど大量の血をどくどくと流したのだ。

過去の記憶が冷たい声でささやくと、ガラスの破片にも動じなかったケイレブも、ようやく自制心を失ったＴｋによる破壊行為のすさまじさを思いだした。サハラの腕からむりやり手を放してそこから離れ、手すりごしに峡谷を見おろした。肌をなでる風はひやりとしており、陽ざしはまだそれほど強くない。

息をするごとに、理性のかけらをとりもどしていった。〈サイネット〉に面したシールドおよび個人的なシールドを調べてみると、双方とも半分以上が失われてしまっている。崩れおちたわけではない——ひとつずつ破裂して、芯から外側にはがれかけているのだ。致命的なミスではない。外側のシールドの三層は持ちこたえている……とはいえ、あぶないところだった。これほど危険な目にあったのは、子どものころ以来初めてだった。

あと数分遅かったら、ケイレブの念動力はもはや手がつけられなくなっていたはずだ。

「これは危険だわ」サハラが近づいてきて隣に立ったが、ケイレブにふれようとはしない。偶然の接触を避けようと、ふたりのあいだにいくらか距離をたもったままだ。「わたしたちふたりのどちらにとっても」

すでにシールドを築きなおしながら、ケイレブは腕を大きく広げて、手すりの鉄棒をつかんだ。「きみが危険にさらされることなどなかった」サハラの周囲に張りめぐらせた黒曜石のシールドは堅固でびくともしない。

まさにそれほどまでの不浸透性こそが、ケイレブ自身、黒曜石のシールドをまとえない理由だった。それでは〈サイネット〉のデータの流れから遮断され、致命的なまでに目が見えない状態へと追いやられてしまう。いままた新たなシールドが最高強度に達しないうちにひび割れてしまい、サハラのそばにいるのが問題だとわかった。精神の遠く離れた部分を修復しながら、ケイレブは「一時間でもどる」と伝えてから、瞬間移動《テレポート》した。

サハラはケイレブをひきとめようとはしなかった。リビングに目を向けてみると、床できらめくガラスの破片が何よりの証拠であって、ケイレブが彼女と距離をおくべきだとわかったからだ。太陽の光に反射してガラス片が輝き、破壊によって美が生まれるさまをながめながら、サハラはテラスを囲んでいる鉄製の手すりに背中をもたせかけた。

〝きみが危険にさらされることなどなかった〟

「本当にそうだったの?」サハラはつぶやき、欲望に屈するなんて狂気の沙汰だと思った。ケイレブが足を踏みいれた闇の奥深さを知り、その声に人間とも思えない冷たさを耳にしたというのに、キスをする前にその目を見れば計算ずくの行動だとわかったというのに、それでも体の内に潜む激しい欲望に屈してしまったのだ。

そしてケイレブ自身の欲望に。

ケイレブがキスをしたのは、計算ずくの動機からだったかもしれない——しかし、最後には彼も狂気のなかでサハラの共犯者となっていた。サハラと同じほど激しく肉体的に欲望をかきたてられ、精神が欲望の奴隷と化していたのだ。ふるえる手で髪をかきあげると、サハラはラウンジチェアに腰をおろし、テラスのなめらかな木製の床材に目をやった。こんなことは、ケイレブへの異常なまでの欲求は、健全なものではない。なにしろ、あの人への信頼は、サハラが意識的に思いだすことのできない過去の記憶から生まれたものでしかないのだ。

さらに言えば、サハラには自分がどんな人間なのか、自分がどんな人間になれるのかも、よくわかっていないのだから。

ケイレブがもどってきて、書斎のドアからテラスへと歩いてきたときも、サハラはそこでじっとしたままだった。ケイレブがシャワーを浴びて、血と汗の両方を洗い流したのは明らかだ。髪は整えられ、首に締めた絹のネクタイと同色でそろえた、スーツの黒いズボンはぱりっとしている。上半身には新しい白いシャツを身につけていた。自宅ではよくそうしているようにシャツの袖はまくりあげていない。いまは、手首にはカフスボタンがきらりと光っている。

いつもの仮面をまたかぶったのだ。

「破損したリビングの修復を手配しておいた」ズボンのポケットに両手を滑りこませ、ケイレブが話しかけた。「明日、ヒューマンの作業員が修理をするあいだ、数時間ほどきみをどこかよそに移さねばならない」

先ほどのひりひりするほど欲望に満ちた行為のせいで、サハラの体はまだ衝撃を受けたままだった。ケイレブにも同じしるしをさがしてみたが、何ひとつ見つからなかった。「そんなことをして、あなたの自宅の情報を売られたらどうするの?」

「そんな心配はない」容赦なく自信たっぷりに、ケイレブが答える。おのれが他人に与える恐怖は、いかなる金銭的な動機づけがあろうとやわらぐはずがない、と知っているからだ。

頭上では太陽がさんさんと輝いているというのに、サハラはぶるっと身ぶるいした。まるで警告するように両腕の産毛が逆立つ。「ここにいたら何も考えられない」サハラは言った。ガラスの破片がきらめき、ついちらちらと見てしまう。テラスに張りめぐらされた手すりに、いきなり息が詰まるような思いがした。「あの砂浜がいいわ。あそこに連れていってくれない？」

誰もいないひっそりとした海辺に着いたとたん、サハラは靴を脱ぎ捨てた。果てしなく広がる地平線をながめるうちに、肋骨を締めつけていた鎖がやっとはずれるような気がする。潮の香りをしっかりと吸いながら、ジーンズの裾をまくりあげ、浅瀬に入っていった。波が打ちよせ、むこうずねを洗うたびに、気持ちがすっきりとおちついてくる。かなり時間がたってから、サハラは心を決めると、太陽の熱であたためられた砂浜の、ケイレブの隣に、体がふれることのないように注意しながら腰をおろした。

この人の家にいたときに気づいたが、ケイレブが身にまとっている冷たい氷は、破壊できないわけではなかった。今度もしその氷を突きやぶって、本当のケイレブが姿を見せたら、サハラはともにどこまでも落ちていくことになるだろう。いくら理路整然と理性的に考えようと、打ちよせる波のなかでひとつだけわかったことがある。中毒にでもなったようなケイレブへの執着はまさに本能的な、心の底からわきあがるものであって、自分の力ではとてもコントロールできそうにない。ことにふたりを結びつける過去の記憶が、いまはまだぼんやりとした蜃気楼のようなものでしかないのだから。

「お願いがあるの」サハラは静かに話しかけた。「でも、まずは〈サイネット〉で何が起こっているのか、教えてちょうだい」近いうちにひとりで精神ネットワークに入るとすれば、その情報はサハラにとって不可欠だった。

ケイレブは先ほど著しく自制心を欠いたこともあって、これからサハラに向きあう心の準備はできていたつもりだったが、このような質問までは想定していなかった。しかし、サハラに真実を隠しておくつもりはない。サハラはまぎれもなく強い女性だ――七年にもおよぶ監禁生活に耐えたばかりか、それ以前には怪物とその弟子とも対峙《たいじ》して生き残ったのだから。

「〈サイネット〉は二方面からの攻撃にさらされている」ケイレブは答えかけたが、頭のなかの壁面には、欠けた刃がやわらかい女性の皮膚に食いこんでいく映像がスクロールされていた。「第一に〈純粋なるサイ〉。この組織は明らかに侵略者と言える。しかし、長期的に見てさらに危険なのは、〈サイネット〉の精神構造を腐敗させ、死にいたらせようとする病のほうだ」

サハラが熱心に耳をかたむけているので、ケイレブは一部始終を詳しく話して聞かせた。それから、つけくわえた。「ウイルスに感染して宿主となると、サイは暴力行為の多発を含む精神機能の劣化が生じ、最終的には死亡することになる」

表情豊かに、何ひとつ隠さず、サハラは予期せぬ影響について考えこんでいた。

「わたしたちのせいね」サハラは口をひらいた。昔からつねにそうだったが、この女性の知性は相変わらず鋭い。「〈サイネット〉はわたしたちサイ種族の精神が生んだネットワークであって、そのわたしたちサイ自身が根本的なレベルで壊れてしまっているんだから」真夜中のブルーの瞳には悲しみがにじんだままだ。「〈サイネット〉全体にすでに影響がおよんでいるなら、感染が認められないような区域であっても、もっとかすかな兆候が何かあらわれているはずだわ」

問題が発覚してから何カ月たとうと、本来もっと分別があってしかるべき人々すら問題の本質が見えていなかったというのに、サハラはほんの一分でそれを見ぬいたのだった。「ますます無知で無邪気になりつつある人々がいる一方で」──ほとんど子どものように──「ゆがんだ邪悪な存在となった者たちは、凶暴な行動を活発化させていく。将来ひきおこされる凶悪事件は、その残虐性において、これまで〈サイレンス〉こそがよりよい選択だという結論にいたるきっかけとなった狂気や連続殺人すらもはるかにしのぐものとなるだろう」

サハラは立てた膝を抱きかかえた。「ひどいわね。でも、もっとひどいのは感染による〈サイネット〉の精神構造への影響のほうだわ」

ケイレブは黙ったまま、サハラの髪の匂いに意識を向けていた。風になびいて、髪は彼女自身の顔やケイレブの腕にもかかっている。

「腐敗のせいであちこちに弱い部分が生じたら」サハラが小声で言う。「〈サイネット〉はばらばらになって、最後には崩壊してしまう。みんな死ぬことになる」

「〈サイネット〉はばらばらに壊れたり、崩壊したりしない」そんなことになれば、サハラの命もないのだから、ケイレブにとってはとうてい容認できない。「わたしには〈サイネット〉の完全性を維持するだけのパワーがある」

ケイレブが何に駆りたてられているのか、サハラはすでに理解しはじめていた。

「あなたは〈サイネット〉を完全に掌握するつもりなのね」そう考えただけで、おびえてしかるべきだとわかっている――ケイレブはいわば闇の化身であり、サイ全体の運命をゆだねるのにふさわしい人物とはとても言えない。だが、この人の理屈はもっともだ。ケイレブのパワーは強大だ。感染が広まり、腐敗が広がるにつれてますます近づいてくる報いの日からサイ種族を救えるのは、ケイレブただひとりかもしれない。

「〈サイネット〉をどうするの？」

「それはまだ決めていない」

冷や汗が玉になって背すじを伝っていく。ケイレブはサハラを自分のものだと宣言しており、そんな所有欲はふたりをともに黒い氷にうずめてしまいかねない執着心のあらわれと思いこんでいた。ところが、突如として、ひょっとするとまったく別のものかもしれないとサハラは気づいた。「だから、わたしが欲しいの?」胸の奥深くになんとも形容しがたい、果てしない痛みをおぼえて、サハラはたずねた。「わたしの能力を知っているのね」

ケイレブは海を見わたした。太陽の光が、その横顔をくっきりと浮かびあがらせる。「きみの能力なら、昔から知っている」サハラが幼いころから、そのほっそりとした体に秘めた多大なパワーにはすでに気づいていた。「きみを利用したり、傷つけたりするつもりはない」その約束ははるか昔になされたもので、サハラ自身もはやおぼえていないだろう……彼女のほうはあの夜の約束を守ってはいたが。

サハラは自分にどれほどの影響力があるか、まったくわかっていない。彼女のためなら、ケイレブはどんな帝国だろうと破壊し、血を流すこともいとわないというのに。サハラの目に映っているのは、いまや怪物となったケイレブの姿だけだ。「きみをけっして傷つけたりしない」どんな人間にも限界点というものがある。ケイレブにとってはサハラがそうだった――ケイレブへの信頼が揺らいでいるいま、そんな宣言をするのは戦略的に間違いだとわかっているが、サハラの警戒心にはもはや耐えられなかった。

こちらに向けられたときのサハラのまなざしは限りなく深く、その澄んだ瞳にケイレブの仮面がはぎとられていき、醜い真実の姿があらわになるような気がする。「わたしの家に帰りたい」サハラが言う。「タホ湖へ。父のもとへ」

ケイレブの全身の筋肉が張りつめる。「きみはわたしのものだと言ったはずだぞ」世界でただひとり、サハラだけが彼のものだ。その所有権を手放すつもりなどない。サハラみずからふたりを永遠に分かつようなまねをしないかぎり、そしてそのときが来るまでは。

「同時に、わたしをけっして傷つけたりしないとも約束してくれたじゃないの」ケイレブが口にしたばかりの約束を静かに思いださせる。「この関係――わたしたちの――に、自分という存在が埋もれてしまいそうなの」苦い恐怖がこみあげたのか、あごのラインがこわばるのがわかり、サハラは海のほうに視線を向けた。「あなたの陰で生きる存在になんてなれない。怖いのよ。ある日、目をさましたら、正気をもぎとられるほどの、あなたへのすさまじい渇望しか自分のなかに残っていなくて、自分が空っぽになっているんじゃないかって」

ケイレブのなかにある虚無の空間。その冷たい空間こそが〈ダークマインド〉に語りかけ、おびえたタチアナの姿に満足感をおぼえたのだった。そうした心の部分がいま、サハラの告白に――彼女が自分を抱きよせ、ふたりがともに自制心を失った記憶のなかに――従順さを見いだした。相手を屈服させ、意のままにするだけの力がおのれにあると気づいたのだ。サハラをこのましばらく閉じこめておけば、すべての点で彼女を自分のものにできるだろう。だが、この虚無の空間、冷酷で良心のかけらもない部分ですら、ひとつだけわかっている。そうして残った女性は、もはやサハラではなく、彼女をひそかに窒息させ、殺してしまうはめになるだけだと。

「〈ナイトスター〉のもとに身を寄せれば安全だという保証はないぞ」ケイレブは言った。おのれの念動力がくびきを逃れそうになるにつれて、打ちよせる波の勢いが増していく。「〈ナイトスター〉のフェイスへの仕打ちに不信感をいだいていたはずだが」

「父のことをいま思いだしたわ」ふたりのすぐ足もとまで勢いよく打ちよせ、しぶきをあげる波に、サハラは目をしばたたいた。「お父さんは名前だけの親じゃない。ただの遺伝子の提供者なんかじゃなかった。わたしがいなくて寂しい思いをしていたはず」

シャツに残った水しぶきの跡を目にして、ケイレブはリビングの床を埋めつくしていたガラスの破片を思いおこした。「きみの父親は〈サイレンス〉に支配されている」告げながら、最高レベルの〝不協和〟を作動させ、神経がずたずたにされるほどの苦痛に肉体をさいなまれながらも、静かに無表情を装った。こうしてサハラが隣にすわっていて、彼のもとを去ると言いだしたいま、致命的な事態を招くほどに自制心を失うわけにはいかない。苦痛そのものが Tkの能力を抑制するわけではない——ただ自制心を手放してはならないという戒めになるだけだ。

サハラに襲いかかり、命を奪うようなことがあれば、自分はまさに真の悪夢の存在となり果てるだろう。

「〈サイレンス〉に支配されているとしても」サハラは応じた。頭に浮かぶのは、幼いころにしょっちゅうころんでけがをしていたサハラを抱きあげ、ほこりをはらってくれた大きな父の姿ばかりだ。「父にとってわたしはたんなる生物学上の遺産ではなく、かけがえのないわが子だったはず」目の前で、波はいまも勢いよく打ちよせてくるが、もはや荒々しくはない。隣にすわっているＴｋがまたしても真っ黒な氷をまとったのだとわかる。とたんに、サハラの皮膚の下から激しい怒りがわきあがってきた。ケイレブに理性を受けいれさせようとする、このよそよそしい態度そのものに憎しみを向けてしまいそうになった。

「父はわたしをたいせつに扱ってくれた」――ケイレブのほうに手をのばしそうになり、サハラはぐっと自分の手首を押さえつけた――「おおやけにされたわたしの唯一の能力が、能力度数よりもはるかに低いレベルの過去視だとわかったときも、それは変わらなかった。一度たりとも、期待外れだったとわたしに感じさせたりしなかった。生まれてからずっと、わたしは父にとってだいじな存在だとわかっていたわ」

ケイレブが黙ったままなので、サハラは彼のほうをちらっと見た。風が吹き、顔にかかった彼女の髪をはらう。サハラは問いかけた。「父はわたしをさがしてくれたの？」

ケイレブのまなざしは海に向けられたままだ。完全に真っ黒な瞳で何を見ているのか、サハラには想像もつかない。「ああ。レオン・キリアクスは、きみの失踪した日から今日にいたるまで〈ナイトスター〉による捜索を指揮している」

サハラの心のなかに希望が芽ばえようとする。「タチアナも……そこまで手をまわしていないはず」――胃のむかつきを抑えようと、お腹の筋肉に力を入れる――「一族の誰かがタチアナの企みに賛同したなんてとても思えないわ。〈ナイトスター〉は結束の強い集団だから」そうあってしかるべきなのだ。予知能力というものは、その能力の持ち主が組織の力を借りずに独力で生存できるような力ではない。「フェイスを裏切り、自由を奪ったのだとしても」――そう考えるのはつらいことだが――「利益を得るという動機があったからだわ。わたしの能力を誰かに売りわたしても、経済的な利点がもたらされる可能性はないんだから」

サハラを自分のものと見なしている、恐ろしく危険なＴｋはなんの反応も見せない。「うちに帰りたいの、ケイレブ」サハラは再びうったえた。そのとき、波が獰猛なうねりとなって押しよせてきた。

# 19

うっとりするほど美しいながめだとサハラは思った。すさまじい波のとどろきが、暗い音楽のように響きわたる。恐怖が血管を駆けめぐったりはしない。愚かな考えかもしれないが、自分を傷つけないというケイレブの言葉を信じていたからだ。このすばらしい、致命的なほど危険な男性を、サハラの潜在意識は安全な存在と見なしている。この人はサハラの体を奴隷にするだけの力を持っているというのに。この男性の美しさには、まるで純鉄を刻んだかのような硬さや険しさがつきまとう。だが、その性質はいっそうサハラを魅了してやまないだけだ――なにしろ、ほかの誰も求めたことのないケイレブが、サハラを求めているのだから。

「父の家のキッチンでテーブルに着きたいわ」波しぶきのしょっぱさを感じながら、サハラはささやきかけた。「自分の寝室のベッドで眠りたい」サハラはもはや、こざっぱりとした小さな家で父親と暮らしていたころの十代の少女ではない。しかし、自分がどんな大人に成長していたはずか、想像するとしたら、手がかりは十代のころの自分しかないのだ。そこがサハラにとっての出発点だった。

ケイレブの答えは、外科用メスのごとく鋭く冷たかった。「きみのシールドは紙のように薄い」

「そうよ」ケイレブを抱きしめたくてたまらず、ふたりにふりかかった不当な仕打ちに泣き叫んでしまいたくて、サハラはしびれるほど強く手首を膝に押さえつけていた。「わたしの無防備な状態はもちろん、壊れた〈サイレンス〉を隠すためにも助けが必要だわ」

「わたしにそうしろと？」

この男性は連続殺人犯のいわば弟子だったと告白し、文明から離れた一軒家にサハラを閉じこめているのだから、そんな人物に助けてくれと頼むなんてばかげている。だが、サハラは答えた。「ええ」

みずからおかした危険に、心臓が激しく打つのがわかる。それでもケイレブにふれたいという欲求をもはやこらえきれず、サハラは彼の前腕の、傷跡というよりも焼き印に近いしるしのちょうど上あたりにふれた。きめの細かい、かすかに湿った綿のシャツは薄手のもので、盛りあがった傷跡がうっすらと見える。サハラは指先で傷跡をなぞった。

サハラはこの傷跡のことを、それこそ胸が苦しくなるほどケイレブにたずねたくてたまらなかった。だが、質問しようと口をひらくたびに、鼓動が激しくなって大きな音を響かせ、まわりの音をかき消してしまう。硬くざらざらした砂利が詰まって、喉が切れそうな気がしてくる。この恐ろしい焼き印こそ過去の扉をひらく鍵なのだ。しかし、鍵をまわすだけの勇気はサハラにはまだなかった。

「いつどんなときでも、わたしのところに来ていいわ。どこかに連れていってもかまわない」それは単純な事実だった。ケイレブのパワーは強大であって、いくら自由のために戦うとしても、サハラにそれを無視できるはずがない。

ケイレブに負けないほど、サハラ自身のパワーも強大ではある……だが、その決断がどんなに不合理なものであろうと、サハラは自身の能力をケイレブに使うつもりなどない。「お願いよ」サハラは懇願した。無言の拒絶への恐怖が、血流を駆けめぐっている。「本来なるべきだったはずの自分になるための時間が欲しい、それだけなの」ひび割れた複製品などではなく。「こんなに壊れたままでいるなんてつらいのよ」

七年ものあいだ、ケイレブは容赦なく一心にサハラをさがしてきたのだ。それなのに、サハラは自由にしてほしいとせがんでいる。再び、ケイレブの内なる虚無の部分は危険なまでにバランスを失い、あやうく意志の力によって抑えこまれていたが、それがいま心の奥深くからノーと叫んだ。

わたしのもの。彼女はわたしのものだ。
サハラをわがものにする権利など、ほかの誰にもないのだ。

　しかし、ケイレブのなかのバランスを失った部分はまた、サハラに関するかぎり、とてつもなく保護意識が強かった。このままひきとめれば、サハラを壊してしまうとすでによくわかっている。サハラを手放さねばならない。そうすれば、とケイレブの理性的で他人をあやつることに長けた部分が心のなかでささやく。サハラは彼に感謝の気持ちをいだき、結果として、芽ばえたばかりのふたりの新たなきずなはいっそう強まるだろう。サハラはすでに彼に助けを求めている――うまく立ちまわれば、サハラはこれからもつねに真っ先にケイレブを頼ってくるだろう。

　サハラの身の安全についても、〈ナイトスター〉なら問題はないはずだ。このサイ集団《クラン》では狂気におちいった者たちは幽閉されるかもしれないが、壊れかけた予知能力者にとっては、ある程度の生活の質が保証される穏やかな環境に収容されることになるし、看護人が交替で世話をしているため、完全に孤立する恐れもみずからを傷つける心配もない。〈ナイトスター〉のリーダーであるアンソニー・キリアクスは、恩義や節義のたいせつさをよく理解している――いかなる〈ナイトスター〉の一員も、きわめて名高い亡命者すらも、見せしめとしておおやけに厳しく罰せられたことはない。サハラの〈サイレンス〉も壊れているが、その事実はきっとおおやけにされることとなく、身内の秘密としてやはり世間の目から注意深く守られるだろう。

「今後もわたしのシールドできみを保護しておこう」はかりしれない彼自身のパワーはもちろんだが、タチアナが思い知ったように、ケイレブは〈ネットマインド〉と〈ダークマインド〉の力も自由に活用できるのだ。「きみの精神には誰も侵入できない」

サハラがうなずいた。吹きさらしの砂丘を背景にしたその横顔は、はかなげに見える。孤独で、悲しげで。そんなふうにサハラをとらえたことはいままでなかった。サハラにひどい苦しみを与えてしまっているのだろうか。「このまま〈サイネット〉から遮断されているのがつらいのか?」ケイレブはたずねたが、サハラ自身のシールドが紙のごとく薄いまま彼自身のシールドから解放すれば、背中に標的をつけてしまうようなものだと承知している。

〈純粋なるサイ〉は、〈サイレンス〉が壊れたサハラを忌まわしい存在と決めつけるだろう。そればかりではなく、ほかにも彼女を狙う捕食者たちが襲ってくるはずだ。しかし、タチアナの檻と同様に、〈サイネット〉からの遮断によってサハラの精神が飢餓状態にあるのなら、ケイレブは脅威となる人物をたんに排除するだけのことだ。そうすればじきに、サハラを傷つけようとすれば、みずからの首を絞めるはめになる、とみな気づくだろう。

「いいえ」サハラが答えた。ちらちら光る黒い砂をすくっては、指のあいだからそれが落ちていくのを熱心にながめている。そんな心地よい感覚は、サハラにとって長い年月にわたり手の届かないものだったからだろう。「自分自身のシールドが充分に強くなるまでは、あなたのシールドに守られているほうが安全で健全だから」ケイレブに笑顔を向ける。おおらかで、心からの優しさがこもった笑顔だ。「それにわたしはひとりぼっちじゃない——あなたがすぐそこにいる。でも、あなたはこちらに侵入してこないし、自分のものではないものを勝手に奪ったりしないわ」

おのれの精神の最も暗い、血と死に覆われた部分においても、サハラの精神をおかすなど考えただけでケイレブはたじろいでしまう。「きみがやめろと言うまでは、わたしのシールドを維持しておこう」

サハラが真夜中のブルーの瞳でこちらをじっと見つめる。いまのケイレブの立場を作りあげた醜悪なるものは、彼女の目に見えているのだろうか。見えていないなら、そのほうがいい。どうしても消せない記憶、吐き気をもよおすほどの、どうしても忘却しえない邪悪な行為がある。ケイレブの場合は、他者への共感や憐れみといったものを切りすてることで生きのびてきた。

サハラはそのような選択ができる女性ではない。それゆえ、おぞましい記憶のえじきとなってしまうだろう。「やめたほうがいい」ケイレブは言った。「後悔するぞ」

「そんなことはないわ」サハラがやんわりと答える。「けっして」

ケイレブは再び心のなかで思った。サハラは心のどこかで、あの夜、ナイフが彼女の皮膚を裂き、肉に食いこみ、ケイレブの手にべっとりと血がこびりつく以前に、彼に約束したことをおぼえているのだ。サハラはその約束を破ったことはなかった。約束を破ったのはケイレブのほうだ。許せない裏切り行為だ。

ふたりは親密に目と目を合わせたままだったが、サハラのまなざしには悲しみがつきまとっており、それはケイレブのためだとわかっていた。サハラが彼のあごに指をふれ、羽のように軽く愛撫する。だが、口をひらいたときには、こう告げた。「タチアナはわたしの秘密を誰かに教えたかもしれない――そのこともあるし、いまは〈サイネット〉から離れていたほうがいいと思うの」

「タチアナのところへ連れていってやろうか」タチアナはサハラの力をまさに思いのままにあやつろうとして彼女を拷問にかけた。その隠れた力を、タチアナ自身に思い知らせてやればいい。「あの女を好きにしていいんだぞ」

「どんな形であれ、あの女の人にはふれたくない。〈サイネット〉上であろうと。彼女は邪悪な存在だわ」早口に、かすれた声で嫌悪感たっぷりにまくしたてる。「タチアナはいつもあれほど冷静に、説得力をもってわたしに話しかけてきた。でも、彼女の命令にしたがって、見張りたちはあんなことを――」突然、サハラは乱暴に言葉を止めた。言葉の端が無残にも断ち切られる。

「何をされたか、つきとめてやる」ケイレブのことを考えて、サハラは口ごもったのだとわかっている。ケイレブがタチアナに、そして、サハラを奪おうと屋敷にまで侵入した元見張りの男に制裁を加えたからだ。「きみが告白しようがしまいが」サハラが歯を食いしばった。もはや憑かれたような表情はしておらず、激しい感情をあらわにしている。「あなたをさらに闇の奥へと追いやったりしないわ」

もう手遅れだ。ふたりが出会ったとき、すでに手遅れだった。だが、ケイレブは何も言わなかった。当時、サハラは彼の言うことを信じようとしなかったし、いまも信じたくないのがわかる。サハラはそういう女性だった。必要とあらば殺人をおかすこともためらわない、ケイレブがそんな男性であるように。

風に打たれ、荒々しく寄せてくる波のほうに視線を移しながら、ケイレブは言った。「家に連れて帰ってやろう」立ちあがって、蓄積された記憶にアクセスすると、三週間前にアップデートしたばかりの映像を見つけた。記憶の呼びだしは簡単だ――ちょっとした精神的なこつがあって、念動力者ならたいていの場合身につけている技術だ――またたくまに、木の幹の、節穴が独特の模様を描いている画像が、精神の最前部にあらわれる。

「待て」サハラが立ちあがったとき、そう告げてから、ケイレブは自身の能力における低レベルの〝雑音〟を作動させながら、試験的な瞬間移動《テレポート》をおこなった。一瞬にして、レオン・キリアクスの自宅裏にある樹木近くの、夜の闇のなかに姿をあらわす。この樹木は、ここに足を踏みいれてはならないＴｋの姿を隠すのに充分な大きさがある。だが、実際には、ケイレブはこの地に足を踏みいれ、その結果、サハラの一生を変えてしまい、苦痛と孤立の色でそれを染めることになった。

〈ナイトスター〉の敷地のはずれにある手入れの行き届いた一軒家は、静まりかえっているようだが、レオンの書斎となっている部屋には明かりが灯されている。

サハラのもとへもどると、ケイレブはたずねた。「用意はいいか？」内なる虚無がやめろと叫び、狂気にのみこまれそうになる。

深く息を吸うと、サハラは自分の手をこちらの手のなかに滑りこませてきた。「あなたに連絡できるわね？」静かに問いかけ、ケイレブの手を握りしめる。

「ああ、いつでも」ケイレブのテレパシーはそれこそ苦痛をおぼえるほどに強力で、サハラ自身の能力を増幅するとあって、ふたりは望みどおりにいつでも連絡をとりあえる。「少しでも危険を感じたら、呼んでくれ。すぐに駆けつける」サハラの呼びかけなら、ケイレブはいつでも応じるだろう。

予期せずサハラが不安を見せ、喉を動かしてつばをのみこんだ。「わたしの〈サイレンス〉が壊れているとわかって、一族から縁を切られたら？」

「フェイスの場合も、〈ナイトスター〉は縁を切ったりしなかった。七年にもわたって行方をさがしていた一族のメンバーがもどったのだから、そんな可能性はきわめて低いだろう」サハラがふるえる息を吐いたとき、ケイレブはつづけた。「一言そう告げるだけでいい。すぐに連れだしてやる」ケイレブのほうこそ、サハラと距離をおくなどとうていむりかもしれない。

喉のあたりを脈打たせながら、サハラがうなずいた。「行きましょう」

ほっそりした手を握ったまま、ケイレブは瞬間移動《テレポート》した。こうしたふれあいのせいで、すでにむきだしになった神経の末端から血が流れだすのがわかる。サハラとの結びつきを深めるためにセックスを利用するつもりだったが、親密なふれあい――どんな形であれ、本格的な肌と肌のふれあい――が、サハラが相手となるとどれほど容赦のない影響をおのれにもたらすか、よく理解していなかった。サハラの味わいは、まるで中毒性のある薬物のように体のシステムに作用するのだ。ほかの人間の目から見れば、ケイレブはこれまでと変わらず安定しているように見えるだろう。しかし、実はそうではない。ケイレブの強大なパワーを考慮すれば、それは壊滅的な打撃をもたらすおそれがある。

握ったサハラの手がぴくりとふるえるのがわかる。またしても小さな破裂が生じ、みずから作動させた〝不協和〟がいっそう激しくなる。「お父さんがまだここに住んでいるかなんて、調べようとも思わなかったわ。ここの住居は親と子の家族用で、男性がひとりで住むような単身用ではないのに」

「住んでいるとも」あれからずっと、レオン・キリアクスがひとり娘の帰りを待ちわびていることをケイレブは知っていた。サハラの父親は、しかるべき期間ののち、もう一度受精と受胎の契約をまとめ、自身の遺伝的遺産を新たに残すこともできたはずだが、そうはしなかったのだ。娘の部屋を整理して、持ち物を捨てたりもしなかった。娘の捜索についても、一度も打ちきろうとしなかった。

ケイレブ自身は親の愛情などまったく知らずに育ったので、レオンがけっして娘を見捨てないだろうと納得するまでに何年もかかった――レオンが先にサハラを見つけだせば、ケイレブに譲りわたすはずがないと。血みどろの争いなしには。そこまでのわが子への献身は見あげたものであり、レオンには娘に会わせてやるつもりではあった――サハラとのきずなが地球上のいかなる力によっても断ち切られないほど強くなったのちに。

ひとつだけ、こうした戦略に組みこまれていなかったのは、サハラこそおのれの精神に生じた最大の、最も深い亀裂だという事実だ。ほかの誰でもないサハラのためなら、ケイレブはどんなことでもするだろう。ただ、サハラが羽を広げ、飛べるようにするためなら、空だろうと空っぽにしてみせるが、彼女を自由にすることだけはどうしてもできない。サハラは彼のものであり、これからもずっとそれは変わらないからだ。「父親は」ケイレブはつけくわえた。「きみのために、階段の一番上の、下側にある小さなくぼみに電子キーを隠してある」

七年間、ケイレブが再び目にすることを願ってやまなかった深いブルーの瞳に涙をにじませ、サハラは自宅のほうへと一歩足を踏みだし、すぐに立ち止まった。「まだわたしをひとりにしないわね？」

ケイレブは無言で前に進みでた。

だが、サハラがドアをノックしようと片手をあげたとき、ケイレブの掌が自分のもう片方の手から離れるのがわかった。錨《いかり》がはずれたような、驚くほど心細い気持ちになり、そんなささいな動作には不釣り合いなほどの喪失感をおぼえ、胸が締めつけられる。それでも、ケイレブが正しい選択をしたのだとわかっている。これから、サハラの父は、誘拐された娘が戸口に立っているのを見つけるだろう。これ以上、よけいなストレスを与えるべきではないのだ。

家のなかで音がして、サハラの心臓が喉から飛びだしそうになる。《ケイレブ》《わたしの名を呼べば、すぐに駆けつけよう。いつだろうと》

石に刻まれたような、不変の誓いが聞こえたかと思うと、ドアがひらいて足もとに金色の光がこぼれてきた。むこうに立っているのは、記憶どおりの長身で肩幅の広い男性だ——サハラの父が典型的なサイの体つきだったことはない。どちらかと言えば、かつて画像を見たことのある、昔ながらの木こりにそっくりだった。四角い顔だちに、濃い赤褐色の髪……いまは銀色のすじがちらほらとまじってはいるが。

唇の両側に刻まれた深いしわや、目尻に広がるしわも、以前にはなかったものだ。父の瞳はサハラのそれにそっくりで、この遺伝的な偶然から、ふたりが親子であることは間違えようがなかった。喉が締めつけられる思いで父の瞳をのぞきこみながら、サハラはそこに混乱の色がちらっと浮かぶのを覚悟した。結局のところ、あれからすでに七年の月日がたっており、サハラはもはや十六歳当時の少女の姿ではないのだから。

「サハラ」父がたちまち娘だと気づいた、まばゆいような一瞬ののち、サハラは気づけば父の腕のなかにひきよせられ、息もできないほどひしと抱きしめられていた。父の愛情の深さに、心臓がばらばらに砕けそうな気がする。縁を切られる心配などない。父サハラを宝物のようにしっかりと抱いているこの男性なら、そんなまねはしない。父からは、一族の子どもたちを治療している診療所と、そこにこっそり持ちこんで飲んでいるコーヒーの匂いがする。

懐かしいわが家の匂いだ。

「サハラ」かすれた声を漏らすと、父はサハラを抱く腕をゆるめて、娘の顔をのぞきこんだ。「本当におまえなんだね」

「お父さん」涙がこぼれるのがわかる。喉が詰まって、ほとんど言葉にならない。

「昔のわたしとは違うでしょう」

「娘がやっと帰ってきたんだ。それだけでいい。おまえの父親だって」涙で目を潤ませながら、父がささやく。「昔と同じというわけにはいかない。わが子を失えば、父親はとりかえしがつかないほどとことん打ちひしがれてしまうものなんだよ」

涙はいつしかすすり泣きになり、サハラは父親にしがみついた。永遠に失われた年月には、いくらしがみつきたくてもできないのだから。いったいどれだけ長いあいだ、ふたりで戸口に立っていたのだろう。やがて、父に手をひかれて家のなかへ入ろうとしたとき、サハラはふりかえってケイレブにさよならを言おうとした……だが、そこには寂しく、夜の闇があるだけで、サハラを家に連れてきてくれた危険きわまりない念動力者の姿はすでに消えており、はなから存在していなかったかのようだった。

# 20

　エイデンはベネチアを訪れていた。その街に潜んでいる離脱者の〈アロー〉集団のリーダーとの話しあいを終えたところで携帯電話が鳴り、ケイレブ・クライチェックからの着信を告げた。

「パースでの機密漏洩にかかわった人物の捜索についてだが、進展はあったのか？」ケイレブがたずねる。エイデンがとうに予期していた質問だ。しかし、最近の救助作業を除けば、この二カ月間、ケイレブからは珍しく音信が途絶えていたのだった。

「かなり進展がありました」エイデンは答えながら、その二カ月間、〈サイネット〉の遠くのエリアに出入りするケイレブに尾行をつけたものの、〈アロー〉たちがことごとく尾行を巻かれてしまったことを思いだしていた。「男の名前はアラン・ドーズ。三十六時間前、ちょうど包囲しかかったとき、物理的な次元からも〈サイネット〉からもこつぜんと姿を消してしまったのです。〈純粋なるサイ〉内で高度な訓練を受けた精神感応者《テレパス》によってかくまわれているのは、間違いありません」そうやったところでこの中年男性を守りきれるはずもなく、結局はただの時間稼ぎにしかならないが。

ケイレブもやはり同じ考えだったことは、その反応からはっきりとうかがえた。

「先の命令を変更する。その男をわたしのもとへ連行しろ。ミスター・ドーズと個人的に話がしたい」

「部隊が身柄を拘束し次第、移送の手配をします」電話を切ってから、エイデンは相棒である〈アロー〉の仲間にその命令を伝えた。

「ケイレブが〈純粋なるサイ〉と手を組んだ可能性がある。そう考えているんだろう」ふたりの眼前の、さほど離れていない場所に広がる運河を見つめたまま、ヴァシックが言う。早朝の土砂降りの雨のせいで、水面は割れ鏡のように見えていた。

ふたりが立っているすぐそばの建物の軒《のき》で激しい雨をしのぎながら、エイデンは携帯電話をしまった。「クライチェックは権力欲によって突き動かされている」その男の動機については、それ以外にまったく考えたことがなく、エイデンは答えた。「〈純粋なるサイ〉が現在の権力構造を完全にくつがえすことができれば、そこにいわば真空状態が生まれ、それを埋められるだけの力があるのはクライチェックただひとりだ」

長いあいだ、ヴァシックは黙りこんでいた。運河の水面を打つ雨音のせいで、雷鳴はぼんやりとしか聞こえてこない。「クライチェックには」ようやく口をひらく。「独力で〈サイネット〉の支配権をもぎとるだけの力がある」

「だが、その場合だと」エイデンは指摘した。「支配権を維持するには戦わねばならない。救世主やヒーローとして指導者の座におさまるほうが、はるかに得策だろう」

ヴァシックはうなずいた。「あの男を監視しておこう。二重特級能力者《デュアル・カーディナル》であろうと、必要となれば殺害できるはずだ」

その決定がなされ、クライチェックにだまし討ちをかけるとしても、チャンスはたった一度きりだと、エイデンは知っている。失敗すれば部隊が全滅するはめになるだろう。「ああ、監視しよう」エイデンは同意した。そのとき、雨が足もとの地面に斜めに降りつけてきて、軍服とそろいの黒い戦闘用ブーツにはねを飛ばした。

# 21

サハラはこれ以上ない絶好のタイミングで帰還したのだった。

その夜は、サハラも父親も眠ろうなどという気はさらさらなく、おたがいから片時も目を離そうとしなかった。

「今日、医療センターのほうはちょうど休む予定だったのでね」翌朝、父がサハラに言った。「誰かがここに来る心配はないんだよ」

暗黙の了解のうちに、ふたりはアンソニー――父方の伯父であり、〈ナイトスター〉のトップである男性――への報告を先送りして、そのまま家にいることにした。積もった話は語りつくせないほどだったが、父親は娘を質問攻めにしたりせず、サハラがいやがるような話はいっさいしようとしなかった。

娘が家に帰ってきただけで、父は幸せだったのだ。

ふたりは一族のことや、世界の変化に応じて、〈ナイトスター〉が優れた能力に恵まれながらも問題をかかえたF分類のサイのためにとりいれることにした、驚くべき新たな慣行について話をした。「フェイスの亡命でわれわれは学んだのだよ。〈サイレンス〉施行後に一族に伝わってきた規定には、もはやしたがってはいられないのだと」

重苦しい声で告げながら、父親は自分と娘にそれぞれ用意した栄養ドリンクをすすった。「医者として、わたしは心から信じていた。われわれのとった行動によって、Fサイが精神機能の低下を起こすリスクが減るのだと。アンソニーもそうだった。だからこそ、ああしてフェイスに訓練を受けさせてきたのだ。フェイスを、Fサイ全員を狂気から守るつもりが、逆に狂気へと追いやっていたとは……その事実は一族を根底から揺るがすことになった」

サハラは誰よりも父のその言葉を信じた――父は根っからの治療師であり、はるか昔にヒューマンの〝まず何よりも患者に害をなすなかれ〟という誓いに感銘を受け、その誓約の全文を銘板に刻んで診療室に飾ってあった。「わたしは多くのものを失ってしまったわ」サハラは言った。怒りがあざやかに、新たに血中にわきあがってくる。「多くのものを奪われてしまった」

「人生はまだこれからだよ」父がそう言って、サハラの手を握る。「おまえには父親のわたしが、〈ナイトスター〉がついている。これから、あらゆる面においておまえを支えよう」

自分の手を握っている父のそばかすだらけのクリーム色の手を見つめながら、父がいつもこうして、娘の陰の能力が発覚してからはとくに、さりげないスキンシップをとろうとしていたことをサハラは思いだした。父はサハラを一族のつまはじき者のように扱ったりしなかった。おかげでサハラはみずからの人間性をたもつことができたのだ。ケイレブもそうだと、驚きとともに思った。接触による危険をつねに意識しながらも、サハラが手をふれても一度も拒絶しようとしなかった。

〝やめたほうがいい。後悔するぞ〟

〝そんなことはないわ。けっして〟

サハラのその答えはいまも変わっていなかった。これからもそうだろう。だが、いま現実に返って冷めた目で見ると、否定したときのあの純粋な激しい感情は謎だった。一度も――たった一度も――サハラは自身の陰の能力をケイレブに行使したいと思ったことはない。そうすれば、ふたりのあいだの力のバランスは根本的にくつがえされていただろうに。だが、そんなことを考えただけで胸が悪くなった。

「おまえの記憶は」サハラの本能的な反応をさえぎるように、父親の声が聞こえてきた。「どれほど損傷を受けたのかね？　医療関係の精神感応者《テレパス》の助けを借りれば――」

「いいの」サハラはさえぎった。「頭のなかに誰も入れたくないから」父親が即座に理解してうなずくと、サハラはつけくわえた。「それに記憶はほとんどすべてもどったわ」嘘をついてしまったが、最も大きな、最もたいせつな部分が欠けているとは、とても父には言えなかった。

ケイレブという名の部分が。

それから何時間ものち、ふたりはとうとう疲れに負けて休むことにした。サハラが寝室に入ってみると、ケイレブが瞬間移動《テレポート》したに違いない、着替えを入れた箱とともに、ケイレブの直通電話のコードを入力した携帯電話もおいてあった。

「ありがとう」サハラはささやいた。

たまたま箱の一番上に見つけた、ゆったりしたTシャツに着替えて、懐かしい自分のシングルベッドにもぐりこんだ。やがて夢も見ずにぐっすりと眠り、翌朝目をさましたときには、一族の者たちと会う心の準備ができていた。父親と朝食をとってから、すぐに親子でアンソニーのオフィスへ向かった。〈ナイトスター〉が有する敷地の中央には周囲に溶けこむように家々が建てられ、一般的なサイの施設と比べると、そこは以前からかなり開放的で緑にあふれた広々とした土地ではあった。だが、サハラが監禁されていたあいだに、その土地はさらに大きく広げられ、ゆたかに生い茂った多くの樹木が木漏れ日を落としている。

サハラの姿を目にすると、誰もが目を見ひらき、ショックを隠せないようだったが、ふたりを止めようとする者はひとりもいなかった。オフィスに着いたとき、アンソニーの助手の、拉致される以前からサハラが知っていた年配の女性が、何も聞かずに黙って手をふってふたりを招きいれた。オフィスに入ると、〈ナイトスター〉のトップで、こめかみのあたりに銀色のすじがまじった黒髪の男性がデスクをまわって出迎え、まっすぐな揺るぎないまなざしでこちらを見た。

「レオン」腹違いの弟に向かってうなずいてから、サハラのほうに注意をもどす。「サハラ。元気そうだ」

確かにそのとおりだった。地球上でもきわめて恐ろしい特級能力者《カーディナル》による看護のおかげで、サハラの顔はやつれておらず、体つきもほっそりはしていても健康そのものだった。しかし、アンソニーにとっての最優先事項は、サハラの身体的な健康ではないとわかっている。「わかりません」サハラは答えた。「わたしを救出した人物が、なんらかの有害な性質を埋めこんだかどうかは。でも、そんなことはないと思います」

ケイレブなら、そんなやりかたでサハラを支配する必要はない。それに——。「わたしのこの能力があれば、そのように精神的な強制暗示をかけようとしても、気づいていたはずですから」

「きみを救出した人物の名前は？」

サハラはその名を告げた。父親にはすでに前もって伝えておいた。

「そうか」デスクをまわって再び席に着くと、アンソニーはふたりにも身ぶりで椅子をすすめた。「〈サイネット〉上では、きみは存在しないことになっている」

「よかった」父親が猛然とした口調で応じる。「クライチェックが保護しているのだとしても、とにかく、娘は今後誘拐され、監禁される恐れがないということだ」

「同感だ」アンソニーが黒い革製椅子に深くもたれた。「きみを監禁した黒幕の正体は知っているのか？」

この件についてはケイレブと相談していなかったが、あの人には事実を秘密にしておく理由はひとつもないはずだ――これは事実であって、疑いの余地はまったくない。ケイレブがサハラに嘘をつくはずがないのだから。「タチアナ・リカ＝スマイズ」

アンソニーの表情にはなんら驚きは浮かんでいない。〈サイネット〉でもきわめて強い影響力を有する一族のひとつを率いる男性にふさわしい、刺すように鋭い知性が感じられるだけだ。「きみを救出した理由については、ケイレブは何か話したのかね？」

サハラはためらい……迷ったすえに嘘をついた。「これはちょっとしたチャレンジだったそうです。いまや〈ナイトスター〉はあの人に多大な恩義があるのだと」ケイレブとのことはふたりだけの秘密だ。ふたりのむきだしの情熱に満ちた関係を、誰にも邪魔させはしない。この関係はサハラの隠された記憶にもとづくものであり、そしてシンプルな白いシャツの下に隠した飾り《チャーム》つきブレスレット、つまり、サハラにとって最大の、最も深い弱みかもしれない男性から贈られた、力のお守りにまつわるものだった。「そうやって能力を行使して精神的な代償を払ったとしても、利益は大きいと判断したようです」

アンソニーの濃い茶色の瞳は、サハラをじっと見つめたまま動かない。そのようすから、サハラが何か隠していると気づいたのだとわかる。それでも、サハラはたじろいだりしなかった。秘密よ。かつての少女だったころのサハラがささやく。これは秘密なの。

「サハラが〈サイネット〉で不可視の存在となる第二の利点は」重い静けさのなか、アンソニーの声が響いた。「ひびが入ったきみの〈サイレンス〉が、〈サイレンス〉を擁護する組織の目にふれるおそれがないということだ」

サハラはふるえる指で椅子の左右の肘かけをつかんだ。「条件づけをやりなおすプログラムを受けるよう、わたしに命令するつもりですか?」誰かが自分の精神を望みどおりに成形しようとするなんて、もう二度とそんなまねをさせるつもりはない。アンソニーがそのつもりなら、知っておきたかった。

「だめだ」父親は腹違いの兄と目を合わせ、にらみつけた。父の娘への愛情は疑いようがない。「サハラの精神には誰にも手をふれさせはしない」

アンソニーの反応は、おちつきはらったものだった。「確かに。条件づけをやりなおすにはもはや手遅れだ」だが、その視線はサハラをとらえたまま離そうとしない。「ケイレブには精神をハッキングされなかったかもしれない。だが、タチアナは長期間にわたってきみを監禁していた。損傷を負わされなかったという保証はあるのか?」

「ええ、絶対に大丈夫です」サハラはためらうことなく答えたが、とにかく、アンソニーが今後も監視をつづけることは間違いないだろう。〈ナイトスター〉のトップとしてその命令をくだすのはやむをえない。そのせいでアンソニーを恨むつもりはなかった。だが、同時に、アンソニーがいくら調べようとなんら不安要素は見つからないはずだ——迷路が完成し、タチアナには通りぬけられない混沌とした障壁が築かれる以前から、サハラに生まれつき備わっている独自の安全装置が機能し、いわば侵入不可能なファイアウォールとして働くことで、いかなる精神操作の試みも寄せつけなかったのだから。

「だからこそ」胃がねじれるような感覚をおぼえながら、サハラは言った。「タチアナはわたしのシールドをずたずたにひきさき、わたしの思考をむきだしにしたり、拷問にかけたりと、あからさまな手段にうったえるほかなかったんです」そのころにはすでに迷路ができあがっていた。おかげで、精神がこじあけられたときも、サハラは自分の秘密や自我を守りとおせたのみならず、何ものにも傷つけられない隠れ場所に逃げることができ、精神的肉体的な拷問に屈してただ苦痛を逃れるためだけに敵に協力するという、そんな危険を回避できたのだ。

「そうだな」いくぶんサハラが驚いたことに、アンソニーが応じた。「テレパシーによる蠕虫やほかの同様の手段が利用できるなら、タチアナはあからさまな暴力にうったえたりしない」一瞬間をおいてから、つけくわえる。「きみの壊れた〈サイレンス〉については、一族のもとにいるかぎり、身の安全は保証しよう。だが、外の世界では用心したほうがいい。何ひとつ問題がないように、うまくふるまうことだ」その言葉は冷たく実務的だが、内容は予期せぬものだった。サハラが以前このオフィスで席に着いてから長い年月がたっていて、その間に〈ナイトスター〉に影響をおよぼしたいくつもの出来事があったことについては、すでに知っていたつもりだったが。

「もう一点だけ、サハラ」三十分後、ドアから出ようとしたサハラに、アンソニーが声をかけた。「ケイレブに救出されたのだとしても、間違ってもあの男を信用してはならない。ケイレブは生まれてこのかた無償の行為などしたことがない男だ――人を巧みにあやつるのがお手のものとあって、信頼や忠誠を得るための戦略の一環としてきみを自由の身にしただけかもしれないのだから」

はっきりと言及しなかったが、サハラの信頼を得た者は、その陰の能力も利用しうるということだ。サハラの能力はひそやかで恐ろしく、誰ひとりとして、何事だろうと阻止できない、と同時にひとつも痕跡が残らない。遺体も、怒りも、抵抗の名残も。〈サイネット〉を掌中におさめようともくろむ男にとっては、まさに完璧な武器だった。

サハラとレオンが去り、ドアが閉まってから、しばらくのあいだ、アンソニーは次に打つ手を考えていた。務めが許すかぎり、何度か、最近では二カ月前にも姪の捜索にくわわったことがあるものの、サハラを発見できる確率は低いと考えていた。捕獲者にとってサハラはあまりにも価値ある獲物であり、ぞんざいに扱ったりするはずがないからだ。

ところがいま、サハラは発見されたのみならず、家族のもとにもどされた。先ほどサハラには警告しておいたが、ケイレブ自身、手に入れたもののパワーを理解していなかったことはほぼ確実だろう。さもなければ、サハラを手放したりするはずがない。しかし、ニキータとは異なり、アンソニーは、客観的かつ確たる事実に裏づけされないかぎり、なんらかの事柄をこの特級能力者《カーディナル》の動機と決めつけてはいけないと、すでに学んでいた。ケイレブは成人に達するずっと以前から現在の地位を狙っていた人物であり、そんな男にふさわしい手腕でもって、楽々と政治ゲームを楽しんできたのだから。

結局、実行可能な手段としては、対話の糸口をつかみ、そこから相手の行動の裏に隠された真の理由を推しはかるほかないだろう。ただ、ひとつだけ断言できる――ケイレブがそもそもサハラを追跡しはじめたのは、ちょっとしたチャレンジのためなどではなかったはずだ。ケイレブほど権力欲の強い男が、自身のエネルギーを軽々しく浪費するはずがない。

アンソニーは相手のコードを通信パネルに入力して、待った。

ほとんど間髪をいれずに、ケイレブの顔が画面にあらわれる。背後のガラス張りの壁のむこうには、アンソニーが幾度となく目にしたモスクワの街が広がっている。遠くには、独特の玉ねぎ形のクーポラをいただく大聖堂がライトアップされ、建物全体がくっきりと浮かびあがり、ほのかに輝くのが見える。小雨が降っているらしく、モスクワの夜の光景はぼんやりとにじんでいるようだ。「アンソニー、そろそろ連絡があるんじゃないかと思っていたところだ」

「〈ナイトスター〉の一員をぶじに帰してもらい、どうやら礼を言わねばならないようだ」アンソニーは誰にも借りを作りたくなかった。相手がケイレブ・クライチェックとなれば、なおさら、さっさと借りを返しておきたい。「〈ナイトスター〉として何かお返しがしたいのだが」

「どの人物からサハラをとりもどしたか、すでに知っていると思うが」何か要求するでもなく、特級能力者《カーディナル》のＴｋがたずねる。

アンソニーはうなずいた。「その件については、われわれのほうで処理するつもりだ」自分の身があやういとなれば、タチアナは抜け目なくうまく身を隠すだろうが、〈ナイトスター〉はあの女にとって最もだいじなものをだいなしにしてやればいい――財産、権力、地位――本人には指一本ふれることなく。「死がつねにふさわしい罰とは限らない」――あっけなく、あっさり死なせてやるつもりはない――タチアナが奪ったのは、ひとり分ではなく、ふたり分の人生の七年以上もの年月なのだ。娘が失踪してから、父親のレオンもかつてと同じではいられなかった。それに、サハラはキリアクス家の娘であり、〈ナイトスター〉の一員なのだ。アンソニーの一族を傷つけ、無傷のまま逃れるなど、何事だろうと、誰であろうと許されなかった。

「その点についてはこちらに異論はない」ケイレブが答える。〈サイレンス〉の灰色の壁にはばまれ、その表情は読めない。「しかし、タチアナがサハラを脅かすことはもはやないとだけ伝えておこう。わたし自身、ある件で……彼女と話しあう必要があったのでね」

「そうか」タチアナがすでに死亡していようと、あるいはすでにこの件にかかわりがなくなっていたとしても、アンソニーの決意に変わりはない。相手の築きあげた帝国を徹底的に破壊し、タチアナを完全に打ち負かし、公衆の面前で屈辱を味わわせてやる。〈ナイトスター〉はこれまでつねに静かなる存在だった。一族の者たちを庇護し、その恨みを晴らすためなら、どこまで非情になれるか、そろそろ〈サイネット〉全体に知らしめてもよいころだろう。「その話しあいは、実りあるものだったのか？」

一瞬何かに気をとられたのか、ケイレブが珍しいことにやや首をかしげた。「失礼」アンソニーに視線をもどして言う。「たったいま〈アロー〉から連絡が入った。そちらにとっても関心のある情報かと思うが」

「パースの事件か、それともコペンハーゲンの事件なのか？」

「パースだ」すでにアラン・ドーズなる人物と判明しているが、致命的な情報漏洩にかかわったとされる共謀者が、アルゼンチンに潜伏しているとわかった。いまから四十八時間以内に身柄を拘束する予定だという。

「それでどうする？」

「その男には、どんな形であれ〈純粋なるサイ〉に加担しておけば将来の出世につながると信じている輩《やから》どもへの、見せしめとなってもらおう」

そのような冷酷きわまりない反応にも、アンソニーはぎくりとしたりしなかった。パースでの殺戮現場をみずから目にしており、第一の火災が発生する数分前に、自分の娘がすさまじいビジョンに襲われ、身もだえする映像も目の当たりにしていた。フェイスの予知はかなり具体的なものだったので、パースの街に警告することでおおぜいの住民の命を救うことができた。だが、全員を救うだけの余裕はなく、その結果失われた命にフェイスがすっかり心を痛めていたのだ。

「気をつけなければ」アンソニーは言った。「反乱分子のなかから、いわば大義のための殉死者を出すはめになってはいけない」

「それもバスケスの計画の内かもしれないと？——疎外感や恐怖心をいっそう強め、〈純粋なるサイ〉の理念のもとにメンバーを結束させようとしていると？」ケイレブはオフィスの椅子の背にもたれたが、視線は通信画面からそらそうとしない。「どうやらあの男のことをよく知っているらしい」

アンソニーはうなずいた。〈サイレンス〉を擁護する組織のトップに立つとされるものの、そのほかは謎に包まれたこの男の名前は、多方面に広がる情報提供者のネットワークを通して何度も耳にしていた。「あの男はきわめて知性が高い。このままでは、われわれの行動によってむこうが利益を得ることにもなりかねない」

ケイレブはその点について考慮した。「確かにそのとおりだ——公開処刑には値しないかもしれないな。ひそかに処理するとしよう。共謀者が姿を消すだけでも、こちらの意図は相手に充分伝わるはずだ」

ケイレブは近ごろほかにもどれだけのことを〝処理〟したのだろうか、とアンソニーはふと考えた。バスケスなどとは比べものにならないほど、この特級能力者《カーディナル》のほうがはるかに危険な存在なのだ。とはいえ、いまのところは、ケイレブと協力せざるをえない。この男は〈純粋なるサイ〉ほどのスケールで流血をともなう惨事をいまだひきおこしてはいないのだから……だが、その点については、アンソニーの疑念は増しつつあった。

たとえば、アラン・ドーズの件では、アンソニーは先ほどまんまとだまされたのではないか？　ケイレブははなからその男を処刑するつもりはなかったが、いまやアンソニーをその決定に加担させたのかもしれない。「ドーズの件で援助が必要なら」アンソニーは言った。ケイレブが〈純粋なるサイ〉の悪事に関与している疑いはあるが、それはまだ決定的なものではない。「〈ナイトスター〉はいつでも介入する用意がある」

ケイレブはその申し出を無言で受けいれ、うなずいた。「わかっていると思うが、それくらいでは、サハラ・キリアクスの一件での借りを返したことにはならない」

「もちろんだ」

「どちらかと言えば、わたしにとっての同盟者や協力者でいてくれればいい」ケイレブが告げる。「つまり、こちらから無理難題をふっかけるつもりはないので、心配は無用だ。現段階では、わたしを支持する姿勢をおおやけにしてくれるだけでいい」

「きみが〈サイネット〉をわがものとするのを、〈ナイトスター〉に支持しろと言うのか？」

「選択肢を考えてみるといい、アンソニー」ケイレブはいつもの氷のごとく冷たく、おちついた声でつづける。「〈純粋なるサイ〉に〈サイネット〉をずたずたにひきさかれるか、それともわれわれの仲間の元評議員たちがたがいを排除しようと争いつつ、各自がそれぞれ地盤を築こうとするか。その後につづく戦争によって、サイ種族は壊滅的な被害をこうむるだろう」

それはまさに真実だと、アンソニーは知っている。だが、ケイレブがはっきりと告げなかったのは、この特級能力者《カーディナル》がいったん〈サイネット〉を掌握してからどうするつもりなのか、誰にもわからないということだ。「現在の情報だけでは、そちらを支持するわけにはいかない」アンソニーは答えた。「だが、先に警告を発することなく、公然ときみを攻撃するようなまねはしないとだけ伝えておこう」それは大幅な譲歩だった。

相手のＴｋは画面のむこうで軽くうなずくと、通信を切った。アンソニーの予想よりもずいぶんあっさりとひきさがったとあって、ケイレブの動機にますます疑念が生じることになった。だが、問題は、ケイレブ・クライチェックが〈サイネット〉で最も不透明な存在だということだ。アンソニーの指示にしたがい、一族の予知能力者らは、この特級能力者《カーディナル》の念動力者に焦点を絞ってはみたものの、見えたのは破壊的な混沌とした闇だけだった。

「何も見えません」あるFサイは息をのみ、歯がガチガチ鳴るほどふるえだした。

「クライチェックに焦点をあてて未来をのぞいてみたら、見えたのは死……何もかもの死だけだったのです」

---

『サイネット・ビーコン』最新版
投書欄

星マークつき
貴紙の前版において、〈サイレンス・プロトコル〉の将来的な継続性について、ひそかに議論が広まっていたが、その件についてわたしも意見を述べたい。
そうした議論が実際におこなわれようと――また今後も継続されるとしても、参加者個人の内部に埋めこまれた苦痛によるコントロールが作用し、精神機能が停止することがない、ということ自体、〈サイレンス・プロトコル〉の構造的な完全性に重大な問題があるという証拠であろう。ほんの二年前には、こうした話題が議論されたとしても、世界じゅうの秘密のチャットルームや直接の会話にまで広がる以前にすでに抑圧されていたはずだ。

〈純粋なるサイ〉の教義はきわめて狂信的ではあるが、彼らの主張には重大な点が隠されているかもしれない。つまり、〈サイレンス〉からの解放は、必ずしも歓迎すべきものではないということだ。われわれが〈サイレンス〉を選んだのは、サイという種族の精神がそうした束縛なしには狂気と暴力へと追いやられてしまうからだ。これはわたしの見解などではなく、われわれの血塗られた歴史が物語る事実なのだ。

百年前、サイは絶滅の危機に瀕《ひん》していた。何千という幼きサイが同胞によって殺害され、さらに何十万ものサイが、壊れた精神が生みだしたばらばらの世界へとのみこまれていった。現在ではわれわれよりも下等な種族と見なされる肉体中心主義のチェンジリングよりも、サイは荒々しく凶暴な存在だった。われわれに劣るはずのヒューマンよりも不道徳だったのだ。

ところが、再び激変に見舞われているのは、〝優れた〟種族であるはずのサイだった。

わたし個人としては、かつてのような世界で生きたいとは思わないが、この十年のあいだに〈サイレンス〉が進むべき方向を見失ったという点は否定できない。歴代の評議員らが信じこませようとしたほどには、そもそも効力などなかったのだという意見もささやかれている。欠陥のあるサイたちは、問題が表面化する前にたんに排除されていたにすぎないと。一方で、すでにみなが目にしたように、われわれ全員を〈サイレンス〉に支配された存在にするべく、殺人すらいとわない者たちもいる。

誰が正しいのか？　誰が間違っているのか？　わたしには答えが出ていない――確かなのは、われわれが岐路に立っているということだ。今後の決断によって、サイが救済されるか、それとも死に絶えるかが決まるだろう。

エリック・チュイバラ教授
人類学者
（ニュージーランド）

# 22

昨夜と同じようになかなか寝つけず、サハラは自分のせまいシングルベッドに起きなおった。シーツを押しやり、窓際へ行くと、美しく造園された庭を見おろした。月明かりを浴びて、草の葉が銀色に光っている。この世界から自分だけが切り離されたような、どこかちぐはぐな気がする……これは迷路の奥から生まれた夢であって、自分の肉体は長年すごしてきたあの地獄のような場所に閉じこめられたままであるかのようだ。

サイ医学の専門家に相談すべきであって、それを拒否するなんて馬鹿げている。それはよくわかっている。しかし、いまだにサハラの感覚は混乱したままで、精神が現実世界に必死にしがみつこうとしている状態なので、狂気への恐怖よりも精神的に侵害されるほうがいっそう恐ろしく感じられた。窓ガラスに指を押しあて、その冷たくなめらかな感触によってみずからをつなぎとめようとする。ところが、指先でガラスが溶け、銀色と黒色に塗られた世界がぐにゃりと横にねじれていき、サハラの意識は現実にすがりつこうとしたものの失敗してしまう。

死にものぐるいでわずかながらも理性をとりもどそうとして、サハラは呼べばいつでも来てくれると約束したあの男性の記憶にひとすじの希望の光を見いだした。《ケイレブ、あなたが必要なの》あの人がここにいれば、現実がぐらついたりする恐れはまったくないはずだ。ケイレブの力は圧倒的で、まだ部屋に姿を見せないうちに、サハラ自身いままでその存在を知らなかった心の奥底にまで語りかけてくる。

一瞬のちには、ケイレブはすぐそばに立っていた。黒のスーツのズボンにぱりっとした白いシャツを身につけ、ノーネクタイで、シャツの襟はひらかれ、力強い喉があらわになっている。ケイレブが両手をポケットに入れたとき、手首にとめたカフスボタンが月明かりにきらりと光った。するとねじれていた世界がもとどおりになり、サハラはようやくほっと一息ついた。自分の体がケイレブの体を認識したのがわかる。

「どうしてまだ起きている?」ケイレブがたずねた。

手をふれているわけでもないのに、ケイレブの熱がグレーのスウェットパンツの上に身につけたTシャツを通して伝わり、焼き印さながらに肌を焼くようだ。「どうしても何かせずにいられなくて」いらだちがあって眠れないのだと、サハラはなんとか説明しようとする。

「まだ世の中に出ていけるほど機能が回復していないのはわかっているわ。でも、ここでじっとしていたら、なんだか皮膚がむずむずして、破裂してしまいそうな気がするの」心のなかの、爪でひっかかれるような凶暴な怒りや無力感にさいなまれ、サハラは首をふりながら、ふたりのあいだの距離を詰めて、ケイレブのシャツのボタンをはずしかけた。肌が焼けるように熱くてたまらない。感覚の世界に、ケイレブに溺れてしまえば、ほかの荒々しい感情を寄せつけずにいられるだろう。こうしていれば、ほかには何も存在せず――。

「サハラ」ケイレブの手がサハラの両手首をつかんだ。「高地の気温にふさわしい服に着替えておいてくれ」真っ黒の瞳で、そう伝える。「五分後にもどってくる」

サハラは一瞬たりとも理屈で考えようとはしなかった。闇そのもの、の男性とともに闇へと落ちかけていたという事実も考えなかった。ただ服を脱ぎ、ジーンズや薄手の長袖モヘアセーター、重たいファスナー式のフードつきトレーナーを身につける。ソックスをはき、スニーカーのひもを結んだところで、ケイレブが再び姿をあらわした。

ケイレブ自身は黒のカーゴパンツに黒のTシャツに着替え、足もとには長年はきふるしたらしい、すりきれたブーツを合わせている。サハラを上から下まで見て、ケイレブがうなずいた――と、ふたりはもはやサハラの部屋にはおらず、そそり立つ、堂々たる岩肌の下に立っていた。頭上では大きな銀色の月が輝き、四方に広がる濃い緑色のモミの樹林に光を投げかけている。むこうにはこの地域の人間にとってはおなじみの、雪をかぶった山々が連なっており、その光景はまさに荘厳そのものだった。

「シエラネバダの山のなかにいるのね」チェンジリングの狼たちのなわばりに。

「ああ。森林の限界線を越えないかぎり、衛星の陰に隠れていられるだろう」

「チェンジリングの見張りは？」〈スノーダンサー〉の群れはさっさと侵入者を始末して、あとからその死体に尋問する、といううわさだ。

「この周辺一帯をスキャンして、精神の存在がないかどうか確認している。だが、狼たちはこの付近のパトロールをめったにしない——ここから先はどこに行こうと、歩《ほ》哨《しょう》に発見されない場所などないからだ」ケイレブがカーゴパンツのポケットの片方からなにやらとりだしてさしだす。

指先がない手袋《ハーフグローブ》。革製。岩肌から掌を守るためだ。興奮がわきあがり、血流を駆けめぐるのを感じながら、サハラは手袋をはめ、岩肌へと近づいた。手近な突起につかまり、のぼりはじめる。ようやく、ついにまた生きているという実感が味わえるのだ！

頬をなでる風は静かで優しく、指先でつかんでいる岩は硬い。ひんやりとした夜気は痛いほどさわやかでまじりけがない。空気を吸って、サハラはもうひとつ突起を見つけた。さらにもうひとつ。思わず足を滑らせたときには、「やめて！」と叫んでケイレブの助けをはねつけ、みずからの力で窮地を脱した。

心臓が激しく打ち、汗がこめかみをしたたりおちる。ごつごつした岩肌をわずかにのぼるだけで一時間以上かかったが、ややせりだした岩の上にやっとのことで腰をおろしたときには、こらえきれず心の底から笑っていた。「腕が悲鳴をあげているわ！」

岩肌の下から、ケイレブがこちらを見あげる。《練習が必要だな》

サハラが見まもるなか、ケイレブがクライミングを開始する。しなやかな体の動きはまさに流れるようで、そのひとつひとつがとても見わけられないほどだ。念動力を使っていないことはたずねるまでもなく明らかだ――Ｔｋは概して身体的な能力に優れており、それは念動力にともなう副次的な力として知られている。しかし、ケイレブの場合は優れているなどというレベルではない。うっとりするほどの野性的な優雅さでのぼってくる。

危険なまでの美しさに酔いしれ、無言で見つめるうちに、ケイレブの姿はいつしかほとんど見えなくなっていた。《もどってきて》サハラは怖くなった。ケイレブはＴｋであって、転落死するはずがないとわかっている。それでも、すさまじい恐怖がこみあげ、骨ばった指で心臓をぎゅっとわしづかみにされたような感覚に襲われる。ケイレブが落下するのを目の当たりにしたことがあり、このままではけがをすると知っているかのように。《ケイレブ、あなたが見えないわ》

まもなくケイレブが再び姿を見せ、やはりうっとりするほどの優雅な動きで同じ道をひきかえしてきた。サハラのそばで足を止めると、片腕で岩につかまり、両足をごく薄い岩棚にのせて支えた。腕の筋肉が硬く、くっきりと浮かびあがる。もう片方の手で、手袋の入っていたのとは反対側のポケットから水のボトルをとりだして飲み、それからボトルをサハラに寄こした。

サハラは水を一口飲んだ……蜘蛛の巣がはがれ落ちるように、ケイレブとすごした最初の夜の記憶がはっきりとよみがえる。あのときもこんなふうに水を与えられたのだった。「そんなにひどかったかしら?」サハラはたずねた。「豚小屋みたいな臭いだって、あなたに言われたわね」あのときはなんともなかったが、いまになって急に恥ずかしくなってきた。

「きみをたきつけることで、なんらかの反応をひきだそうとしただけだ」淡々と答えながらボトルを受けとると、ケイレブは片手をさしだした。「下までおりられそうか?」

手足がゼリーになったように力が入らない。サハラは現実的に考えざるをえなかった。「どうやらむりみたいね」と、一瞬のちには地面におろされていた。

サハラはやわらかい草の上であおむけになりながら、ケイレブが岩肌をおりてきて、みずからの足ですぐそばの地面におりたつのをながめていた。その姿は力強くたくましく、危険だった。ケイレブがふりむいて目と目が合ったとたん、サハラの太腿がきゆっと締めつけられた。いきなり汗がふきだし、肌が濡れて光りだす。クライミングとは関係がなく、サハラ自身の渇望によるものだ。もはや寝室で感じたようなせっぱつまった渇望ではなく、もっと熱い、体の奥底からわきあがるうずきにほかならない。

懐かしい、何年ぶりだろう。

呼吸が浅くなるのを感じながら、サハラは唇をひらいた。「ケイレブ」

おのれのシールドを確実に堅固なものにするまでは、ケイレブはサハラと距離をおくつもりだった。だが、いま彼女は頬骨のあたりを欲望に赤く染め、激しく胸を波打たせながらこちらをじっと見ており、その誘惑にケイレブの肉体があらがえるはずがなかった。サハラは自分がどれほどの力を持っているか、まったくわかっていない。サハラのためなら通りを死体で埋めつくしてやると告げたときも、一言一句、本気だったというのに、それも理解していなかったのだろう。

サハラ・キリアクスのこととなれば、ケイレブはいわば、彼女の狙いどおりに敵を撃ちぬく武器のようなものだ。サハラのためなら、なんであろうとやってのけるだろう……彼女を手放すことだけはできないが。

「ケイレブ」サハラがまたささやく。「会いたかったの」

そのとたん、ケイレブは壊れてしまった。

サハラにのしかかるようにして、左右の手首をまとめてつかみ、頭上に押さえこんだ。「わたしにふれるんじゃないぞ」低い声で命じると、サハラは手をぐっと握ったが、パニックにおちいったりはしなかった。激しく欲求をぶつけるようなキスにもサハラの唇はやわらかく、ケイレブをはさみこむように腿がひらかれた。

やはりほっそりしたままとはいえ、サハラはまぎれもなく女性らしい体つきをしている。ケイレブの自由なほうの手の下で腹部がなだらかなカーブを描き、自身の胸板に胸のふくらみが押しつけられ、唇はふっくらとして濡れている。サハラがあらわれるまで、どうして女をわがものにするために男たちが殺人までおかすのか、とても理解できなかった。だが、いまや再び誰かにサハラを奪われるかと思うと、憤怒が血管のなかで真っ黒な炎となって、世界をのみこみかねない死をもたらす地獄となって、燃えあがるのがわかる。

組み敷かれたままサハラが身をよじりだしたとき、ケイレブは相手の華奢な手首をつかんだ手に力をこめてから、みずからの荒々しく所有欲にあふれた反応をなんとか抑えこんだ。すぐさま手をひらいて、サハラの次の動きを待つ。拒絶されれば、全面的にうけいれるそぶりを見せつつ、こちらの戦略を練り直し、次に打つ手をさがすだろう――ケイレブが彼女に対してそうであるように、サハラは肉体的に彼に惹きつけられており、ケイレブはなんのためらいもなくその弱みを利用するつもりだった。

「熱くてたまらないの」不満を漏らすと、サハラは重なりあった体のあいだに手をさしこみ、トレーナーのファスナーをおろして、もぞもぞとそれを脱いだ。すると、胸のふくらみを包みこみ、ウエストのくびれをおおっているのは、あたたかく、だが、ごく薄手の白いセーターだけになった。

「だめだ」サハラがこちらの服にも手をのばしかけたとき、ケイレブは告げた。「あの岩肌が崩れて、頭上に降ってきたら困るからな」

青々と茂った草の上に両腕をおろして、サハラがケイレブの背後にある巨大な岩壁のほうを見た。「誇張しているわけじゃないのね？」

「ああ」ケイレブには誇張する必要などないのだから。

サハラがつばをのみ、かすかに喉が動くのがわかった。ケイレブはその動きに目を凝らすうちに、サハラの脈拍が速くなり、息が乱れるのに気づいた。「両手はわきにおろしておくわ」かすれた声でサハラが約束する。「だけど、そんな目で見つめられるととても耐えられない」

無言で応じてサハラのあごをつかむと、頭のそばにもう片方の手をついて体を支え、それから焼き印を押すように唇を重ねた。《わたしのものだ》何年も前に形成されていた個人的な経路に沿って、テレパシーで伝える。《手でふれて、見つめていいのはわたしだけだ。わたしだけのもの》あごから手を放すと、その手で喉から胸のふくらみまでなでおろした。

びくんと、サハラが身をおののかせる。

小石のように硬くなった胸の先端を掌に感じながら、ケイレブはじっくりとそのふくらみの形状をさぐっていく。サハラがはっと息をのみ、ケイレブの下でそわそわと身もだえするのがわかる。なんとも感じやすい、敏感な体をしている。その情報を頭のなかにしまいこむと、ケイレブは親指で胸の先端をなでてやった。すると、サハラが体の下からはいださんばかりに大きく身をよじり、キスを中断してすすり泣くようなあえぎ声を漏らした。「お願い、お願いだから。もっとして」

〈サイネット〉に一番近いシールドが音を立てて崩れるのが感じられ、さらに次のシールドも道連れになりそうになる。だが、まだサハラに危険がおよぶ恐れはない。いまのところは。「きみが望むなら、なんでもしてやろう」視線を合わせたまま、ケイレブはセーターの下に手を滑りこませ、サハラの腹部に掌を押しあてた。ケイレブの手にふれられたそこがぶるっとふるえ、サハラが思わず下唇を噛むのがわかる。

「それはわたしの役目だぞ」静かな声で戒めると、サハラがはっと息をのんだ。

間髪をいれず、ケイレブは彼女の唇を奪い、下唇を少しきつく噛んでやる。背中を弓なりにそりあげ、サハラは思わず唇を離してキスを中断した……が、すぐさままた唇を重ねてきて、舌をからませあった。そのなまめかしい感触に、すでに岩のごとく硬くなっていた股間のものが、カーゴパンツのファスナーを押しやぶろうとするほどますます張りつめるのがわかる。サハラの舌が彼の口のなかではなく、硬く勃起したそこをなめあげたかのように。

今度キスを中断したのは、ケイレブのほうだった。「だめだ」サハラが再びキスしようとしたとき、ケイレブはそう言って制した。

胸を上下させながら、サハラが唇をなめる。ケイレブはやむなく目をそらした。でないと、おのれに課したルールを破って、痛いほど硬くなった股間のものに手をふれてほしい、あらわになったそれを握り、愛撫してくれと懇願してしまいそうだ。そんなまねをせずに、ケイレブはサハラの肉体をさぐることに意識を集中した。肋骨の上あたりに手を持っていくと、掌の下でサハラの脈が震えるのが感じられた。月明かりで、サハラの肌がちらちらと輝いている。さらに上へと手を滑らせていくと、上等の絹のレースにふれた。

「あの箱に入っていたわ」あえぎながら、サハラがささやく。「ありがとう」

サハラが自分からの贈り物を肌につけているかと思うと、ケイレブは満足感をおぼえた。だが、それだけではまだ足りない。

サハラが不満げに「いやよ」とうったえたが、ケイレブはかまわずそこから手を放すと、セーターをぐいと押しあげ、胸のふくらみを夜気に……おのれの目にさらした。

サハラの全身がぴたりと動きを止める。

《やめてほしいのか?》ケイレブはやっとの思いでたずねた。サハラを自分のものにしたいという凶暴なまでの欲求が、体のなかで激しい嵐のごとくわきおこっている。だが、サハラの皮膚に残された、いくつものかすかな銀色の傷跡を目にしたとき、さらに体の奥で古くからの強烈な怒りがよみがえってきた。サハラ本人すら、もはや傷跡に気づいていないのだろう。だが、ケイレブは気づいた。ケイレブはその場にいて、その傷ができるのをひとつひとつ、どれもこの目で見ていた。それぞれの傷の深さもおぼえている。あれだけの傷を治すにはきちんとした治療が必要だったこともわかっていた。

「いや」ごくうっすらと汗に覆われ、サハラの肌が光っている。誘いかけるように、サハラの胸が波打っている。サハラの声によって、ケイレブは血まみれの過去から現実にひきもどされた。「いやよ、やめないで、ケイレブ」

力ずくで怒りをコントロールし、サハラの唇から自分の名前が漏れたせいで荒々しく燃えあがった欲望を氷のごとく冷たいシールドで抑えつけると、ケイレブはピンク色の繊細なレースのブラジャーに包まれたクリーム色の肌に神経を集中させた。レースのブラジャーは必要のないものだ。まずはひとつ、さらにもうひとつカップをずらしてブラジャーを押しさげていくと、サハラの豊かな胸のふくらみがこぼれださんばかりにあらわになり、やわらかいピンク色のブラジャーに縁どられた官能的なカーブをながめるうちに、どくどくと脈打つ股間のもののまわりで真っ黒な氷が、はなから存在しなかったかのように溶けていくのを感じた。

サハラは地面に爪を食いこませ、ケイレブにふれてほしいと懇願しそうになるのをこらえようとした。ケイレブはあの狂気の目でこちらをじっと見ている。所有欲に満ちた暗いまなざしに、サハラはおびえてしまってもおかしくなかったはずだ。たぶん、心のどこかで恐れをいだいてはいるのだろうが、それくらいのことですっかり怖じ気づいたりはしない。波のように次々と押しよせるあざやかで、熱狂的で、生き生きとしたむきだしの感覚を終わらせてしまうのはいやだった。

ケイレブが姿勢を変えて、上にまたがってくる。次の瞬間、背中の上部に両手をまわして、サハラの体をわずかに起こしたかと思うと、痛いほどうずいている胸の頂の片方を口に含んだ。サハラは思わず絶叫しそうになり、こぶしを口に押しあててそれを噛み殺した。先端を吸われるのが、硬く力強いその手の感触と同じくらい熱くエロチックだ。

ケイレブはいきなりもう片方の頂へと移った。しっとりと濡れたほうの胸の先端が、ひんやりとした夜気にさらされる。すすり泣きを漏らしながら、サハラは彼の下で身をよじった。だが、ケイレブは彼女の腿の両側に膝をついているので、勃起したものの硬い稜線にいくらふれたくてもふれられない。と、その瞬間、きわめて敏感な胸の先端に軽く歯を立てられ、サハラは思わず自分のこぶしを嚙んだ。《やめて！　もう耐えきれない！》

ケイレブが胸の先端から唇を離した。その唇は濡れており、瞳は黒真珠さながらに真っ黒で、その奥底には真夜中の色がちらちらときらめいている。「本気か？」

静かな問いかけに、サハラの全身の毛が逆立つ。

恐怖のせいではない。ケイレブがどれほど強くおのれを抑制しているか、目もくらむほどはっきりと悟ったからだ。

ああ、なんてこと。ケイレブが自分を解きはなったとしたら、わたしはいったいどうなるの？

とろけるような欲望がこみあげ、腿のあいだのすでに潤っていたひだが、ぐっしょりと濡れてくる。みずからを慰めようと腿をきゅっと閉じてみたが、その効果もむなしく、サハラは口からこぶしを離してささやきかけた。「いいえ。もっと耐えられるわ」もっと欲しい。すべて欲しかった。

もう一度問いかけることなく、ケイレブが胸のふくらみに視線を下げ、髪がはらりと額に落ちる。サハラの背の下から片手を抜いて、片方の胸のふくらみを、さながら焼き印を押すようにぐいとつかんだかと思うと、顔を下げてきて、再び先端を口に含んだ。サハラの頭のなかが真っ赤に染まり、いつしかケイレブの口のなかへと胸を押しつけるかのように身をのけぞらせていた。《ケイレブ、ねえ、お願い――》

《ちゃんと言ってくれ》またしてもそっと歯を立てられ、サハラはニューロンがばらばらになるような衝撃を受け、地面に爪をぐっと食いこませ、掌で草を押しつぶしていた。

《わたしにふれて。お願い。だってもう――》

《ここか?》腿のあいだに生々しいほど官能的に手を滑りこませ、手のつけ根でぐいとそこを押しあげる。

とたんに、サハラのまわりで世界が砕け散った。

サハラが目をあけると、ケイレブはまだ上にまたがったままで、セーターは胸の上まで押しあげられ、ブラジャーは下にずらされて胸のふくらみがあらわになっていた。上になっているTkがサハラのむきだしの肌を見つめており、その熱っぽいまなざしに、すでに快楽を味わいぐったりとした体が再び欲望に目ざめ、うずきはじめる。

サハラが見まもるなか、ケイレブがこちらに手をのばしてブラジャーを整えた。そのとき、指が胸の先端をかすめた。息をのみ、腹部がきゅっと締まるのを感じながらも、サハラが沈黙していると、ケイレブはセーターをもとどおりにおろした。その動作はいずれも注意深く、ひとつ間違えば正気を失い、狂気の淵へと落下すると自覚している男性らしいものだった。

「歯というものは」先ほどと同じく冷ややかな口調で、ケイレブが言う。「性的な遊びにおいてつねに利用されるわけではない」

浅い呼吸にサハラの胸が上下する。「そうなの？」

「こちらで参考にした性的な親密さに関する論文によれば、好みの問題だそうだ」まつげが持ちあげられ、黒曜石の瞳がサハラの目をのぞきこむ。相手の声は冷たいが、瞳には真っ黒な炎が熱く燃えている。「きみの好みはどうだ？」

「ええ、いいわ」その告白は、いましがたのケイレブとの行為に負けないほど親密なものに感じられる。「あなたとなら」

ケイレブの表情が硬くけわしくなり、この人が何者でどんな力があるのかをまざまざと見せつける。サハラの左右に手をついてのしかかってきたかと思うと、ふたりの息がまじりあうほど顔を寄せてくる。「その行為をするのは」絹のようになめらかな声でささやいた。「わたしとだけだぞ」

# 23

二十分後、ケイレブはまた岩肌のそばへともどってきた。サハラはぶじに寝室に送りとどけておいた。サハラに対する残忍なまでの所有欲をあらわにしても、彼女は逃げだそうとはしなかった。とはいえ、サハラにはケイレブを止めるだけの能力があるとふたりとも知っている。〈サイネット〉内でその力があるのはサハラだけだ。

「その力を使うときは」サハラが彼の頰に優しく手をふれ、さよならを言おうとしたとき、ケイレブは告げたのだった。「容赦せずにとことんやって、わたしの命を終わらせてくれ」サハラのパワーにこの身をひきさかれ、最もだいじなものを奪われてなお生きながらえるとしたら、ケイレブはサンタノがまさにそう育てたように本物の怪物となってしまうだろう。「連続殺人犯、大量殺人者どころではない。わたしのなかにはそんな言葉ではあらわしきれないほどの邪悪なものが潜んでいるからだ」

歯を食いしばり、猛々しい目をしながら、サハラはかぶりをふった。「あなたが闇にのみこまれるようなまねは絶対にしないわ」

サハラの誓いが頭のなかで響くなか、ケイレブはただひたすら岩肌をのぼりつづけた。筋肉をこわばらせ、岩にしがみつきながら、高ぶった股間のものを激しくつかんで離さない肉体的な欲求不満を克服しようとする。三度目のクライミングの半ばをすぎて、ようやく冷静かつ理性的な精神をとりもどし、また思考力が働くようになった。サハラの信頼を得ようとする作戦は、計画どおりに進んでいる、とケイレブは思った。身の危険を感じたとき、サハラはケイレブを呼んだばかりか、肉体的な接触を求めてきた。肉体的な接触によって、ケイレブのシールドや思考プロセスは著しい損傷を受けているが、それはこの作戦にともなう副次的な影響であり、今後対処せざるをえないだろう。ここでひきさがるなど考えられない――日ごとにサハラの記憶が鮮明になりつつあり、その精神も、無情なまでの内なる強さのあらわれとして、目ざましいスピードで回復しつつあるのだから。

まもなく、ケイレブのことを、さらに、そもそもどうしてケイレブの記憶が潜在意識によってサハラの意識から遮断されてしまったのかを思いだす準備が整うはずだ。誰にもとうてい耐えきれない仕打ちというものがある。あまりにも非道であって、とうてい許せない裏切り行為というものがあるのだ。

〝だめよ！　いけない！　ケイレブ、やめて！〟

勢いよく突起をつかんだとたん、掌をすりむいてしまい、ケイレブは鋭い息を漏らしたが、さらに岩肌をのぼりつづけた。やがて、気づけば、冷たい石の感触と次につかむ突起だけに集中していた。それでも、やめてとうったえるサハラの絶叫だけは、頭から離れなかった。

まだ真っ暗な早朝、見ようとしてもよく見えない少年のぼんやりとした夢のなかに、何やらきしむ音がいきなり侵入してきて、サハラは目をさました。

あまりにも長い年月、他人の意のままにされてきたおかげで、サハラはぱっと覚醒し、音を立てることなく身構えることができた。それでも目を閉じたまま、全身の細胞でもって耳を澄ました。何年にもわたる監禁中に、こうやって見張りには眠っているふりをしたまま、情報を集めるやりかたをおぼえたのだ。

侵入者が室内にいないと確信した時点で、一度だけちらっと目をあけた。ドアにひたすら意識を集中させる。胸の鼓動がドラムのように激しくなる。サハラは静かに息を吐いて、じっと耳を澄ました……そのとき、ただプライバシーを守りたい一心でかけておいた鍵を誰かがこっそりはずそうとする音がかすかに聞こえた。

《お父さん？》

呼びかけてみたが、古いテレパシーの経路から返答はない。鈍い静寂が流れるばかりで、怒りとともに恐怖がさざ波のようにサハラの血管を走った。ベッドの下に手をのばして、隠しておいた肉切りナイフをとりだした。未使用のキッチン用品のなかから失敬しておいたもので、父親が患者のFサイから贈られた品だ。医者という職業柄、父は当然ながらそうした感謝の品を受けとる機会が多かった。サハラにとって、なんの武器も持たず無防備なままたしても拉致されるなど、最悪の悪夢に等しかった。

慎重にシーツをはぐと、まだ眠っているように見せようと枕をその下に押しこんでから、シーツをもとにもどした。ちょうどそのとき、かちっと鍵のはずれる音がした。心臓が激しく鳴るのを感じ、ノブがまわりかけるのをじっと見ながら、サハラは部屋をそっと横切っていき、壁にぴたりと背中をつけた。この家のことならどこもかしこも知りつくしている。古い木製の床のせいで、侵入者は不用心にもその存在を気づかれるはめになったが、サハラなら足音を立てることなくそっと歩くことができた。

ドアがひらいても、サハラはもうしばらくだけ待って、たんなる思いすごしなどではない、相手が父親ではないとはっきりわかってから、敵に襲いかかった。自身の能力を利用したほうがもっときれいに片をつけられただろうが、敵が無力化されるまでは不必要に接近するつもりはさらさらなかった。あらゆる点から考えて、サハラの能力に対しては、いかなる人間にも効果的な防御手段はないはずだ。しかし、ようやく迷路から脱したばかりなのに、その前提にもとづいてみずからの命を危険にさらすのははごめんだった。

肩甲骨のあいだにナイフが突き刺さったとたん、黒ずくめの侵入者が悲鳴をあげ、くるりとふりむいた。サハラのほうに腕を、さらに間違いなく精神的な手をのばしてくる。だが、サハラを保護している黒曜石のシールドのなかまでは、テレパシー攻撃もいっさい届かない。相手がのばしてきた腕も、サハラの攻撃によって敵はすでにバランスを崩しており、重いナイフが背中に刺さったままとあって、あっさりとかわすことができた。

男がおのれの血で足を滑らせたちょうどそのとき、サハラは目の端にちらっと人影をとらえた。すると、突然、その見知らぬ男は部屋のむこうまで投げ飛ばされていた。

「待って！」サハラは叫んだが、次の瞬間には男の体は背中から壁に激突していた。サハラのシールドに攻撃が加えられかけたのを、ケイレブが探知したに違いない。

男は宙に浮いたまま身じろぎもできない。大きなしずくとなって、血がしたたりおちる。

「殺さないで。誰に送りこまれたのか、つきとめないと」サハラは男に近づこうとしたが、すでに遅かった。

「すんだぞ」侵入者の体は壁に勢いよくたたきつけられ、ぐしゃっという胸の悪くなるような音とともにナイフが胸骨につきささり、体がほとんど真っ二つに裂かれてしまう。男は床に力なくくずおれ、口から血があふれだした。

こんなときでなければ、その光景を目にして胃が飛びだしそうになったかもしれない。だが、サハラはすでに部屋を駆けだして、廊下のむこうの部屋へと飛びこんでいた。「お父さん！」レオン・キリアクスの大柄な体は力なくベッドに横たわっており、喉もとにはどろっとした真っ赤な血の輪ができている。「ああ、そんな。いやよ。お父さん、しっかりして」ふるえる指で、サハラは父親の脈をさぐった。「ケイレブ！　生きてるわ！」

「どけ」ケイレブは念動力によって軽々と父の体を抱きあげると、テレパシーの経路をひらいておくように簡潔に命じて、その場から瞬間移動《テレポート》した。

三分もたたないうちにケイレブがもどってきたとき、サハラは父のベッドにすわりこみ、カーペットに残った血の跡をじっと見ていた。だが、ぱっと顔をあげた。「お父さんは――」

「病院で緊急手術の最中だ。該当エリアに配置されたわたしの一部隊が、一時的に警護を担当している。アンソニーにも連絡したので、三十分以内に〈ナイトスター〉の関係者が病院に到着するはずだ」

サハラはまだふるえている手で髪をかきあげようとしたが、そのとたん、鉄っぽい血の臭いが鼻をついた。父親の血がこびりついているのだと気づき、またもや激しい怒りがわいてくる。ケイレブを押しのけるようにして寝室に付属のバスルームへ入ると、手がきれいになるまで荒っぽい動作で血を洗い流した。「父のところに行くわ」

「手術室の外で待つはめになるだけだ」ケイレブが断固として現実的に応じる。「レオンの容態に変化があれば、私の部下からきみに連絡が入るようになっている」

やっと会えたばかりだというのに父を亡くしてしまうなんて、サハラには考えるだけでもとても耐えられない。「どうしても行きたい――」

「病院には複数の出入り口がある。つまり、きみが襲われるリスクもはるかに高くなる」厳しい言葉。優しさのかけらも感じられない。「レオンもきみを危険な目にあわせたくないとわかっているだろうに」

ケイレブが正しいとわかると、サハラは、アドレナリンによって駆りたてられた怒りと胸が張り裂けそうな不安がないまぜになっていたが、その感情をぐっと抑えて、自分の部屋へともどった――父親の命をあやうく奪うところだった男の遺体のもとへ。

「この男は誰だったの？」

「フリーランスの工作員だ。とくに名うてというわけではない。そうでなければレオンの命はすでになく、きみもやつの手に落ちていたはずだからな」

「この男の精神をこじあけたの？　そんなことをしたらデータが失われるのに」サハラは激怒してケイレブのほうに向きなおり、きっぱりと言った。「無責任で無謀な行為だわ」

ケイレブは肩をすくめてみせたが、その偽りのよそよそしい動作とは異なり、目つきは真剣だった。「情報と引き換えに苦しまないように即死させてやると、こちらから条件を提示した」まるでビジネスの交渉であるかのような口ぶりだ。「この男は取引の条件を守った。こちらも同様だった」星のない夜の瞳に見つめられ、サハラはその場に釘づけにされたように動けない。「どうやらきみの首には懸賞金がかかっているようだ」

「なんですって？　誰がそんなことを？　タチアナが？」その女性はもはや命令をくだせるような状況にはないが、代わりにそうする部下ならきっといるだろう。

ケイレブはかぶりをふり、サハラがまさか耳にするとは思わなかった意外な名前を口にした。「サンタノ・エンリケ」

血の凍る思いがして、喉が詰まりそうになる。「その男は亡くなったわ」にわかに圧倒的な怒りがこみあげるのを、サハラは必死に抑えつけた。

「灰からよみがえったらしい」ケイレブは彼女の髪を耳のうしろにかけた。「やつはきみの誘拐に関与していた」

その話を詳しく聞くべきだ。チェンジリング女性に執着していた連続殺人犯がいったいどうしてサハラに目をつけたのか、ケイレブが事件になんらかの形でかかわっていたのか、たずねるべきだとわかっている。だが、どうしてもできない。その話題を持ちだすことを考えただけで胃が痛くなり、息が詰まりそうになる。まだよ。まだだめ。心の準備がまだできていない、暗い真実に直面するだけの強さがない。

　ケイレブに裏切られたのだとわかれば、きっとサハラは壊れてしまうだろう。

「懸賞金は」サハラが黙っていると、ケイレブがつづけた。「きみが逃亡した場合の安全策だったに違いない」玄関ドアがひらく音がしたので、ケイレブはそこで話を中断した。しばらく待つうちに、アンソニーが部屋に入ってきた。

〈ナイトスター〉のトップは表情を変えずにすでに事切れたバウンティ・ハンター、つまり賞金稼ぎの男を確認してから、ケイレブのほうに注意を向けた。「処刑する前に必要な情報を入手したと思うが？」

　ケイレブはすでにサハラに伝えた内容をアンソニーにも繰りかえした。アンソニーの反応は、「とことん間抜けなバウンティ・ハンターだろうと、死人のために標的を追うようなまねはしないはずだ。なにしろ賞金を稼ぐことがすべてなのだから」というものだった。

「サンタノは反社会的異常者だったとはいえ、頭の切れる男だった。懸賞金を支払うために、多額の資金が特定の傭兵《ようへい》組織に委託されている。サハラ・キリアクスの身柄を――生死にかかわらず――サンタノ、あるいはその活動の現責任者にひきわたせば、賞金が支払われるように」

「サンタノは人知れずひそかにきみに関心をいだいていたらしい」アンソニーがサハラに言う。その言葉の裏には疑問が隠されていた。「きみの誘拐にあの男が関与しているとは思いもよらなかったが」

サハラは握りしめていたこぶしをひらいた。エンリケの弟子だったこの男性はどうやら以前からずっと彼女の能力に気づいていたらしいが、その事実を明かしたりはしなかった。

「〈ナイトスター〉から情報が漏れたようだ」ちょうどそのとき、ケイレブが言った。

「その件はこちらで処理するとしよう」と、アンソニーが応じる。

ケイレブは無言でうなずき、同意した——アンソニーは誠実さでもって現在の名声を得た人物だ。〈サイネット〉のある種の人間たちとは異なり、この男はみずからの手を汚すこともいとわない。アンソニーが事態の収拾に失敗すれば、ケイレブが自分でやるまでのことだ。サハラに対する脅威が存在するなど、ましてやそんな存在が生きて息をしているなど許せるはずがない。

「いますぐ隠れ家へときみを移す必要がある」

アンソニーの発言に、サハラの背中がこわばり、体じゅうの筋肉が張りつめる。

「いいえ。もう檻に閉じこめられるなんてまっぴらだわ」

「ほかに選択肢はない」アンソニーが答える。「懸賞金がかかっているかぎり、標的にされるのだからな」

「その隠れ家がここよりも安全だという保証はあるのか？」ケイレブは、サハラのために建てたモスクワの屋敷以外のどこにも彼女をやるつもりはない。「このバウンティ・ハンターは手際が悪くまだ若かったが、それでもそちらの外辺部の警備をすりぬけたんだぞ」

「それも調査するつもりだ」アンソニーが固く誓う。「われわれの隠れ家は、要塞のごとく厳重に警備されている」

サハラは両手ともこぶしを握り、かぶりをふった。「いやよ、いやよ」ふたりからじりじりとあとずさり、背中が壁にあたったかと思うと、こぶしで壁をどんどんたたきはじめた。「いや。いや。いやよ」

アンソニーはまだ事態を把握しかねていたが、危険を察知したケイレブはすぐさま行動した。「隠れ家も檻もなしだ」そう告げてサハラの頬を両手で包みこみ、むりやり視線を合わせる。やがてサハラはこぶしで壁をたたくのをやめたが、それでも前後に体を揺すりつづけていた。

《むり強いすれば、彼女を失うはめになりかねないぞ》サハラから手を放して、ケイレブはアンソニーにテレパシーで伝えた。《彼女の精神はいまだ完全に癒えてはいない》だからこそ、サハラにみずからの能力を行使させることなく、ケイレブ自身が侵入者を脅して情報を奪ったのだ。

《サハラを無防備な状態にはしておけない》

《わたしなら守ることができる》

「それなら猫族にもできる」

まったく予期せぬ発言に、ケイレブがその意味をのみこもうとするうちに、アンソニーが移動してサハラの視界へと入った。「きみをフェイスのもとへ送ろう」

サハラが体を揺らすのをやめて、真夜中のブルーの瞳をアンソニーに向けた。「フェイス？」

「世界最高のバウンティ・ハンターといえども、チェンジリングの群れの真っただなかまできみをさがしにいこうとは思わないはずだ」

「フェイスとのつながりは」サハラは言いかけた。本能的な反応によってまたしてもみずから地獄のような苦しみにおちいったのだったが、はっきりと知性の力でそこから抜けだした。

アンソニーがかぶりをふる。「当人の個人的な選択がどうであれ、〈ナイトスター〉としてはこの地球上で最も強力なFサイとのつながりを断つなどありえなかった。だが、それはビジネス上のことであり、予期されたことだった。いま話しているのは家族のつながりのことだ」

アンソニーはすべてを話しているわけではないのだろうが、ケイレブにはだいたいのところは推測がついた。〈ナイトスター〉はフェイスとの関係については、ビジネスの取引はするものの、一族の一員としてフェイスを――少なくともおおやけの場では――認めないままでいるなど、かなり慎重に一線をひいている。だが、個人的にはそうではない。アンソニーは定期的に娘と直接連絡をとっているのだ。

　後者の疑惑に関してケイレブは、裏づけをとるのに一年を要した。

「チェンジリングを信用してサハラの命をゆだねるというのか？」ケイレブがその提案をあえて検討する気になった唯一の理由は、いとこの名前を聞いたときにサハラが目を輝かせたからだった――さらに言えば、どんなバウンティ・ハンターも〈ダークリバー〉のなわばりには近づかないというアンソニーの考えは間違ってはいないからだ。

「チェンジリングの群れがいったん家族として受けいれたなら、豹たちは一致団結してサハラを守ろうとするだろう。フェイスが確実に身元を保証し、さらにサハラの壊れた〈サイレンス〉についても証言すれば、豹たちが群れの一員としてサハラを扱わないと考える理由はひとつもないはずだ」アンソニーの次の言葉は、サハラに向けたものだ。「チェンジリングのなわばり内にいれば安全だ。そこの森林地帯を自由に歩くこともできるだろう」

《あそこのなわばりは広大だ》ケイレブはつけくわえ、テレパシーによる画像をいくつもサハラに送った。《豹チェンジリングと同じように自由に動きまわれるだろう。街に出ないかぎりは》

濃いブルーの瞳がケイレブの目をのぞきこみ、それからアンソニーのほうを見た。

「わかりました」

「では〈ダークリバー〉のアルファに許可を求めることにしよう」アンソニーがケイレブを一瞥《いちべつ》した。「どうやらきみはこちらのテリトリーをわがもののように扱っているようだが」それは警告だった。

ケイレブはズボンのポケットに両手を滑りこませた。「彼女が殺害されるのをそのまま見すごすほうがいいのか？」ケイレブは声に出して言いながら、ふたりのあいだのテレパシーの経路からサハラに話しかける。《どうしてわたしを呼ばなかった？》

《自分の力でなんとかしたじゃないの。わたしは大人の女なんだから》

サハラの辛辣な答えにつづいて、アンソニーの視線がじっと自分に注がれるのがわかったが、ケイレブは無視した。ずいぶん長いあいだ誰の脅しにも屈したことがないのだ。「豹たちのなわばりへとサハラを移動させてもいいが」

「申し出には感謝するが、その必要はない」

「わかった」ケイレブはサハラのほうを見た。《あのナイフはなかなかの手並みだっ

た》

サハラはいやな顔をしてみせたが、じきに眉をひそめた。《つねに用心しておくべきだって、昔誰かに言われたの。その人が誰なのかわからないけど、いいアドバイスだったわ》

サハラが十六歳のときにその忠告にしたがってさえいれば、とケイレブは思った。だが、なにしろサンタノは特級能力者《カーディナル》のＴｋであって、おのれに反撃できない若い女性の苦痛に快感をおぼえる大人の男だった。サハラに勝ち目などあるはずもなかったのだ。

# 24

時計の針が午前四時をまわったころ、サハラは隣にいる黒ずくめの男性が〈アロー〉に違いないと気づいた。さらに、この冷たい灰色の目をした、左の前腕が籠手状コンピュートロニック装置に覆われた男性は、瞬間移動者《テレポーター》だとわかった。戦闘服の肩には銀色のひとつ星の記章があり、つまり、ケイレブに与《くみ》する人物のはずだが、アンソニーはサハラを〈ダークリバー〉のなわばりへと瞬間移動《テレポート》させる役目をこの男性に託したのだ。

「移動に必要な画像を受けとりました」〈アロー〉の男性は、籠手状装置に組みこまれた小型画面から顔をあげた。「準備はいいですか?」

ケイレブとの場合は一度もためらったりしなかったが、この鋼《はがね》のように冷たい、はるか遠く、暗い嵐の地平線に浮かぶ光のようによそよそしい目をした〈アロー〉が相手となると、サハラは深く息を吸ってからやっとうなずくほかなかった。ケイレブがときに真っ黒な氷に包まれるとしたら、この男性は霜のごとく冷たく、その〈サイレンス〉も完璧であるがゆえに金属を思わせた。

しかし、この男性はケイレブに負けないほどのスピードで瞬時に移動した――特級《カー》能力者《ディナル》ではないとすると、きわめて稀有《けう》な真の瞬間移動者《テレポーター》、すなわち、分類〝念動力《T》者《k》〟、亜分類〝移動特化型《V》〟だろう。亜分類〝V〟のサイたちは念動力者であり、付随する能力も各自のパワーによって異なるが、いずれも生まれながらにして瞬間移動《テレポート》の能力を持っており、訓練や学習などいっさい必要なく、その能力はそれぞれの能力度数とは無関係だという。

サハラが少女のころに聞いた話だが、Tk‐vの子どもたちは赤ん坊のころにGPSチップが埋めこまれるという。その話が本当かどうかはわからない。ほぼ伝説的な亜分類〝V〟のサイに実際に会ったことのない幼いサイの作り話にすぎないのかもしれないが、ただ筋はとおっている。瞬間移動《テレポート》可能な念動力者がみなそうであるように、その子たちも地理的な記憶力は恐ろしく鋭いに違いない。つまり、こうした赤ん坊や幼児はおそらく、たとえば車のなかからちらっと目にしただけの適当な場所に瞬間移《テレポ》動《ート》してしまい、すっかり動揺したあげくもとの場所にもどれなくなるのだろう。

いま、子どもだったころなどサハラには想像もできないこの瞬間移動者《テレポーター》の男性が、松葉に覆われたひらけた場所をさっと見まわした。そこには目じるしとして藤紫色のスカーフが二枚、葉の生い茂った枝にかけてある。サハラのほうに駆けよってきた絹のような深紅の髪の女性に軽く会釈したかと思うと、男性は姿を消した。

「サハラ。本当にあなたなのね！」涙を頬にこぼしながら、美しい女性がサハラの顔を両手で包みこむ。その顔は涙に濡れていたが、輝くような笑顔を見せた。「もう二度と会えないかと思ったわ」

「フェイス」ささやくように言い、サハラはかつてのおちついた、どこかよそよそしかったいとこがどんな女性になったのか、その姿をじっと見つめた。元気そうで、びっくりするほど生き生きとしている。「あなた、とてもきれいだわ」

　星々のきらめく特級能力者《カーディナル》の瞳に狼狽《ろうばい》の色が浮かんだかと思うと、フェイスは小さく叫んで、両手をぱっと放した。「ごめんなさい。そんなつもりじゃ――」

「いいのよ」サハラは、喉が締めつけられるほどむきだしの愛情でもって自分にふれてくれた、相手のほっそりとした手をとって、自分の頬へともどした。「わたしの〈サイレンス〉はもう壊れたなんてものじゃないんだから」

　サハラをひしと抱きしめながら、いとこの女性が、無数の木の葉が風にそよぐ音だけに満たされた静寂のなかで「あなたを忘れたことは一度もないわ」とささやいた。「父から……亡命後だったけれど、あなたの誘拐のことを聞いたわ。一族があなたの捜索をけっしてあきらめなかったことも」

　抱擁を返して、感きわまって目がちくちくするのを感じながら、サハラは答えた。

「あなたもわたしをさがしてくれたのね。予知ビジョンで」父と再会し、ふたりですごした日に、サハラはそのことを聞いたのだった。

　ふるえる息を吐きながら、フェイスが身を離した。「お父さんのことは、本当にお気の毒だわ。わたしにも、おりにふれて親切にしてくださっていたのよ」

「父は強い人だから、きっと大丈夫よ」父がこのままいなくなるなんて、サハラは絶対にいやだった。「父はわたしのことをあきらめなかった。だから、わたしも父のことをあきらめたりしないわ」父という大きな確たる存在を失った自分の将来など、とても考えられない。

「少しでも気が楽になればいいけれど」フェイスが言う。「あなたのお父さんに焦点を合わせて未来をのぞいてみると、お父さんはいつでも診療所で患者と話していたり、デスクにすわっていたりするのよ。悲しみや喪失感はいっさいないわ」

　サハラはいとこの片方の手を握った。「ありがとう」世界最高のFサイからの情報とあって、これはささいなことではない。希望の光であって、サハラは両手でしっかりとその希望にしがみついた。「あなたのほうこそ、気の毒だったわ」小さな声で言う。「マリーンのことだけど」フェイスの妹は特級能力者《カーディナル》の精神感応者《テレパス》で、サハラとは興味の範囲もずいぶん異なっていたが、ふたりはずっといとこ同士として育ってきたのだった。

フェイスの目に悲しみが見え、その手がサハラの頬にそっとふれる。「マリーンはすばらしい人生を送ったわ。わたし自身〈サイネット〉を離脱してから知ったけれど、いろんな経験をしていたのよ。自分が存在したという痕跡をこの世に残したの」妹への誇りを隠そうとせず、涙に濡れた笑みを浮かべる。「たぶん、型どおりの生き方しか知らなかった姉がとうとう一族に反抗したんだから、きっと妹は大喜びして〝ついにやったわね！〟って叫んだんじゃないかしら」

サハラも涙ぐみながら、笑顔を返した。「あなたが離脱できてすごくうれしいわ、フェイス。とても幸せな人生を送っていて。そこに招待してくれてありがとう」

「わたしのほうなら、ずっとここにいてもらっていいのよ」その言葉のひとつひとつに優しさやぬくもりがあらわれている。「わたしたち、ずっとなりたかった友だち同士にとうとうなれるわね」

サハラは庇護の申し出をそのまま受けいれ、ただありのままの自分でいたかった。けれど、真実を偽ったままそうするわけにはいかない。「わたしがいるとあなたの群れに危険がおよぶかもしれない。ケイレブ・クライチェックがいつでもわたしの居場所を見つけられるから」

あたたかく歓迎するようなフェイスの表情は、少しも変わらなかった。「そのことならこちらでもすでに検討ずみよ。実際、わたしの父の言うとおり、ケイレブがたんなる場所だけではなく人物にも照準を合わせられる瞬間移動者《テレポーター》であれば、わたしたちの誰もが標的となりうるわ」サハラの髪をなでながら、フェイスがつづける。「それでも、ケイレブはこれまで群れに敵対心をいっさい見せていない。あなたは家族なのよ。むこうが敵意をあらわにするようなことがあれば、こちらでなんとかするから」

こちらを守ろうとする思いやりに、サハラは胸があたたかくなったが、同時に、ケイレブには家族も自分のものと呼べる人間もおらず、フェイスが自分にしてくれたように無条件の愛情でもって迎えてくれる人もいないのだ、と心のどこかでささやく声がした。「それでも」無力な少年を手放し、怪物のもとへと送りこんだ両親への怒りとともに、深い悲しみをおぼえながら、サハラは言った。「ここにおいてもらえるなら、群れの弱いメンバーたちから離れた場所にしてくれる?」ケイレブがサハラを傷つけることはないとしても、ほかの人間については約束できないからだ。

「ええ」そう答えたフェイスの目は優しかった。「心配しないで、サハラ。群れはこういうことには慣れているから」姉とも言うべき女性がしっかりとうけあう。「あなたには木の上の家に住んでもらうけれど、そこはうちの家の近くにあるのよ。と言っても、もちろん、プライバシーが守れるくらいには離れているけれど」

「自分の家がもらえるの?」樹上の家に住めるとわかって、サハラのなかの傷ついた少女が、信じられずに息をのんだ。

「そうよ。それでいいならだけど」フェイスがきっぱりと言う。

「自分の家だなんてうれしいわ」ケイレブが優雅で光にあふれた、サハラの魂にうったえかけてくるような屋敷を建ててくれたというのに、そんなふうに答えるのは裏切りのように思える――だが、サハラがいまこの瞬間に必要としているのはあの家ではない。あそこは長らくちぢこめてきた翼をのびのびと広げられるような場所ではなかった。

　ケイレブは保護欲が強すぎる……あの人は、彼女にとって中毒性がありすぎて病みつきになってしまう。

　ケイレブの愛撫が、嵐を思わせる黒曜石の瞳がよみがえり、サハラの胸がうずいた。ケイレブがそばに来るたびに、サハラはその嵐のなかでダンスしたくなる。いまも、あたりには松の匂いが漂っており、遠く離れているというのに息をするごとにケイレブのことを思いだしてしまう。「あなたの〝伴侶〟は一緒に来たの？」狼の月の下でサハラにキスをした特級能力者《カーディナル》の男性からあえて意識をそらそうと決めて、サハラはフェイスにたずねた。

　フェイスが顔を輝かせる。「ヴォーン」

　長身で、琥珀色の髪をうなじのところできっちりまとめてくくった、ほとんど金色の瞳の男性が、木陰からあらわれた。「やっと会えてうれしいよ、サハラ」静かで深みのある声は、サハラの肌にまるではちみつのように感じられる。

「わたしも会えてすごくうれしいわ」サハラはそう応じて、ヴォーンが瞬間移動《テレポート》の目じるしとなっていたスカーフをおろす、そのしなやかな動作に見とれた。この男性をサイやヒューマンだと勘違いするなんて、絶対にありえないだろう。

「うっとりするほどすてきでしょう?」フェイスが耳もとでささやく。

「そうね」でも、この人がどんなにすばらしく美しくても、サハラの肌は燃えるように熱くなったりしない。胸の鼓動が乱れたり、魂が傷ついたりすることはない。

「きみの家に案内しよう」サハラのいとこの〝伴侶〟が言い、スカーフの一枚をフェイスの首に、もう一枚をサハラの首に巻いた。

三人で歩きはじめた。ニットのスカーフは肌にやさしく、足もとの松葉は厚く積もっている。サハラがいっときに何もかも見ようとしていると、そんなにきょろきょろしていたら首がちぎれてしまうぞ、とヴォーンにやんわりとからかわれてしまった。いとこのものであるこのジャガーが気に入って、サハラはしかめっ面を返してやったが、すると相手は頰にえくぼを刻んで、いかにも猫族らしく愉快そうにほほ笑んだ。こうして、サハラは周囲の自然のままの土地を飽きもせずにながめつづけた。

見あげてみれば、無数の星々がいまも散らばるみごとな夜空が広がっている……しかし、サハラの目はこの星々から遠く離れた、孤独でけわしく、明るく輝くひとつの星につねに惹きつけられていた。

じきに頭上が梢《こずえ》に覆われ、星が見えなくなった。それからまもなくして、サハラは全容が視界におさまらないほどの、とてつもない巨木の前に立っていた。「ああ」巨木の根もとへ駆けより、枝のなかにちょこんと据えられたこざっぱりとした小さな家を見あげた。そこから一本の太い枝に沿って通路が渡され、もうひとつの家へと行くことができるらしい。

どちらの家の窓からも、黄色い、あざやかな光がこぼれている。

「誰が住んでるの?」ふたつ目の樹上の家を指さして、サハラはたずねた。

「誰も住んでいないわ」ヴォーンと手をつないだまま、フェイスが答える。「わたしたちに泊まりにきてほしいときのためよ」

「ゲスト用のツリーハウスね!」うれしくなって、サハラは自分のために用意された樹上の家の映像を、氷のごとく硬く冷たい、孤独な星である男性のもとへ送った。世界がぐにゃりとねじれたあのとき、サハラはその人に助けを求め、相手の手の感触にうずくほどの喜びを、その腕のなかにこれ以上ない安心感を見いだしたのだが、そのときと同じ心の底からの欲求にしたがっていまも行動していた。この人はサハラの胸の奥深くにいて、あまりにもたいせつな存在なので、とても正気で考えて距離をおくことなどできない。そんなまねをしようとしても徒労に終わるだけだろう。《見て!》

一瞬のためらいののち、暗い音楽のような声がサハラの精神に流れこみ、彼女の感覚を包みこんだ。思わず爪先がきゅっとまるまってしまう。《気に入ったのか？》《ええ》サハラは答えた。そのとき、ケイレブほどの力を持つ人間を相手に馬鹿げているが、この人を傷つけてしまったような気がした。《あなたが建ててくれた家は》そっと告白するようにささやきかける。《自分でもよくわからないけれど、心にうったえかけてくるものがあるわ。でも、いまはまだ、あそこにはいられない。完全に回復していないから》

サハラがそう言いそえたとき、ヴォーンが両手両足から突きだしたかぎ爪を木の幹に食いこませ、危険なほどの野性的な優雅さでもって木にのぼりだした。目を大きく見ひらきながらサハラがながめるうちに、ヴォーンは幹の表面にひっかき傷をつけただけで、てっぺんのくるくる巻いた縄ばしごのところまで難なくたどり着いた。「あんなことは、わたしにはできそうにないわ」サハラは言った。ヴォーンが縄ばしごをおろしてから、筋骨たくましい体つきにもかかわらず、猫のように音もなく地面にとびおりてもどってくる。

ヴォーンが鋭い笑みを見せ、その半身たるジャガーが瞳に浮かぶのがわかる。「その必要はないさ」かぎ爪をひっこめてからポケットをさぐると、小型の装置をとりだした。「このリモコンではしごをおろしたり、巻きあげたりできるからな」

フェイスがからかうように〝伴侶〟の肩をぴしゃりとたたく。「それならどうして最初からリモコンを使わなかったの？」

チェンジリングの男性が、獰猛な金色の目でおのれの〝伴侶〟をしげしげとながめる。「レッド、おれが木にのぼるのにリモコンなんかを使わせたいのなら、おまえとは真剣に話しあったほうがよさそうだな」

ヴォーンの侮辱されたような顔つきを見て、サハラは思わず笑いを嚙み殺した。「リモコンをありがとう。わたしなら、侮辱されたなんてぜんぜん思わないから」

「礼ならドリアンに言うといい――群れの近衛《センチネル》のひとりだ」ヴォーンは答えて、笑ったままのフェイスをわきにひきよせた。「あいつはちょっと前にこいつを作ったんだが、誰ひとりとして使ってくれなかったのさ。仲間の数名からは、群れから除名してやるなんて脅されていたみたいだぞ」

「捕食者チェンジリングのプライドは」フェイスが聞こえよがしに言う。「デリケートなのよ」

笑顔で揶揄《やゆ》されると、ヴォーンはフェイスの髪を握ってひきよせ、もう片方の手で彼女のあごをつかみながら、いたずらっぽく、だが官能的にキスをした。サハラはその光景を目の当たりにして、ヴォーンが金色であるのと同じように、あの暗い色をした男性への渇望をかきたてられた。いとこの〝伴侶〟が野性的で愛情にあふれているように、冷たく超然として、みずからを抑制しているあの男性への渇望を。

サハラは縄ばしごに両手をかけ、ケイレブに、記憶よりも深いところでサハラを自分のものだと主張するこのTkの男性に呼びかけた。《これから木の上の家に入るわ》数段あがったころ、ゆらゆら揺れるはしごにようやく慣れてきた。サハラはじきにリズムをつかんで、三十秒ほどで踊り場までのぼりきった。

樹上の家のなかは、ひとつの大きな部屋になっていた。入って右手にこぎれいなキッチンがあり、奥のほうのつやつやした松の木の引き戸の裏にシャワーなどの設備がある。やわらかいピンクと白色のきれいな掛け布団のベッドが奥の左側に設置され、そのうしろの窓枠には、チョコレートをいっぱい詰めた小ぶりのバスケットがおいてあった。どの設備も環境に配慮されており、この樹上の家は森の生きた一部となっている。

「よくまあこんなに早く準備できたわね？」あとからなかに入ってきたいとこに、サハラはたずねた。「戸棚には食料が入っているし、バスルームにも新しい洗面用具やタオルが用意されているわ」あたたかい歓迎の気持ちが伝わってくる。

「ここの家はどちらもまだ建って間もないのよ。来年には自分だけのスペースを欲しがる若者もいるだろうと思ってね」いとこが説明する。「それまでは、群れのゲストがいつでも泊まれるように準備しているわ。ヴォーンとふたりで食料をストックしておいたばかりよ。近ごろは不穏な動きがあって、みんなつねに余分に備蓄しているから、べつにたいしたことじゃないの」

　世間を騒がせている混乱のことをいとこが口にすると、サハラはまたもやケイレブに思いをはせてしまった。あの人にとっては策を弄することなど無情なほどにたやすいのであって、その意味でこの家の入り口あたりをうろついているジャガーと同じく、やはり捕食者にほかならない。

　そのジャガーが言う。「このあたりには山猫の大家族がいるんだ。それに大山猫も。きみのことをひょいと見にくるかもしれないぞ」

「ぜひとも来てほしいわ」サハラの血流に興奮がわきおこる。「間近で見られるなんてすごいもの」

「そいつはどうだろう。なにしろ猫族というのは救いがたいほど好奇心が旺盛《おうせい》だからな――手に余るほどおおぜいの野生の客がやってくるかもしれないぞ」いったん口ごもってから、ヴォーンはつけくわえた。「連中にあぶないまねをさせたりはしない。おそらくクライチェックのものと思うが、その匂いを全身にまとっているうちは心配いらないだろうが」

　サハラはハッと息をのみ、ヴォーンの鋭いまなざしを受けとめた。ケイレブとの親密とも呼べる関係をこの男性は直感で察したのだと、突然気づいた。「彼の匂いだと何かいけないの？」下腹部が痛いほど締めつけられるのを感じながら、サハラはきいた。

「いいや、サハラ。いけないんじゃなくて、その匂いはとても危険なんだよ」


一時間後、空が白みはじめたころ、サハラはフェイスとヴォーンに別れを告げた。「ひとりでも大丈夫だから。本当よ」フェイスが踊り場のところでぐずぐずしているので、サハラはいとこを安心させようとした。「そちらの通信パネルや携帯電話のコード番号を教えてもらったから、何かあれば連絡するわ」

フェイスの唇がカーブを描き、悔やむような笑みを浮かべる。「ごめんなさい。わかっているの。わたしったら過保護よね。邪魔しないと約束するわ」

「ゆっくり休んで、体を癒やすといい」ヴォーンがそう言って、思いがけないことに指関節でサハラの頰をなでた。「ここにいれば安全だ」

ふたりが去っていくのを戸口から見送りながら、サハラは自分がどんなに家族に恵まれているかあらためて感じた。ケイレブのことを問いつめられるとばかり思ったが、フェイスは、ケイレブに何かむり強いされていないかどうかたずねただけだ。サハラが否定すると、それ以上何もきかず、ケイレブとの関係についてはアンソニーには黙っておくとだけ約束してくれた。ただし、フェイスとヴォーンは〈ダークリバー〉のアルファには警告せざるをえないという。

「おれたちがサンタノ・エンリケをどうしたか、知っているのか?」ヴォーンがけわしい表情でたずねたのだった。

サハラがうなずくと、ヴォーンは言った。「あの反吐《へど》が出そうなクソ野郎を始末したあとで、いろいろ調べるうちにクライチェックの名前が浮上してきたんだ——おれたちが知るかぎり、やつが被害者のそばにいたようすはなかったので、そのまま見逃すことにした。だが、だからといってやつが無実というわけではない。いっさい気を抜くんじゃないぞ。ちょっとでもやつに傷つけられるようなことがあれば、おれに助けを求めるといい」

〝わたしは彼女たちの拷問と死の、どの瞬間にもその場にいた〟

ケイレブの身の毛もよだつ告白が、頭のなかをぐるぐるまわっている。まともな人間なら、このことをヴォーンとフェイスに伝えるはずだとわかっている。だが、サハラはそうしなかった。なぜなら、胸の奥では、ケイレブにそんなおぞましいまねができるとはとても信じられなかったからだ。サハラの内なる少女はかたくなで、がんとして言うことを聞こうとしなかった。ケイレブへの執着がますます強くなっているしるしかもしれない。だが、まだあの人をあきらめる気にはなれない。彼の語った言葉の裏に隠されているはずのもっと暗く醜い真実は、まだ受けいれがたかった。

だから、サハラは黙っていた。ふたりが去ってから三十分後、声をかけることにした。《わたしのツリーハウスを見たい？》
《招待してくれるのか？》
《そうよ》
黒いスーツのズボンに濃いグレーのシャツ姿のケイレブがかたわらにあらわれたとき、サハラは自分自身の欠けていたピースが見つかったように感じた。「そろそろ朝食の時間ね。一緒に何か食べない？」ケイレブの世話を焼きたくてたまらなくなっていた。
これまでケイレブのほかにそんな気持ちになった人は誰もいない。これから先もそうだろう。
「食事ならもうすませた」ケイレブが答える。サハラの手が肩にふれて、首すじの腱をかすめても、その手を避けようとはしない。「だが、きみはもっと栄養を摂取するべきだ」
そのとき、ついに決心がついたのは、自分が知っていた世界のすべてから離れて、サハラが樹上の家のなかで立っていたからだろうか。アンソニーが隠れ家という言葉を口にしたときはほとんど壊れてしまいそうになったが、その事実とは裏腹に内なる強さがあるというひそかなしるしだったのだろうか。ひょっとすると、息を吸うたびに父親を失うのではないかという恐怖と戦っていたため、時間こそがダイヤモンドよりも貴重に思えたからかもしれない。ケイレブがその代償をはっきりと自覚しながらも、サハラの手を拒んだりしなかったからだろうか。

あるいは……みなが忘れているらしい真実に、悄然《しょうぜん》としていたからかもしれない——サンタノ・エンリケによって連れ去られたとき、この恐ろしく危険な男性は、まだ無防備な子どもにすぎなかったのだ——しかし、現実からいつまでも目をそむけてはいられない、そんな時はもう終わりだとわかっている。ふたりのきずなにつきまとうもろさを乗りこえ、先に進むつもりならば、長らく避けてきた問いをあえてこの人にぶつけてみなければ。

「あなたはみずから選んで、サンタノ・エンリケによる殺人現場を目撃したり、それに関与したりしたの？」

# 25

答えは返ってこない。

しかし、サハラの心は相手が黙っているからといってじっとおとなしくはしていなかった。先ほどの問いかけをきっかけに秘密の鍵が作動しはじめ、隠された精神的な閉鎖空間の扉がひらかれようとしていたのだ。そのなかで渦巻いている記憶は、時間の流れとともに混乱し、あいまいなものになっている。混沌としているのは、おびえた少女だったころのサハラが、記憶を保管する際にミスをおかしたからでもあった。迷路の猛威から自分自身の一番だいじなかけらをがむしゃらに守ろうとするあまり、あの少女は言葉によってではなく……感情によって鍵をかけたのだった。

こうしてサハラ個人の鍵を作ったおかげで、ほかの誰にも記憶を踏みにじられず、最もたいせつなものを壊されずにすんだ。だが、同時に、ケイレブが彼女を見つけださなければ、ふたりが二度と再会できなかったなら、サハラのその部分は永遠に失われていたことになる。七年もの地獄の日々に耐えるようすがとなった、まさにそのすさまじい信念から、サハラはこうしてとてつもなく大きなリスクをおかしたのだった。

〝サハラ！　助けにいくぞ！　生きるんだ！　ぼくのために生きてくれ！〟

　そのかけらをひとつずつほぐしていき、劣化した記憶を再構築するには、ずいぶん時間が——何日も、もしかすると何週間も——かかるだろう。それでも、ひとつだけ鮮明な記憶があった。ずっと若いころのケイレブが——十七歳？　十八歳？——鼻から血を流している。両目の毛細血管が破裂し、耳から赤ワインのような真っ赤な血をあごまでしたたらせ、歯を食いしばって耐えていた。

「あの怪物に痛めつけられたのね」その映像を頭に浮かべながら、サハラは言った。胸のなかで怒りが大きくふくらむのがわかる。「ずっとわかっていたわ」それは心の底からの、本能的な確信にほかならず、どうしてこれほど長いあいだ胸に秘めてこられたのか、不思議なほどだった。「そのことを話せないんだってことも」あのときはこちらにうちあけようとしたせいで、この人は罰として苦痛を与えられ、黒い瞳がどす黒い血に染まるはめになったに違いない。「いまならわたしの質問に答えられる？」

　ケイレブはサハラの手をふりほどいて外に出ると、踊り場の縁に立った。かなり朝早いとあって森はぼんやりと灰色にかすんでおり、霧が地面を覆い、その巻きひげを木々にものばそうとしている。なにもかも茫漠としており、この光景そのものが夢のように非現実的なものに思えた。すべての硬い輪郭が薄れて消えてしまいそうだったが、灰色の世界に目を凝らしているこの男性の黒曜石さながらのぎざぎざした鋭さだけは別だった。

ケイレブはあまりにも長いあいだ深い沈黙をたもっていたので、森のささやきがふたりを重い繭のように包みこみ、まるでふたりだけがこの宇宙で息をしている唯一の存在のように感じられた。

「男であれば」ケイレブがようやく口をひらいた。石のようにまったく身動きせず、その声には抑揚がない。「レイプされるはずがないだろう」

サハラの胸の内で、すさまじい怒りが荒れ狂った。「レイプされたの？」だめよ、許せない、わたしのケイレブを。そんな形で痛めつけられ、隷属させられたら、この強い男性は壊れてしまっただろう。

「世間が想像するような形ではない」サハラが一度も聞いたことのない生気のない声で、ケイレブが言う。「そんな卑しい行為でおのれの肉体を汚すことなど、あの男は興味はなかった」

だが、サンタノ・エンリケは特級能力者《カーディナル》のＴｋであり、そのパワーにおいても絶頂期にあった。一方で、ケイレブはまだ子どもだった。「エンリケはその能力を使って、あなたの精神をおかしたんだわ」怒りとケイレブに対する心の痛みを猛烈な力で抑えつけながら、サハラは応じた。

「そうだ」冷たい声。むなしさが響いている。「あいつは毎日毎晩わたしのなかにいた。どうしても逃げられなかった。あいつがいつもっと深くまで押しいってくるか、わたしの体を使い、どんなことをさせようとするか、気が気ではなかった。そのあいだも、わたしの精神は必死に狂気へと逃げこもうとしていたんだ」

サハラ自身、自分のシールドがはぎとられたときの、精神が侵害されるおぞましさを思いだした。それがもしまだ幼い子どものころで、迷路を生みだして身を守るすべもなく……希望もまったくなかったとしたら。サハラは誰かが助けにきてくれるとずっと信じていた。相手を守るためにその名前に鍵をかけてしまったけれど。ケイレブにはそんな相手はひとりもおらず、すがるものもなかった。自分をこの世に生みだしてくれた両親から見捨てられてしまっていた。

そんな両親への憎しみが冷たい炎となるのを感じながら、サハラは彼の手をとった。

ケイレブは彼女の手を握りかえそうとはしない。生気のない、冷たい真っ黒な瞳は、ただ虚空を見つめている。「ずいぶん長いあいだ、わたしはあの男にとって唯一の観客だった。七歳の誕生日から四カ月後、あのときが初めてだった――遅くなったがこれは誕生日プレゼントだと、あいつは言った」

サハラは下唇をきつく嚙んだ。やはりそうだったのだ。サンタノ・エンリケの残虐非道なおこないに関する記事を読んだとき、たちまち、心のどこかでわかっていたのだ。点と点をつないで全容を明らかにするのには、とても耐えきれなかったのだが。

恐怖が血管を駆けめぐり、サハラは唇をひらいたが、何か言おうとしたとそのとき、ケイレブが先に話をつづけた。「わたしにはあの男を殺せなかった。あの男を止められなかったんだ。どんなに成長して、強力な力を持つようになろうと、あいつを止められなかった」いま、危険きわまりない、かみそりの刃のように鋭い怒りが、何十年ものあいだ増幅されてきた激しい怒りがこみあげているのがわかる。「えじきとなった女性たちをそれぞれ何時間も何日も拷問したあげく、あの男がついに喉を切り裂くのをこの目で目撃せざるをえなかった。

最後の数年間、やつはおのれの残虐行為をテレパシーで送りつけてくることに楽しみを見いだしたんだ。そのころ、わたしは自分の精神からあらゆるレベルであいつを閉めだせるほど力をつけていたが、それでもあいつからは逃げられない、この身に植えつけられた強制暗示からは逃れられない、と思い知らせるためだった。わたしはすでに影響力のあるビジネスマンであり、みなから恐れられる特級能力者《カーディナル》だったが、それなのにあの男の悪事についていっしゃべることも、ましてやあいつを非難することもできなかった」

そんなひどい侵害があってはならないはずだとサハラは思った。それは最悪の侵害だろう。敵の大きさにかかわらず、どんなにちっぽけで非力な動物にも抵抗する権利があるはずだ。

「やつの死後、わたしはついに強制暗示を打ちやぶった——だが、そのとき明らかになったが、ひとつだけ、わたしの精神に侵入する導管が残されていて、その小さな扉によってやつには死後もまだ唯一可能なことが依然としてあったんだ。強制暗示を補強することで、秘密をたもち、あの男になんら害がおよぶことがないようにするというものだ」怒りはどこまでも深く静かで、死をもたらす危険があった。「ついに自由になれたと思ったときですら、あの男はわたしのなかにまだ巣くっていた」

　血管に焼けつくような怒りと痛みがどっと流れこみ、サハラはケイレブの指に自分の指をからめ、相手の視界へと入りこんだ。「ごめんなさい。とてもつらかったのね、ケイレブ」そんな言葉だけでは足りない。この男性がどれだけのことに耐えて、生きのびてきたのかを思えば、とうてい不充分だった。

「そんなふうに思わなくてもいい」ケイレブが静かに答える。まだ指をからめようとはしない。「あの男がいまのわたしを作ったんだ」

　恐怖がほかのどんな感情をも圧倒する。「あなたはあの男の創造物なんかじゃない。自分の力でいまの自分を作りあげたのよ」だが、ケイレブは答えない。聞こえたのかすらわからなかった。「ケイレブ」

「わたしが十六歳になったとき、そろそろ大人の男になってもいいころだと、あの男は告げたんだ」激しい怒りは、氷よりも恐ろしく、黒曜石よりもはるかに危険な、真っ黒な冷たさによって抑えこまれている。「その女性はわたしよりも二、三歳年上の白鳥チェンジリングで、雪のように真っ白な髪をしていた——この手で喉を切り裂いたとき、その髪が深紅に染まった」

サハラの胸のなかで強い雨でも降るかのように、心臓が激しく鳴っている。だが、ケイレブが自分を誤魔化そうとしているだけだとわかっている。そんなまねをするなんて許せなかった。まったく反応のない相手の指から自分の手を離すと、サハラは両手を彼の頬にあてた。「その女性の喉にナイフを突きつけたのは、自分の意思だったというの？」

ケイレブの虹彩には真っ黒な闇がいまもうごめいており、その肌を氷のように冷たくしている。「自分の意思かどうかがどうしたというんだ？　命乞いをするあの女性を、わたしは確かにこの手で殺害したんだぞ」

「これは」自分自身を怪物だと見なしているこの男性をしっかりとつかんで離さず、サハラはささやきかけた。「だいじなことなの」

ケイレブの答えは、エンリケの邪悪さをまざまざと描きだす、胸の悪くなるようなものだった。「当時まだ三歳で、シールドが未熟なころだったから、あの男はわたしの精神に自由にアクセスできたんだ。無数の裏口やらスイッチをわたしの精神に埋めこむだけの時間がたっぷりあったわけだ。その夜、あいつが精神に侵入してきて、すべての自由を奪われた。だが、その一方で、わたしは意識を覚醒させたまま、あいつの行動が自覚できるようにされたんだ」冷たい空虚さが感じられる。「わたしの体を自在にあやつって女性を切り刻みながら、わたしが心のなかで絶叫していると知って、あの男は快楽をおぼえていた。女性がこの世で最後に目にしたのはわたしの顔で、彼女の皮膚に何度もナイフを切りつけたのはわたしのこの手だったんだ」

「もうやめて」サハラはぴしゃりと言った。ケイレブが子どものころのようにどこかに消えてしまうのではないかと怖かった。「わたしのところにもどってきて」サハラはまばたきで涙をこらえ、ケイレブから目をそらそうとしなかった。「それはあなたじゃなかったわ、ケイレブ。わかっている、わかっているはずよ。マインドコントロールによって意思も決意も決心もすべて奪われてしまっていたんだから」生身のマリオネットへと変えられてしまうのだ。

ケイレブがまつげを伏せ、再び目をあげても、何ひとつ変わっていなかった。サハラのものであるケイレブが、無実の女性が流した血にうずもれてしまう。その女性には相手の少年もやはり被害者であって、本当は殺人犯などではないと知る由もなかったのだ。

「だめよ」サハラは口走ると、爪先立ちになってケイレブの唇に唇を押しあてた。

ケイレブはいつもキスを返してくれた……それなのに今日は反応がない。彼の唇は冷たく、手は両わきに垂らしたままだ。連続殺人犯の勝利だと認めたくない、あんな男など恐ろしい本物の地獄に堕ちていればいい。そう思いながら、サハラは片手をケイレブのうなじにまわし、もう片方の手で頬を包んだまま、誘うように、なだめるようにじっくりと甘いキスをする。

《もどってきて》サハラはテレパシーでうったえた。《あなたが必要なの》

ケイレブの指が腰をかすめ、その手が両方とも背中に押しあてられた。と、まもなく片手がのばされ、サハラの髪に指をからませるとともに、もう片方の手が薄い黒のカーディガンの下に滑りこみ、掌を肌に這わせた。永遠とも思える長いキス。ふたりの体がありえないほどぴったりと重ねあわされる。

親密に体をふれあわせたまま、ケイレブは彼女を腕に抱きあげ、家のなかへと運んだ。ベッドにおろされ、サハラの背中がやわらかい掛け布団に押しつけられた。ケイレブのたくましく重い体がのしかかってきて、サハラは思わずうめき声を漏らす。熱くしっとりとした唇が喉もとに這わされる。「ケイレブ、ケイレブ、ケイレブ」吐息まじりに繰りかえし、自分が何者かケイレブに思いおこさせようとする——あなたはサンタノ・エンリケの創造物ではなくケイレブ自身なのだ、野性的な情熱でもって彼女に手をふれ、つねに約束を守ってきた男性なのだと。

ケイレブが喉からまた唇へとたどっていき、キスをつづけたとき、サハラは彼の下唇に歯を立て、さっと嚙んでから唇を離した。視線をあげてみると、ほかの何者でもないまさしくケイレブの瞳がこちらを見おろしていた。星々は消えているが、黒曜石さながらの瞳は真夜中の濃い色合いにつやつやと輝き、美しくミステリアスだった。サハラは熱くたくましい背中に両手をあてたまま、上等のコットンシャツをくしゃくしゃにしながらこぶしを握った。「もどってきたのね」

片手でサハラの喉をつかんで、指でそっとなでながら、ケイレブが激しくキスをする。サハラは腿をひらいて相手の腰をはさみこんだ。体の芯がやわらかくしっとりと濡れてくる。ケイレブにカーディガンをひっぱられると、サハラは裾をつかんで頭から脱ぎ、床に落とした。そうして繊細なレースのブラ一枚の姿になった。胸の先端が張りつめ、カップにこすれるのがわかる。

ケイレブが喉から手を放し、胸のふくらみを見おろす……気がつけば、ストラップが半分にちぎれ、ブラも真ん中で裂かれて、サハラの体からするりと落とされていた。ケイレブがこんなに親密なやりかたで念動力を使ったのは初めてのことだ。サハラは一瞬ぎくりとしたものの、ケイレブが——目を合わせたまま——指でそっと先端にふれたとき、驚きはまじりけのない喜びへと変わった。

するると今度は、やわらかなうめき声となって、サハラの唇から彼の名前がささやかれた。

ケイレブが顔をあげ、髪を額に垂らしたまま、掌で片方の胸のふくらみを包んだ。ずしりと重い体でいっそうぐいとのしかかってくる。それから、サハラにキスをした。いつしかサハラは彼の背中に爪を食いこませており、腿のあいだがぐっしょり濡れて、麝香《じゃこう》の香りが空気を満たしていた。そのあいだもずっと、ケイレブは熱い手でいかにも所有者然としてサハラの上半身をなでまわし、愛撫していた。ケイレブ・クライチェックが彼女を自分のものと見なしているのは明らかだ。

それでも、何も言ってくれなかった。

ケイレブの手の下でサハラの肌はやわらかくすべすべしており、その体は愛撫に敏感に反応していた。背中にサハラの手を感じ、唇で彼女の味わいを堪能している。サハラの興奮の匂いに病みつきになりそうだ。サハラは彼の名前を何よりもたいせつなものであるかのようにささやいている。この女性はこれまでつねにケイレブの〈サイレンス〉に入った最大の亀裂だったのだ。「サハラ」

深いブルーの瞳にケイレブには読みとれない感情が揺らめき、サハラの指が無言で誘うように彼の唇にふれ、つづけて自身の唇にもふれる。ケイレブにその誘いを拒絶する気などあるはずもない。唇を重ねたとたん、サハラの唇が応えるようにひらかれた。背中がぐいと弓なりにそりかえり、両腿でしっかりと彼の体を締めつけてくる。サハラの体によって檻に閉じこめられるかっこうになってみると、ケイレブにとってこれはまさに苦しいほど最高の快感に満ちた拘束だった。

うなじをつかんで、とことん深くまでサハラを堪能する。サハラがけっしてケイレブの味わいを忘れることのないように。わたしのものだと心のなかでつぶやく。きみはわたしのものだ。

サハラがシャツのボタンに手をのばしてくる。ケイレブがなされるがままになっているうちに、シャツを腰まではだけ、なかに両手をすべりこませてきた……肌に唇を押しあて、甘く熱いキスをする。とたんに外側の、最後から二番目のシールドがばらばらに砕けたかと思うと、亀裂はさらに外側に向かって蜘蛛の巣状に広がり、いまにもいっきに崩れていきそうになる。ケイレブのなかの、空虚のなかで生きてきた心の部分が、理性も限界もない生き物が、またしても拒絶されることを恐れ、真っ黒な怒りとともに咆哮《ほうこう》をあげたが、その心の部分――所有欲にあふれ、猛々しく、まさに彼自身の魂の一部である――は同時にサハラのためなら迷うことなく瞬時に命を捨てる覚悟であり、ここでおのれの能力を制御できなくなれば、サハラの胸郭を砕き、肺をつぶしてしまいかねないことを知っていた。

ぐいと身をよじり、肘をついて体を支えると、ケイレブは鋭く息を吸いこみ、むなしくもシールドを築きなおそうとした。サハラのやわらかく官能的な体にふれたままではとてもできそうにない。この手が血にまみれ、魂が血に汚れているとわかっていながら、サハラはこうして彼を受けいれようとしている。空虚のなかの、ねじれて壊れた部分がささやきかけてくる。ひょっとしたら、あのホテルの部屋を、苦痛を、絶叫を思いだしても、サハラは逃げだしたりしないかもしれないと。

「シールドはどう？　あぶないの？」サハラの瞳には優しさがにじんでいる。

「ああ」あと少しの刺激で、おのれのむきだしの感情が〈サイネット〉にさらされるのみならず、念動力やテレパシー能力の抑制もきかなくなるだろう。だが、ケイレブの腰を締めつけていた内腿をサハラがゆるめようとしたとたん、ケイレブはうしろに手をのばし、その腿をつかんで押しとどめた。

サハラがさらにぐっと腿に力をこめる。「黒曜石ね、ケイレブ。黒曜石のシールドをまとったの？」

「だめだ」黒曜石のシールドは突破不能で破壊できないとはいえ、サハラも承知しているとおり、あれは完全無欠のまさに絶対的なものなのだ。「そうすると、しばらくのあいだ〈サイネット〉の情報の流れから遮断されてしまう」そこまで〈サイネット〉から切断されたことは一度もない。これまで何千というデータのかけらがどの瞬間にも流れこんできていたのだ。

ごくそっと愛撫するように、サハラが指先でケイレブの唇をなぞる。「〈サイネット〉からの情報をフィルターにかける必要がなければ、そのためのエネルギーを自分の能力のコントロール維持に使える？」

ケイレブは頭のなかで計算したうえで、うなずいた。「それなら破滅的な侵害につながるリスクを二十五パーセントにまで下げられるはずだ」確率としてかなり有利なわけではないが、彼の制御力をもってすれば、まあ悪くはないだろう。

「何か危険なきざしがすでにわずかでもあるの？」

「いや」

「テレパシーでの連絡は問題ないのね？」

「ああ」

サハラが片手をうなじにまわしてくると、ブレスレットの飾り《チャーム》がひんやりとケイレブの肌をなでた。サハラがささやく。「それなら〈サイネット〉のことは一、二時間ほど放っておいて、代わりにわたしの相手をしてほしいんだけど」

ケイレブには敢えてどちらかを選ぶ必要はなかった。選択肢はたったひとつしかない。

「ここではだめだ」ここは完全に安全かどうかわからない。

サハラが息をのんだ瞬間、ふたりでケイレブのベッドへと瞬間移動《テレポート》していた……サハラがすかさず彼のシャツをはいで身を起こし、むきだしの胸板に唇を押しあててくる。ケイレブは黒曜石のシールドをいっきに張りめぐらすと、テレパシー能力によってそれを維持し、Ｔｋの念動力によって増幅させながら、サハラの脚を持ちあげ、腿のあいだに腰を割りこませた――そして自分自身を解きはなった。

（上巻終わり）

◉訳者紹介　河井直子（かわい　なおこ）
関西学院大学卒。英米文学翻訳家。主訳書:コリンズ『ハンガー・ゲーム』(メディアファクトリー)、ウエスト『ATOM』(角川書店)、シン『冷たい瞳が燃えるとき』『気高き豹と炎の天使』『燃える刻印を押されて』『裁きの剣と氷獄の乙女』『雪の狼と紅蓮の宝玉』(上・下)(扶桑社ロマンス)他。

黒曜石の心と真夜中の瞳(上)

発行日　2016年11月10日　初版第1刷発行

著　者　ナリーニ・シン
訳　者　河井直子

発行者　久保田榮一
発行所　株式会社 扶桑社
〒105-8070
東京都港区芝浦1-1-1　浜松町ビルディング
電話　03-6368-8870(編集)
03-6368-8861(郵便室)
www.fusosha.co.jp

印刷・製本　株式会社 廣済堂


ISBN978-4-594-07600-9 C0197